唐詩經典新解

劉學鍇講唐詩

杜甫

萬戶蕭條
哭聲滿道
詩聖獨行於亂世的荒煙悲雨

字裡行間見蒼生，詩歌不再只是風花雪月
以詩為史，留下唐朝最沉痛也最真實的記憶
從泰山雄姿到人間戰亂，杜甫寫盡時代悲歡

劉學鍇 著

目錄

關於杜甫

關於杜甫

杜甫（西元 712 ～ 770 年），字子美，祖籍京兆杜陵（今西安），生於鞏縣（今河南鞏義）。出身於「奉儒守官」之家。遠祖杜預係西晉名將名儒，祖父杜審言為武后朝著名詩人，他們對杜甫的儒家思想、功業追求、詩歌創作均有重要影響。七歲能詩。年十四出入於東都翰墨之場。二十歲開始漫遊吳越，二十三歲回到洛陽，應舉未第。二十五歲復遊齊、趙。天寶三載（西元 744 年），結識被「賜金放還」的李白，同遊梁、宋，在宋中遇高適，三人同遊，慷慨懷古。後又與李白遊齊、魯。天寶五載至長安。六載，應舉落第，遂居留長安。先後獻〈三大禮賦〉、〈封西嶽賦〉，並投詩干謁權貴。十四載擢河西尉，不赴，改授右衛率府胄曹參軍，歲末赴奉先（今陝西蒲城）探望妻子，時安史叛軍已陷洛陽迫近潼關。十年困守長安的生活，將杜甫鍛鍊成為憂國憂民的詩人。避亂鄜州時，得知肅宗已在靈武即位，遂冒死前往投奔，半道為叛軍所俘，陷居長安。至德二載（西元 757 年）夏，間道奔赴肅宗行在鳳翔，授左拾遺。不久即因上疏救房琯觸犯肅宗。九月長安光復，攜家返京供職。乾元元年（西元 758

年），出為華州司功參軍，是年冬，曾至洛陽，親歷戰爭對人民造成的慘重傷害。二年秋，棄官攜家赴秦州（今甘肅天水）、轉同谷，生活陷於絕境。復由同谷入蜀，於歲末抵達成都。在友人資助下於西郊浣花溪畔營建草堂，開始了一段相對平靜的生活。上元二年（西元 761 年）七月，友人嚴武自成都尹入朝，杜甫送至綿州。適遇劍南兵馬使徐知道在成都作亂，遂輾轉徙居綿、梓、閬州。廣德二年（西元 764 年），嚴武再度鎮蜀，表署節度參謀、檢校工部員外郎（後世因而稱甫為杜工部）。永泰元年（西元 765 年）正月辭幕歸草堂。四月，嚴武卒，五月，攜家沿江而下，在雲安（今雲陽）因病逗留約半年。大曆元年（西元 766 年）夏至夔州（今奉節），得都督柏茂林之助，在夔州首尾居留三年。大曆三年三月，離夔州出峽，先後漂泊江陵、公安、岳陽、潭州、衡州等地。五年冬病卒。

杜甫為中國文學史上最偉大的現實主義詩人。其詩歌創作為唐代由極盛轉衰時期的社會生活留下全面且深刻的反映，舉凡戰亂的破壞、人民的疾苦、統治者的腐敗、貧富的懸殊、軍閥的跋扈叛亂，乃至重大的軍事事件，在他筆下均有及時而鮮明的反映，並貫注著深厚的愛國主義精神和人道主義精神，被後人稱為「詩史」。其中熔述志抒懷、敘事繪景、縱橫議論為一體，將個人經歷遭遇與時事政治、人民生活融合的長篇，以及以底層人民的苦難為內容，帶有敘事性的短篇，都是對現實主義傳統的創造性發展。在古體詩的創作中，極大地提升詩的寫實技巧和敘事藝術，並能以高度概括的藝術手法揭示出生活的本質。在古代詩史上，杜甫既是集大成者，又是開創新世界者。他在詩歌體裁上，五古、七古、五律、七律、排律（尤其是長律）均達到一流水準，對七律的發展提升更有重大貢獻。不僅用七律來反映廣泛的現實生活，抒寫人民的苦難，抒發憂國憂民的情懷，從而極大地擴展了七律的現實內容與政治內涵；且能運古於律，既格律精嚴、字句精煉，而又氣勢磅礴、意境渾融，極大地提升七律的藝術品味。晚年大量創作七律拗體，以表現內心鬱勃不平之氣，在藝術上也有明顯創新。在藝術風格方面，創造出極富時代特徵和個性特徵的「沉鬱頓挫」風格，思想的深厚博大，感情的深沉凝重，意境的沉雄悲壯，表現的迴環起伏、波瀾曲折，構成融時代悲劇與個人悲劇為一體、具有崇高悲壯色彩的詩風。與此同時，還創造出極其錘鍊精工的詩歌語言。透過「語不驚人死不休」的苦心經營，達到「毫髮無遺憾」、「下筆如有神」的程度。而這種錘鍊，又與創造渾然一體的詩歌意境結合，顯得字錘句煉，力透紙背，又具整體流貫的氣勢。此外，為了擴展詩歌的內涵，創作大量古體、律體組詩，並加以精工的組織安排，也是杜甫的一大創造。有集六十卷，已佚。北宋王洙重編《杜工部集》二十卷、補遺一卷，為後世杜集祖本。清代著名杜集注本有錢謙益《錢注杜詩》、仇兆鰲《杜詩詳注》、浦起龍《讀杜心解》、楊倫《杜詩鏡銓》等。今人張忠綱等有《杜甫全集校注》，謝思煒有《杜甫集校注》。

── 望嶽① ──

岱宗夫如何②？齊魯青未了③。造化鍾神秀④，陰陽割昏曉⑤。盪胸生層雲⑥，決眥入歸鳥⑦。會當凌絕頂⑧，一覽眾山小⑨。

📖 [校注]

①嶽，此指東嶽泰山。詩作於開元二十五、六年（西元737、738年）遊齊、趙時。望嶽，在山下遠望東嶽泰山。②岱宗，即泰山。《書·舜典》:「歲二月，東巡守，至於岱宗。」孔傳：「岱宗，泰山，為四嶽所宗。」泰山居五嶽之首，為其他諸嶽所宗，故稱。夫（ㄈㄨˊ），助詞，用於句中或句首、句末。③齊魯，春秋時齊國、魯國之地。《史記·貨殖列傳》:「故泰山之陽則魯，其陰則齊。」青未了，謂泰山的一片青黛之色尚綿延不絕。④造化，大自然。鍾，聚集。神秀，神奇秀美。孫綽〈遊天臺山賦序〉:「天臺山者，蓋山岳之神秀者也。」⑤陰陽，指山的北面和南面。割，分。昏曉，指陰暗與明亮。⑥盪胸，心胸激盪。曾，通「層」。此係倒裝句，謂望見山上層雲湧動翻捲，心胸為之激盪。⑦眥（ㄗˋ），眼眶。決眥，謂張大眼睛極望。入歸鳥，看到歸林之鳥。蕭滌非曰：「鳥向山飛，目隨鳥去，所以說入歸鳥。岑參詩：『鳥向望中滅。』（〈南樓送衞憑〉）可與此句互參。」（《杜甫詩選注》）⑧會當，定要。凌，凌駕、登上。⑨《孟子·盡心

上》：「孟子曰：『孔子登東山而小魯，登泰山而小天下。』」《法言·吾子》：「升東嶽而知眾山之峛崺也，況介丘乎！」凌，九家注杜本作「臨」。

[鑑賞]

在中國的名山中，泰山高居五嶽之首。歷代帝王多在此舉行封禪盛典以告成功，不過除了這一歷史文化原因之外，還由於其特殊的地理形勢聳立於齊魯平原之間，使它顯得特別巍峨雄峻。此詩寫遠望中的泰山，其主要特徵即多從大處落筆，虛處傳神，既寫出它的闊大巍峨、雄奇峻峭，又傳達它磅礴高遠氣勢和衝擊心胸、引人奮發向上的力量。要寫出泰山的整體面貌和氣勢，遠望是最佳的觀察角度；否則就會如蘇軾所說，「不識廬山真面目，只緣身在此山中」。而遠望，則自然只能得其大體，不可能作非常具體細緻的觀察和描寫。遠望，大處落筆，虛處傳神，寫出其整體面貌氣勢，這三者之間密切相關。

首句即以設問語虛處落筆喝起。不說泰山而稱「岱宗」，便含鄭重推尊意涵。緊接「夫如何」三字，更隱然透露面對如此雄壯巨大而帶神奇色彩的對象時發自內心的驚嘆。在「岱宗」與「如何」之間插入在詩歌中很少用的語助詞「夫」字，不僅使詩的節奏顯得紆徐有致，而且傳達出暗自沉吟揣摩的神情，彷彿感到面前的對象難以掌握。

次句便從大處落筆，正面描繪泰山之廣大。泰山綿亙於今山東省中部泰安、濟南之間，古稱「泰山之陽則魯，其陰則齊」，故用「齊魯青未了」一語概寫其青黛之色綿延古齊魯之地而不絕的廣袤面貌。實際上，即便站在更遠處，詩人也不可能真正望見泰山廣闊綿延的全貌，這裡的概括描寫，已經包含想像甚至誇張的成分。妙在運用「青未了」三字傳出其跨齊魯而猶綿延不絕的態勢，遂覺這青黛山色蒼茫杳遠而無有際涯。這正是大處落筆與虛處傳神結合的範例。

如此廣袤綿延的泰山突兀聳立於平野之上，使詩人不得不驚嘆這是造化所創的奇觀。第三句「造化鍾神秀」仍從虛處下筆，說大自然彷彿特別鍾愛照顧泰山，將宇宙間的神奇秀美都集中在它身上。這完全是虛寫，但正是這種寫法，才能從整體上傳達泰山之美所具有的神奇色彩和它在觀賞者心中引起的震撼。第四句「陰陽割昏曉」有各種不同的解釋，但只要明白詩人是把泰山作為龐大的整體來描寫，便不難理解其真實含意是極狀山之高峻，說它的南面（陽）為陽光所照射，故明亮（曉）；北面（陰）為陽光所不及，故晦暗（昏）。著一「割」字，不僅具體地顯示出山的南面和北面，彷彿被分割成一明一暗兩個截然不同的世界，而且傳神地表現山的高峻奇險，宛如巨刃摩天的非凡氣勢。王維〈終南山〉腹聯「分野中峰變，陰晴眾壑殊」所描繪的情景與此句相近，但王維是站在終南山頂府瞰，故是實寫眼前景，而杜甫是在山下遙望，不可能同時看到山北山南一晦一明的景象，故是虛寫想像中之景，而山之高峻奇險則於此可見。

五、六兩句，改換筆法，寫遠望中的泰山雲湧鳥歸之景，其中自含寫實成分。但詩人的著力點不在雲湧鳥歸的景象本身，而在透過它來寫自己遠望時的感受與神情，故實中寓虛。上句本是寫遠望泰山上層雲湧動，自己的胸中也因之激盪不已，因倒裝句法而給予人胸中洶湧激盪如雲起潮湧之感，突顯泰山之上壯麗景象對人的感染力。下句是寫遙望歸鳥向泰山飛去，隨著鳥的漸飛漸遠，彷彿需要睜大眼睛、盡力追尋，才能捕捉飛鳥的蹤影。這目隨飛鳥而去的景象，正傳神地表現出詩人目注神馳的情狀，展現泰山之景對人的吸引力，這正是寫遠望之神。

末二句由遠望而生「凌絕頂」之想。遠望中的泰山，已如此廣袤綿延、高峻奇險，使自己心潮湧動，目注神馳，遂自然產生登臨絕頂的強烈願望。從晚年所作〈又上後園山腳〉詩「昔我遊山東，憶戲東嶽陽。窮秋立日觀，矯首望八荒」之句，詩人當年實已登泰山之巔，此詩「會當」二字，也顯示其願望之迫切強烈。「一覽眾山小」雖是因孔子「登泰山而小天下」而引發的想像虛構之詞，卻畫出詩人挺立峰巔，「矯首望八荒」的生動形象和奮發向上、登峰造極、雄視天下的壯闊情懷。前六句寫遠望中的泰山，已極傳其廣大巍峨、雄峻奇險之勢，此二句寫遙想中登頂「一覽眾山小」，既是進一步寫出泰山之廣袤、高峻，又是進一層寫出詩人因「望嶽」而生的壯懷，可以說是既傳泰山之神，又傳詩人望嶽之神的完美收束。

═ 兵車行[1] ═

車轔轔[2]，馬蕭蕭[3]，行人弓箭各在腰[4]。耶娘妻子走相送[5]，塵埃不見咸陽橋[6]。牽衣頓足攔道哭，哭聲直上干雲霄[7]。道旁過者問行人[8]，行人但云點行頻[9]：或從十五北防河[10]，便至四十西營田[11]。去時里正與裹頭[12]，歸來頭白還戍邊[13]。邊庭流血成海水[14]，武皇開邊意未已[15]。君不聞漢家山東二百州[16]，千村萬落生荊杞[17]。縱有健婦把鋤犁[18]，禾生隴畝無東西[19]。況復秦兵耐苦戰[20]，被驅不異犬與雞[21]！長者雖有問[22]，役夫敢申恨[22]！且如今年冬，未休關西卒[24]。縣官急索租[25]，租稅從何出？信知生男惡，反是生女好。生女猶得嫁比鄰[26]，生男埋沒隨百草[27]。君不見，青海頭[28]，古來白骨無人收。新鬼煩冤舊鬼哭，天陰雨溼聲啾啾[29]！

📖 [校注]

①這是杜甫「即事名篇，無復倚傍」（元稹〈樂府古題序〉），針對現實而作的樂府歌行。作於天寶十載（西元 751 年）冬。內容係抨擊玄宗後期發動的一系列開邊黷武戰爭，有概括性相當高。②轔轔，車聲。《詩 · 秦風 · 車鄰》:「有車轔轔。」③蕭蕭，馬鳴聲。《詩 · 小雅 · 車攻》:「蕭蕭馬鳴，悠悠旆旌。」④行人，征人，出征的士兵。⑤耶娘，即爺娘，父母。走，奔走。⑥咸陽橋，即西渭橋。《雍錄》:「秦、漢、唐架渭者凡三橋：在咸陽西十里者，名便橋，漢武帝造；在咸陽東南二十二里者，為中渭橋，秦始皇造；在萬年縣東

四十里者，為東渭橋。」西渭橋又稱便門橋，因與漢長安城便門相對，故名。故址在今咸陽市西南。從長安出發過咸陽西去，必經此橋。⑦干，犯。⑧道旁過者，指詩人自己。將自己作為詩中的一個人物，見證詩中所寫情景。⑨點行，按戶籍名冊依次點名抽丁出征。頻，頻繁。⑩防河，當時吐蕃經常侵擾河西（黃河以西）隴右地區，唐廷徵調關中、朔方等內地軍隊集於河西一帶以防備，故曰防河。又稱「防秋」。⑪營田，即屯田。戍邊士兵，兼事屯田墾荒，有事作戰，平時種田。營田亦為防備吐蕃。⑫去時，指初次從軍出征時，即上云「十五」歲時。里正，唐代百戶為一里，設里正一人。裹頭，包紮頭巾。古以皂羅三尺裹頭。因初次出征時年少，故里正為之裹紮頭巾。⑬此句上承「便至」句。謂好容易捱到從前線歸來，又被徵調入伍，前往戍邊。⑭邊庭，猶邊疆，邊地。⑮武皇，本指漢武帝。唐代詩人多借「武皇」指唐玄宗。⑯漢家，借指唐朝。山東，指華山以東。又稱關東。仇兆鰲注引《十道四蕃志》：「關以東七道，凡二百一十七州。」二百州係舉成數。⑰生荊杞，形容田地荒蕪，民生凋敝，農業生產遭到巨大破壞。⑱把，持。把鋤犁，拿著鋤頭、犁耙從事農耕。⑲無東西，形容婦女耕種的田地，莊稼長得雜亂不成行列。⑳秦兵，指關中地區的士兵，即下文「關西卒」。《史記》稱「秦人勇於攻戰」。岑參〈胡歌〉：「關西老將能苦戰，七十行兵仍未休。」古有關東出相，關西出將之說。王嗣奭曰：「秦兵即關中之兵，正此時點行者。因堅勁耐戰，故驅之尤迫。今驅負耒者為兵，直棄之耳，與犬雞何異！」（〈杜臆〉）㉑驅，驅使，指被強徵服役。㉒長者，征人稱「道旁過者」，即詩人自己。㉒役夫，行役之人，即上文「行人」。敢申恨，豈敢申說自己的怨恨。㉔休，停止徵調。關西，指函谷關以西的關中地區。關西卒，即上文「秦兵」。㉕縣官，朝廷、官府。《史記．孝景本紀》：「令內史郡不得食馬粟，沒入縣官。」《漢書．食貨志上》：「貴粟之首，在於使民以粟為賞罰。今募天下入粟縣官，得以拜爵，得以除罪。」柳宗元〈答元饒州論政理書〉：「今富者稅益少，貧者不免於捃拾以輸縣官，其為不均大矣。」朱鶴齡曰：「名隸征伐，則生當免其租稅矣。今以遠戍之身，復督其家之輸賦，豈可得哉！」此承上更進一層語，亦與上村落荊杞相應。㉖比鄰，近鄰。㉗楊泉《物理論》載秦代民謠云：「生男慎勿舉，生女哺用脯。不見長城下，屍骸相支拄。」陳琳〈飲馬長城窟行〉：「生男慎莫舉，生女哺用脯。君獨不見長城下，死人骸骨相撐拄！」「信知」四句化用其語。㉘青海頭，青海湖邊上。這一帶是唐軍與吐蕃經常交戰的地方。㉙啾啾，此處模擬鬼哭泣之聲。

📖［鑑賞］

在唐詩發展史上，杜甫的〈兵車行〉稱得上是一篇劃時代的作品。以它為象徵，唐詩由此前歌詠繁榮昌盛時代昂揚奮發的精神風貌和高華朗爽的藝術風貌，轉為揭露社會對立、時代危機和底層人民的苦難，詩風也轉為寫實。單從詩的主旨抨擊統治者施行黷武戰爭這一點來看，同時代的詩人李白、李頎、劉灣等都寫過類似的作品，但杜詩卻以其特有的深刻性、廣闊性和藝術概括性、創造性超越其他詩人之作而成為新詩風的卓越代表。

想要準確地理解這首詩的內容，首先必須清楚梳理它所反映的黷武戰爭究竟是指某一次具體的戰爭，還是概括較長時期中進行的一系列黷武戰爭。宋代黃鶴認為此詩所反映的是天寶十載（西元 751 年）鮮于仲通喪師瀘南，下制大募兵擊南詔之事。

據《通鑑》載：天寶十載「四月壬午，劍南節度使鮮于仲通討南詔蠻，大敗於瀘南……士卒死者六萬人，仲通僅以身免，楊國忠掩其敗狀，仍敘其戰功……制大募兩京及河南北兵以擊南詔。人聞雲南多瘴癘，未戰士卒死者什八九，莫肯應募。楊國忠遣御史分道捕人，連枷詣送軍所……於是行者愁怨，父母妻子送之，所在哭聲震野」。所敘情景與李白〈古風〉其三十四專寫此次徵兵討南詔之事者相合，亦與杜甫此詩開頭所寫咸陽橋頭哭送征人一幕相合，故後世注杜詩者如錢謙益，即據此認為詩為此次征南詔之役而作。而另外一些注家，則認為此詩係諷唐玄宗用兵吐蕃而作。這在詩中同樣能找到一系列明顯證據。一是詩中提到的「北防河」、「西營田」均與跟吐蕃作戰有關；二是詩末明確提到「青海頭」的新鬼舊鬼，更是與吐蕃長期作戰之結果。但這兩種意見卻都忽略了杜詩的寫實，並非對一時一事的實錄，而是對現實生活的提煉、熔鑄和典型化概括。從詩中所寫到「漢家山東二百州，千村萬落生荊杞」的情況來看，這絕對不是某一次黷武戰爭所能造成的嚴重局面，而是在相當長的時期中連續進行黷武戰爭釀成的惡果，這從「邊庭流血成海水，武皇開邊意未已」的詩句中也可明顯看出。玄宗的黷武開邊戰爭，與其政治上的逐漸腐敗基本上是同步的。從天寶以來，東北邊境上安祿山對奚、契丹的戰爭，西北邊境上哥舒翰對吐蕃的戰爭，西南邊境上鮮于仲通及李宓對南詔的戰爭，都帶有黷武性質。特別是天寶八載隴右節度使哥舒翰以死傷數萬人的慘重代價，奪取吐蕃石堡城之役，和鮮于仲通征南詔之役，士卒死者六萬人，尤為玄宗開邊黷武戰爭付出慘重代價的顯著事例。可以認為，〈兵車行〉是杜甫在天寶以來玄宗進行一系列開邊黷武戰爭的基礎上，特別是在天寶八載與吐蕃的石堡城之戰及十載征南詔之敗這兩次戰役的基礎上，提煉概括而成的反黷武戰爭詩篇。

全詩一開頭，就展現出一幅慘絕人寰的咸陽橋頭送別征人場景：車聲轔轔，馬鳴蕭蕭，出征的士兵腰間都佩帶上弓箭。征人的父母妻子奔走相送，人馬雜沓，塵埃蔽天，連咸陽橋也被遮擋得不見蹤影。送行的人們拉著征人的衣裳，頓足捶胸，呼天喊地，嚎啕大哭，哭聲一直上沖雲霄。這幅活動著的場景，顯然是為了揭示這場戰爭違背人民意願的非正義性質，說明征人是被迫上前線的。特別是「牽衣頓足攔道哭」一句，連用三個動作（牽衣、頓足、攔道）來渲染句末的「哭」字，不僅傳達出眼睜睜看著親人被迫赴死的士兵家屬悲痛欲絕的心情，而且透露出對於這場不義之戰及發動這場戰爭的統治者，他們內心強烈的怨憤。不妨說，這幅圖景本身就是對黷武戰爭的強烈控訴。這個開頭，確如前人所評，筆勢如風潮驟湧，具有強烈的衝擊力和震撼力。在給予人強烈視、聽感受的同時，又給予人心理上的強烈震撼。

詩人在這首詩中，是以一個目擊者和見證者的身分出現。因此，在描繪上述場景之後，就自然引出「道旁過者問行人」及行人的回答，以交代這個慘絕人寰場景的由來，並透過行人之口逐層深入地揭露抨擊黷武戰爭造成的苦難和嚴重後果。這個「道旁過者」就是詩人自己。「行人但云」以下，表面上全是行人的回答。然揆之實際，杜甫當年即使真的目睹咸陽橋頭哭送征人上前線的場景，並和其中的某個行人有過問答，但下面這一大段答辭，顯然不可能全出於行人之口，而是包含杜甫多年來對現實生活的體會和思考。

「點行頻」三字，全詩眼目。「或從」四句，用前後交錯的句式，揭示出戰爭的曠日持久和點行之頻。唐制：二十服役，六十而罷。天寶三載改為二十三歲徵點，五十歲老免。

詩中的這位征人，十五歲便被抽到西北邊疆防秋，直到四十歲還在那裡屯田戍守，初次入伍時由於年少連頭巾都是由年長的里正代裹的，好不容易捱到頭白還鄉，卻又被強徵入伍，趕往前線。「或從」句與「去時」句重合，「便至」句與「歸來」句承接，「十五」、「四十」的久遠時間差距，「歸來」與「還戍邊」的對應，將這位士兵數十年的經歷與戰爭之久、點行之頻融為一體，寫得簡潔而不費力。

「邊庭流血成海水，武皇開邊意未已。」這樣曠日持久的戰爭造成直接嚴重的後果，即前線士兵大量犧牲，詩人用「邊庭流血成海水」的誇張渲染突顯犧牲之巨大與慘烈，可是最高統治者開邊擴張的想法卻並沒有止境。這兩句是對全篇主旨的充分揭示，矛頭直指唐玄宗，可見詩人的強烈正義感和可貴的詩膽。較之李白〈古風〉其三十四將矛頭指向楊國忠更進一層。

「君不聞」四句，特意用樂府套語提起另一層意涵，將對黷武戰爭的揭露向深邃處延伸。由於長期進行黷武開邊戰爭，華山以東廣大地區的農業生產遭到嚴重破壞，千村萬落，田地上長滿荊棘，一片荒蕪景象。縱使有婦女在田地中持鋤扶犁耕作，種出來的莊稼也是行不成行、雜亂叢生，收成澆薄。「點行」之頻，戰爭之久，使廣大的中原地區丁壯都上了前線，田地荒蕪，生產凋敝。這不僅從地域的廣闊方面，進一步揭示出黷武戰爭造成的破壞波及範圍之廣，而且從動搖國家的根本方面，深刻地揭示出其為禍之烈。封建社會的經濟，是以農業為立國根本的小農經濟，一旦廣大地區的農業生產遭到嚴重破壞，就必然會動搖立國的根基，造成一系列的衝突和危機。因此這四句詩對全詩思想內容的開拓與深化具有至關重要的作用。〈兵車行〉之所以有別於一般的反黷武戰爭詩，主要就在於杜甫看待問題並不局限於戰爭本身帶給士兵及其家人的痛苦犧牲和生離死別，而是連繫到整個國家的前途命運，看到它對農業生產這個根基造成的破壞。李白在〈古風〉其十四中抨擊唐玄宗「勞師事鼙鼓」的同時，也曾言及「三十六萬人，哀哀淚如雨。且悲就行役，安得營農圃」，但僅一筆帶過；而杜甫則在詩中將這種破壞淋漓盡致地展示出來，加以大筆濡染，其警示效果便明顯不同。

「況復」四句，又從昔時回到眼前，從「山東」回到關中，申述關中地區的百姓因為「耐苦戰」而遭到統治者反覆多次驅遣，簡直視同雞犬，語氣中充滿怨憤和無奈。明說自己豈敢發洩怨憤，實際上內心極度怨恨朝廷草菅民命，只不過敢怒而不敢言而已。

「且如」四句，又轉進一層。先說今冬接連徵調「關西卒」以遙承「點行頻」；再揭示人雖被徵，租稅卻不能免，朝廷急索租稅，但家中既無人從事生產，又如何能上繳租稅呢？這裡不僅反映出統治者為了進行開邊黷武戰爭，已經毫不講章法，而且呈現出關中地區同時面臨著田地荒蕪、生產凋敝的局面。然則整個北方地區所遭到的破壞都已極其嚴重。這和杜甫在〈憶昔〉詩中所描繪的「開元全盛日」景象，簡直是天壤之別。這在正史之中並沒有記載，人們的印象中，天寶中後期，政治雖日趨腐敗，經濟仍相當繁榮，杜甫的〈兵車行〉正可補史之闕。

不但廣大北方地區的生產遭到嚴重破壞，連社會心理也因長期黷武戰爭的影響而出現變化。原來重男輕女的傳統心理，由於男丁被大量趕往前線白白送死，而一轉為「信知生男惡，反是生女好」，因為生女尚能嫁給近鄰，總能生聚相見，而生男卻只能葬身沙場，隨百草同枯。語氣極沉痛而憤激。「信知」、「反是」，用強調的口吻表現出這完全是扭曲的社會心理。這種反常的心理正反映出長期黷武戰爭帶給人民的深重苦難和心理創傷，是對黷武戰爭更深一層的揭露。

「君不見，青海頭，古來白骨無人收。新鬼煩冤舊鬼哭，天陰雨溼聲啾啾！」這四句緊接「生男埋沒隨百草」句而來，遙承「邊庭流血成海水」，卻將反黷武戰爭的主旨一直向古代延伸，說明古往今來，從漢到唐，統治者好大喜功，發動開邊黷武戰爭，以致青海湖邊，白骨纍纍，無人收埋，新鬼舊鬼，煩冤哭泣，天陰雨溼之時，啾啾之聲，更是悽絕不忍聞。四句抵得上李華一篇〈弔古戰場文〉。這既是被強徵的征人對黷武戰爭的沉痛控訴，也是詩人對黷武戰爭的強烈抗議，二者水乳交融，渾然一體。

過往寫反黷武戰爭的詩，其主要著眼點都聚焦在戰爭造成的慘重犧牲上。與杜甫同時代的詩人劉灣作〈雲南曲〉:「去者無全生，十人九人死。」李白的〈古風〉其三十四也說:「千去不一回，投軀豈全生？」李頎的〈古從軍行〉亦云:「年年戰骨埋荒外，空見葡萄入漢家。」杜甫卻比一般的詩人想得更深更遠，他想到長期黷武戰爭嚴重破壞廣大地區的農業生產，造成廣大農村經濟凋敝，而這又進一步造成「縣官急索租，租稅從何出」的惡性循環，導致百姓對統治者的怨恨。這一切，都會動搖國家根本，形成經濟、政治危機。〈兵車行〉的深刻性，正在於此；杜甫為其他同時代詩人所不及，亦在於此。

〈兵車行〉是杜甫所創作「即事名篇，無復倚傍」的新樂府詩中，以反映國計民生重大問題為題材的首篇。它繼承了漢代樂府「感於哀樂，緣事而發」的創作精神和善於敘事的傳統，用通俗明暢、富有表現力的言辭敘事記言繪景，表達富有時代意義的深刻主題和深刻廣泛的現實生活內容。詩人的筆觸，由眼前咸陽橋頭哭聲震天的場景，向廣闊深遠的時空延伸，不但延伸到「山東二百州」的千村萬落、「白骨無人收」的青海湖邊，而且由現在延伸到過去，由唐朝延伸到古代，從現實生活延伸到社會心理，從而極大地拓展詩的歷史現實內涵，深化反黷武、傷凋敝、憂國運的主題。從此之後，憂國憂民，便成為杜詩的主旋律，杜甫和同時代的其他詩人，也就顯示出鮮明的區別。

〈兵車行〉表現出杜甫善於將深廣的現實內容嚴密有序地組織成藝術整體的傑出才能。詩中先記事，後記言。在記言中先述已往之事，再說眼前之事。在行文的連結照應（包括「君不聞」、「君不見」、「況復」、「且如」等詞語的恰當提引和頂針手法的運用，以及圍繞「點行頻」這個詩眼，反覆以「武皇開邊意未已」、「未休關西卒」、「新鬼煩冤舊鬼哭」等詩句進行對照渲染等）和內在意涵的潛在關聯上（如開頭咸陽橋頭的人哭和結尾青海湖邊的鬼哭），都可看出其用思之細密巧妙。而隨著內容推進不斷變化的韻律和長短參差的句式，更增添全詩的生動性和鮮明節奏感。

但更值得注意的是詩的想像虛構成分。這首詩雖採用敘事體，但並非單純的生活實錄，而是經過詩人的提煉加工，並加以集中概括。咸陽橋頭的慘痛場景，可能是杜甫所親歷，但下面一大段「道旁過者」與「行人」的問答，特別是行人答話中的某些內容，顯然有假託的跡象。一個「歸來頭白還戍邊」的老兵從他的切身遭遇出發，對黷武開邊戰爭懷有怨憤是很自然的，但這位老兵竟能從「山東二百州」的生產凋敝談到「秦兵」被多次驅遣，從徵行的頻繁談到租稅的苛急，恐怕就不再是現實原貌的紀錄。這位「行人」所說的話，大部分也是詩人要說的話，不過借行人之口，用問答的方式表達出來而已。若是藝術才能平庸的詩人，很可能用下述方式來表達這首詩所反映的現實內涵，即在開頭描寫送行場景之後，就由作者自己出面，表達一通議論和感慨。從戍邊時間之長、死傷之慘重、對廣大地區生產破壞之嚴重以及對社會心理影響之深刻等方面，論述黷武戰爭的嚴重惡果。這樣書寫，就內容的深度廣度來說，與杜甫的原作可以說沒有多少區別，但詩歌的具象性、真實感和藝術感染力卻會大大削弱。杜甫沒有這樣做，他把自己對黷武戰爭的深切感受與認知，透過藝術的想像與加工，化為咸陽橋頭哭聲震天的生離死別場面，化為「道旁過者」與「行人」的問答，將主觀的議論化為客觀的敘述描繪。這樣的藝術構思，就大幅增強作品的現實氣息和真實感、臨場感。這種透過藝術的想像和提煉加工，將自己耳聞目睹的情景與生活中得來的種種感受、認知熔為一體的典型化手法，是杜甫現實主義藝術創造精神的卓越表現。

═ 醉時歌[1] ═

諸公袞袞登臺省[2]，廣文先生官獨冷[3]。甲第紛紛厭粱肉[4]，廣文先生飯不足。先生有道出羲皇[5]，先生有才過屈宋[6]。德尊一代常坎坷[7]，名垂萬古知何用[8]！杜陵野客人更嗤[9]，被褐短窄鬢如絲[10]。日糴太倉五升米[11]，時赴鄭老同襟期[12]。得錢即相覓，沽酒不復疑[13]。忘形到爾汝[14]，痛飲真吾師[15]。清夜沉沉動春酌[16]，燈前細雨簷花落[17]。但覺高歌有鬼神[18]，焉知餓死填溝壑[19]。相如逸才親滌器[20]，子云識字終投閣[21]。先生早賦歸去來[22]，石田茅屋荒蒼苔[22]。儒術何有於我哉[24]！孔丘盜蹠俱塵埃[25]。不須聞此意慘愴[26]，生前相遇且銜杯[27]。

📖 [校注]

①題下原注：贈廣文館博士鄭虔。《舊唐書．玄宗紀》：天寶九載七月，「國子監置廣文館，徙生徒為進士業者」。廣文館有博士四人、助教二人，均為學官。鄭虔（西元 691 ～ 759 年），字趨庭，鄭州滎陽人。開元中，任左監門錄事參軍。開元末，任協律郎。因私修國史，貶官十年。天寶九載（西元 750 年），「玄宗愛虔才，欲置左右，以不事事，更為置廣文館，以虔為博士……虔善著書，時號鄭廣文」（《新唐書．文藝傳．鄭虔》）。天寶末遷著作郎。安史亂軍陷長安，偽署水部郎中，稱疾不就，以密章潛通在靈武的肅宗朝廷。亂

平，以次三等治罪，貶臺州司戶參軍，後卒於貶所。杜甫與鄭虔交好，集中有寄贈懷念鄭虔的詩十八首。虔多才藝，曾自書其詩並畫，呈玄宗，御題「鄭虔三絕」。此詩中提及「日糴太倉五升米」之事，據《舊唐書·玄宗紀》：天寶十二載，「八月，京城霖雨，米貴，令出太倉米十萬石，減價糶於貧人」。又言及「動春酌」，則當作於十三載春。②袞袞，眾多貌，從相繼不絕之義引申而來。臺，指御史臺，包括臺院、殿院、察院，是中央政府的監察機構。省指中書省、門下省、尚書省（包括吏、戶、禮、兵、刑、工六部）。臺省泛稱中央政府的樞要部門。③官獨冷，指與權勢無緣的閒官冷職。廣文館博士就是這樣的冷官。李商隱在任太學博士時也稱自己「官銜同畫餅，面貌乏凝脂」（〈詠懷寄祕閣舊僚二十六韻〉）。④甲第，豪門貴族的宅第。《史記·孝武本紀》：「賜列侯甲第，僮千人。」裴駰集解引《漢書音義》：「有甲乙第次，故曰第。」或曰：「第，館也；甲，言第一也。」（《文選·張衡〈西京賦〉》「北闕甲第」薛綜注）粱肉，泛指精美的飯食。⑤出，超越。羲皇，指傳說中的古聖君伏羲氏。⑥屈宋，屈原、宋玉。戰國時楚國的傑出詩人，楚辭的代表作家。⑦德尊一代，道德為一代所尊崇。此句上承「有道出羲皇」。坎坷，困頓不得志。⑧名垂萬古，名傳於萬代。此句上承「有才過屈宋」。⑨杜陵野客，杜甫時居京兆杜陵，故以「杜陵野客」自稱。嗤，譏笑。⑩被褐，穿著粗布短衣。褐衣古代為貧賤者所穿。⑪太倉，古代京師儲穀的官倉。唐司農寺下設太倉署，掌廩藏之事。買入穀米曰「糴（ㄉㄧˊ）」，賣出曰「糶」。太倉糶米事參見注①。⑫鄭老，鄭虔比杜甫年長二十餘歲，故稱。同襟期，同敞懷抱。⑬不復疑，毫不遲疑。⑭忘形，不拘形跡。到爾汝，到以你我相稱的程度，表示彼此間關係親密，為忘年之交。《文士傳》:「禰衡與孔融為爾汝交，時衡年二十餘，融年五十。」⑮此句謂鄭虔在痛飲方面實在稱得上是我的師。這是諧謔之語。⑯清夜，寂靜的夜晚。沉沉，深沉貌。鮑照〈代夜坐吟〉:「冬夜沉沉夜坐吟，含聲未發已知心。」動春酌，飲春酒。⑰簷花，屋簷邊樹上的花。或云簷前細雨因燈光照映，閃爍如花，亦通。⑱高歌，指高聲吟詩。有鬼神，謂若有鬼神相助。⑲填溝壑，填屍於山谷。《孟子·滕文公下》:「志士不忘在溝壑，勇士不忘喪其元。」趙岐注:「君子固窮，故常念死無棺槨沒溝壑而為恨也。」⑳逸才，超逸出眾之才。《史記·司馬相如列傳》:「文君夜亡奔相如，相如乃與馳歸成都。家居徒四壁立……相如與俱之臨邛，盡賣其車騎，買一酒舍沽酒，而令文君當壚。相如身自著犢鼻褌，與保傭雜作，滌器於市中。」㉑子云，揚雄字。識字，指揚雄能識古文奇字。《漢書·揚雄傳》:「王莽時，劉歆、甄豐皆為上公。莽既以符命自立，即位之後欲絕其原以神前事，而豐子尋、歆子棻復獻之。莽誅豐父子，投棻四裔，辭所連及，便收不請。時雄校書天祿閣上，治獄使者來，欲收雄，雄恐不能自免，乃從閣上自投下，幾死。莽聞之曰：『雄素不與事，何故在此？』間請問其故，乃劉棻嘗從雄學作奇字。雄不知情，有詔勿問。」㉒晉陶淵明辭彭澤令歸家時，作〈歸去來辭〉，表明歸隱田園之志。此句謂鄭虔早有歸隱之志。㉒石田，沙石之田，指貧瘠的田。㉔儒術，指儒家之道。何有，有什麼用。㉕盜蹠，姓柳下，名蹠。春秋時著名的大盜。㉖此，指〈醉時歌〉。慘愴，悽楚憂傷。㉗銜杯，飲酒。《晉書．張翰傳》：「或謂之曰：『卿乃可縱適一時，獨不為身後名邪？』答曰：『使我有身後名，不如即時一杯酒。』時人貴其曠達。」末句從此化出。

📖 [鑑賞]

困居長安十年期間，杜甫在求仕的道路上屢遭挫折，備受屈辱，不但生活上越來越困頓，精神上也越來越痛苦。在此期間所寫的不少詩中，都沉痛憤慨地描寫其困頓的生活和內心的屈辱痛苦。其中為讀者所熟知的，如「騎驢三十載，旅食京華春。朝扣富兒門，暮隨肥馬塵。殘杯與冷炙，到處潛悲辛」（〈奉贈韋左丞丈二十二韻〉），「此身飲罷無歸處，獨立蒼茫自詠詩」（〈樂遊園歌〉），「長安苦寒誰獨悲，杜陵野老骨欲折……飢臥動即向一旬，敝衣何啻聯百結。君不見空牆日色晚，此老無聲淚垂血」（〈投簡咸華兩縣諸子〉）。一個懷著「致君堯舜上，再使風俗淳」、「會當凌絕頂，一覽眾山小」理想抱負的才人，竟淪落到如此困頓的境地。杜甫之所以能寫出〈兵車行〉、〈麗人行〉、〈同諸公登慈恩寺塔〉等一系列關注人民痛苦與國家命運、抨擊上層統治集團奢侈淫逸的優秀詩篇，就是因為有這樣的現實生活基礎。但上述詩作，雖令人同情扼腕，有時卻不免感到過於壓抑，杜甫性格中豪縱不羈、詼諧曠放的一面，在生活的重壓下似乎消失了。而這首〈醉時歌〉，卻在抒發一肚子牢騷不平、憤激悲慨的同時，寓含著一股豪縱不羈之氣，使人感到這才是真正的杜甫。

據題下原注，這首詩是贈給廣文館博士鄭虔的。但全詩內容，卻既寫鄭虔的坎坷境遇，又寫自己的困頓生活；既寫兩人之間的交誼和醉酒痛飲，又抒發內心的憤激不平，實際上是借醉酒抒寫彼此坎坷困頓境遇和激憤悲慨的詩。

詩一開頭，就用兩兩相對的四個排偶句，透過鮮明的對比，來著重渲染鄭虔的坎坷仕途和貧困生活：一方面，是袞袞諸公連續不斷地登上臺省高位；另一方面，是廣文先生獨自做著博士這樣的冷官。一方面，是高官顯宦的豪華第宅中紛紛厭倦了精美的餚饌；另一方面，是廣文先生卻連飯都吃不飽。「諸公袞袞」自是泛指，彷彿有一筆掃盡之嫌，但當時的朝廷在楊國忠把持下，一批有才能德行和時名，但不為其所用的臺省官員，都陸續遭到清洗，登上高位的袞袞諸公大都非庸才即奴才，杜甫此語作大規模的否定嘲諷，實非無的放矢。說「官獨冷」，似乎也有些過度渲染。但國子監的官吏本就是無權勢的學官，再加上廣文館本就是玄宗因欣賞鄭虔的書畫，而又感到他「不事事」而臨時增設的機構，完全是照顧性的人事安排。據《新唐書．文藝傳》，玄宗「更為置廣文館，以虔為博士。虔聞命，不知廣文曹司何在。訴宰相，宰相曰：『上增國學，置廣文館，以居賢者，令後世言廣文博士自君始，不亦美乎？』虔乃就職。久之，雨壞廡舍，有司不復修完，寓治國子館，自是遂廢」。連辦事衙門毀壞都沒人修的廣文館博士，實在稱得上「官獨冷」的稱號了。至於「甲第」二句所描繪的情景，杜甫自己就有切身體會，上引詩句和〈麗人行〉中「犀箸厭飫久未下」的對照，可為此二句作注腳。以上四句，起得突兀，一氣直下，語氣口吻在諧謔中寓有憤激不平。

接下來四句，將這種憤激不平之氣進一步發洩出來。廣文先生之所以「官獨冷」、「飯不足」，並不是因為其無德無才；相反地，是德超羲皇，才過屈宋，但卻遭遇坎坷，困頓沉淪。因此詩人憤慨地說：「德尊一代常坎坷，名垂萬古知何用！」

對鄭虔的讚譽不無渲染，不必看作認真的評價，重要的是詩人有一肚子才而不遇的牢騷憤慨，不吐不快。前二句連以「先生有道」、「先生有才」排比而下，後兩句更用對句痛抒憤激之情，淋漓痛快中寓有深沉的悲慨。以上八句，均寫鄭虔之不遇，為其代抒悲憤不平，也寄寓自己的牢騷激憤，至「德尊」二句，已分不清是代鄭虔抒憤還是為自己抒憤了。這就自然轉入下段寫自己的困頓。

「杜陵野客人更嗤，被褐短窄鬢如絲。」在同時期的其他詩中，杜甫已自稱「杜陵野老」，這次因為面對鄭虔這樣的長者，自當改稱「杜陵野客」，但詩人筆下的這幅自畫像，卻是衣衫襤褸、鬢髮如絲的蒼老文士典型形象，著一「更」字，說明自己的困頓境遇比起鄭虔更甚。連個冷官閒職也沒有，自然更遭人冷眼、嗤笑。

「日糴太倉五升米，時赴鄭老同襟期。」貧困之況，以「日糴太倉五升米」一事概之。說明其時的杜甫，已經淪落到城市貧民，需要國家救助的地步，但即使如此，卻豪性不減，經常到鄭虔處暢敘懷抱。「時赴」句引出鄭虔，下四句即接寫兩人親密交情。

「得錢即相覓，沽酒不復疑。忘形到爾汝，痛飲真吾師。」這四句寫「沽酒」、「痛飲」，照應題面，突然改用五字句，節短勢促，渲染出彼此酒酣耳熱之際忘年忘情復忘愁的豪情，似乎可以聽到爾汝相謔的笑聲和激動盪漾的心聲，深具象外之趣。以上八句，從自己的困頓境遇敘到兩人的交誼和醉酒情景，感情從悲慨轉為豪曠，節奏從舒緩轉為促急，為下一段高潮的到來預作充分的醞釀。

「清夜沉沉動春酌，燈前細雨簷花落。但覺高歌有鬼神，焉知餓死填溝壑。」這四句緊承「痛飲」，寫對飲高歌的動人場景。這是個寂靜的春夜。夜深人靜，燈前細雨飄灑，簷前春花飄落，一對生性豪爽曠放的忘年之交就在這種既淒寂又溫馨的氛圍中痛飲春酒，乘興賦詩。酒酣耳熱之際，高歌朗吟新成的詩作，但覺詩思洋溢，有如神助，哪裡還去考慮什麼餓死埋屍溝壑之事呢！發洩牢騷的詩時常容易一瀉無餘，此詩卻在痛憤悲慨之中有頓挫、有蘊藉、有深遠的意境；訴說窮愁的詩每易陷於悽苦低沉，此詩卻既悲慨深沉，又豪放健舉，雖苦中作樂，卻充滿對美好情誼、情境的熱愛。「焉知餓死填溝壑」之句雖悲慨入骨，但充溢在詩歌意境中的溫馨美好氣息和高歌朗吟的豪放情懷，卻沖淡了這種悲慨。歷代評論家多盛讚此四句為神來之句，其實這正是杜詩中特有的妙境，無論是〈贈衛八處士〉、〈彭衙行〉還是〈北征〉中，都有此類境界，關鍵原因，就在於杜甫在任何困境中都始終保持著對理想的追求和對生活的熱愛。

「相如」二句，承「焉知餓死填溝壑」，進一步舉古代才人的遭際為例，來自作寬解。連司馬相如那樣的文豪在窮困時尚不免開酒店謀生，親自洗滌器具；連揚雄那樣的才士也受株連而被逼投閣，那麼像我們這樣，有冷官可做，有太倉米可糴，有春酒可痛飲的境遇又算得了什麼！這裡自然也有才士不遇、古今皆同的感慨，但舉古的目的在於慰今，儘管這種慰今不免有點苦澀。

最後一段六句，主客雙收，表明歸隱之志與曠達情懷。「先生早賦歸去來，石田茅屋荒蒼苔。」讚揚鄭虔面對如此時世，早已有歸歟之志，其實杜甫也早已表明過「白鷗沒浩蕩，萬里誰能馴」的意願，用他在〈自京赴奉先縣詠懷五百字〉中的話來說，就是「非無江海志，瀟灑送日月」。因此，讚鄭也是自表心跡。但接下來的兩句詩卻讓熟悉杜甫的讀者大吃一驚：「儒術何有於我哉！孔丘盜蹠俱塵埃。」篤信儒術的杜甫在困守長安八年之後，得出的結論竟是儒術無用！這固然是憤語，卻是實情。說明在當時的政治生活中，只有藉助鑽營攀附之術、陰謀詭計之術方能飛黃騰達。而真正信仰儒家仁政愛民之道的人，卻只能做冷官、被短褐，這是對儒術不行於世而誤才士之身的極大痛憤。在這種情況下他甚至喊出「孔丘盜蹠俱塵埃」的憤慨吶喊。現實中賢愚不分、黑白顛倒，竊國者侯，使世代奉儒守官的杜甫激憤到離經叛道之言不擇口而出的程度。這是全詩在痛飲之後乘醉酒而發出的痛憤之音，也是全詩情感的最高潮，痛快淋漓，有如李白的痛飲狂歌；比起李白的「古來聖賢皆寂寞，唯有飲者留其名」，態度更激烈、言論更大膽、感情更沉痛。

最後兩句，由激憤而轉為稍加和緩，說鄭老不必因為我寫的這首痛憤激切之〈醉時歌〉而感到悽楚憂傷，還是像古人那樣，且樂生前一杯酒，何須身後千載名吧。「且銜杯」的

「且」字透出在曠達中的無奈和悲哀。

作為一首抒發懷才不遇的牢騷和痛憤的詩，〈醉時歌〉既不流於嘆老嗟卑、訴苦哭窮，也不流於一味的宣洩和痛罵，而是用詼諧嘲謔的筆調，豪縱曠放的風格，淋漓盡致地表現出胸中的塊壘不平。詩人的感情雖激憤悲慨，卻並不陰鬱絕望，顯示出對困頓生活精神上的承受力。特別是詩中渲染深夜對飲高歌的情景，更顯示出詩人對生活的熱愛。這種感情境界，使杜詩在抒寫苦難的同時，永遠顯現出生活的亮色。給予人美的感受和對生活的執著樂觀信念。

詩雖寫得豪縱曠放，但構思卻嚴謹縝密。在這方面，浦起龍的《讀杜心解》有相對精到的分析。和李白的〈將進酒〉進行對照，可以看出這一點。

＝ 贈衛八處士① ＝

人生不相見，動如參與商②。今夕復何夕③，共此燈燭光！少壯能幾時④，鬢髮各已蒼⑤。訪舊半為鬼⑥，驚呼熱中腸⑦！焉知二十載，重上君子堂⑧。昔別君未婚，兒女忽成行⑨。怡然敬父執⑩，問我來何方。問答未及已⑪，兒女羅酒漿⑫。夜雨剪春韭，新炊間黃粱⑬。主稱會面難，一舉累十觴⑭。十觴亦不醉，感子故意長⑮。明日隔山岳⑯，世事兩茫茫⑰。

📖 [校注]

①黃鶴注：處士，隱者之號，以有處士星，故名。唐有隱逸衛大經，居蒲州。衛八亦稱處士，或其族子。蒲至華，止一百四十里，恐是乾元二年（西元 759 年）春在華州時至其家作。山岳指華嶽言。（仇兆鰲《杜少陵集詳注》引）按：衛八處士名不詳。或引《唐史拾遺》謂「公與李白、高適、衛賓相友善，時賓最年少，號小友」，均難以徵信。肅宗乾元元年六月，杜甫由左拾遺貶華州司功參軍。冬，由華州赴洛陽。翌年三月，由洛陽返華州。此詩當作於乾元二年由洛返華途中。②動如，動輒就像。參（ㄕㄣ），二十八宿中的參宿，西方白虎七宿的末一宿，即獵戶座的七顆亮星。商，二十八宿中的心宿，也稱「大辰」、「大火」。參星在西，商星在東，此出彼沒，永不相見。此喻朋友隔絕。曹植〈與吳質書〉：「面

有逸榮之速，別有參商之闊。」③《詩．唐風．綢繆》：「綢繆束薪，三星在天。今夕何夕，見此良人。」④漢武帝〈秋風辭〉：「少壯幾時兮奈老何！」⑤蒼，灰白色。⑥訪舊，詢問親故舊友。曹丕〈與吳質書〉：「昔年疾疫，親故多離（罹）其災……觀其姓名，已為鬼籙。」⑦熱中腸，心裡火辣辣地難受。⑧君子，詩人稱衛某。王粲〈公宴詩〉：「高會君子堂。」⑨行（ㄏㄤˊ），列。成行，言其從長至幼序列成行。⑩怡然，高興的樣子。父執，父親的朋友。語本《禮記．曲禮》：「見父之執。」執為接之借字，指父親親近的朋友。⑪未及，原作「乃未」，《全唐詩》校：「一作未及。」茲據改。⑫兒女，《全唐詩》校：「一作驅兒。」酒漿，此指酒。不包括菜飯。⑬間（ㄐㄧㄢˋ），摻雜。黃粱，即黃小米。《楚辭．招魂》「挐黃粱些」洪興祖補注引《本草》：「黃粱出蜀、漢，商、浙間亦種之。香美逾於諸粱，號為竹根黃。」⑭累（ㄌㄟˇ），疊加連續。觴，酒杯。⑮故意，朋友的情誼，舊誼。⑯隔山岳，指相互離隔分別。山岳指華山。⑰世事，指時世和彼此的個人身世遭遇。茫茫，形容前途命運茫不可知，難以預料。

📖 [鑑賞]

這可能是杜詩中最易讀又耐讀的作品之一。說它易讀，是因為它用最樸實無華、如道家常的表達方式，敘寫與闊別二十年的老朋友一夕會面的情景，在閱讀上幾乎毫無阻礙，便能進入詩人所創造的氛圍情境之中；說它耐讀，則是因為它在樸實無華的生活場景之中，蘊含著深沉的人生感慨，而這種感慨又必須結合特定的時代背景和詩人的相關創作才能深入體會。

這首詩作於肅宗乾元二年（西元 759 年）春天，杜甫從洛陽回華州途中。這時，安史之亂已經進行三年半時間，兩京雖已收復，但戰爭局勢卻時有反覆。就在這年三月，郭子儀等九節度遭遇相州大潰敗，「官軍大奔，棄甲仗器械，委積道路。子儀等收兵斷河陽橋保東京……留守崔圓、河南尹蘇震、詹事高適、汝州長史賈至百餘人南奔襄、鄧」（《冊府元龜》卷四百四十三），杜甫自洛陽歸華州，正好碰上相州之潰，官府強徵兵丁入伍，著名的「三吏」、「三別」即創作於其時。這一特定的時代與創作背景，可以幫助我們理解〈贈衛八處士〉詩中，未直接描寫卻瀰漫在全詩肌理血脈之中的沉鬱蒼涼情調和氛圍。

詩的開頭四句，描寫與衛八處士的今夕相會，像是交代事件，卻寫得曲折有致，感慨深沉。本要寫兩人的相遇，卻從「人生不相見」的感慨開始。用「動如參與商」來形容「人生不相見」，是為了突出「不相見」乃是常態，從而加倍渲染今夕得以相會的偶然和可喜可珍。但在承平年代，「九州道路無豺虎，遠行不勞吉日出」（〈憶昔〉之二），衛八所居又在京洛通衢之地，與杜甫的家鄉鞏縣相距不遠，按理說舊友之間的相見不會太困難。而安史亂起，兩京淪陷，干戈阻絕，函關內外，也宛若天壤了。因此這「人生不相見，動如參與商」的感慨當中，便融入時代亂離的色彩，而變得更加深沉。

「今夕復何夕，共此燈燭光。」正因為亂離時代相見之不易，今夕在匆匆旅途中的偶然相逢，便格外令人興奮喜悅。「今夕何夕」是《詩．唐風．綢繆》的成句，本用以渲染新婚妻子「見此良人」的喜悅，杜甫信手拈來，藉以抒寫重逢舊友的興奮之情，可謂恰到好處。在「今夕」與「何夕」之間，著一「復」字，著重強調「今夕」之可珍，詩人的感情亦隨之汩汩流溢。而緊接著「共此燈燭光」又化敘事為寫境，用簡潔的筆墨勾畫出一幅故友重逢、秉燭相對的景象。燭光周圍的一大片暗影襯出燭光的明亮和對燭而坐的兩人，其效果有如舞臺上的聚光燈將焦點集中在這上面，從而著重渲染出親切、溫煦而又如夢似幻的氣氛。不必更著一語具體敘述兩人秉燭夜談的內容，在默默相對的無語交流中已包含萬語千言，句首的「共」字就含蓄透露出其中的消息。

表面上，開頭這四句寫得似乎很樸素平易，實則起首突起直抒感慨，已給人一種天外飛來的突兀無端之感，接下來兩句，又撇開一切具體情事的敘寫，用充滿感情的詠嘆筆調和化實為虛的筆法，渲染重逢的喜悅與對燭敘舊、情景渾融的意境，可以說一開頭便奠定全詩極富抒情氣氛、極富感情內蘊的基調，而剪裁之簡潔自不待言。以下便進入重逢情事的抒寫。

「少壯能幾時，鬢髮各已蒼。」寫這首詩時，杜甫四十八歲。兩人昔日之別是在二十年前的「開元全盛日」，正值「裘馬清狂」的少壯之年。今日相見，雙方的第一印象便是「鬢髮各已蒼」。「各」字顯示這正是雙方共有的感慨。連繫杜甫的志事遭際，特別是「竊比稷與契」、「居然成濩落」、「況我墮胡塵，及歸盡華髮」等詩句，不難體會出其中包含著歲月蹉跎、志事無成的悲慨。

「訪舊半為鬼，驚呼熱中腸。」對燭話舊，「訪舊」自是必然會涉及的話題，但打聽的結果卻使詩人大感意料之外，這些舊友當中竟有半數已淪為鬼物。這使詩人不禁失聲驚呼，心裡熱辣辣地難以禁受。這兩句在前面平緩的語調之後突起波瀾，感情趨於激憤。舊友的年歲應與雙方相仿，卻已「半為鬼」，這在承平年代是不太可能發生的事。杜甫的這兩句詩，在意涵上和〈古詩十九首〉「所遇無故物，焉得不速老」之句及曹丕〈與吳質書〉「昔年疾疫，親故多離其災。徐、陳、應、劉，一時俱逝」段落有些淵源關係，而二者均與戰爭亂離的時代背景有密切關聯。可以體會出這「訪舊半為鬼」的驚心事實與四年的戰亂，叛軍所到之處，「殺戮到雞狗」的現象有著必然連繫。因此這「驚呼熱中腸」的詩句中，也自然包含對戰亂之禍的痛憤之情。「窮年憂黎元，嘆息腸內熱」，杜甫曾為「憂黎元」而「腸內熱」，這一次又因安史叛軍掀起戰火，禍及士庶而「驚呼熱中腸」。從朋友闊別敘舊訪舊中透露出來的，正是亂離時代的消息。

「焉知二十載，重上君子堂。」這兩句如果接在「人生」二句或「今夕」二句後面，從敘事的順序看，均無不可，詩人卻特意將它安排在「訪舊半為鬼，驚呼熱中腸」這一感情高潮之後，以倒敘的方式道出，是為了避免平直，同時也使詩的節奏有急有緩，富於變化。在意涵上也帶有特殊含義。由於舊友親故半數已列鬼籙，今夕能在二十載之後「重上君子堂」，便顯得特別非同尋常。「焉知」二字，既含有「生還偶然遂」的感慨，又含有意想不到的驚喜。亦悲亦喜，亦慨亦慰。

以上十句，寫主客雙方今夕相會，側重抒寫詩人一方久別重逢的欣喜與感慨。以下十句，便轉入對主人一方兒女言行與盛情款待的敘寫。

「昔別君未婚，兒女忽成行。」二句緊承「二十載」，將「昔別」與「今逢」時主人的情況作鮮明對照。衛某的年歲，大約與杜甫相當，二十年前正值意氣風發的盛年，尚未結婚，在杜甫記憶中，也始終保持著當年英爽的風貌；二十年後重逢，卻已是鬢髮蒼蒼，兒女成行了，「忽」字、「成行」字均極傳神。詩人彷彿驚奇地發現，當年的英爽青年身旁忽然冒出一長串自長至幼的兒女，感到既意外又欣喜，或許還有些人事更迭、世移代改的感慨。想想自己，不也同樣是「兒女成行」嗎？這裡的「兒女忽成行」正照應上文的「鬢髮各已蒼」，不但歲月催人老，兒女也在催人老。不過比起上面的「已」字，此處「忽」字的欣喜驚奇成分似乎多於感慨，這從下兩句當中便可以明顯體會出來。

「怡然敬父執，問我來何方。」兩句寫出孩子們的彬彬有禮和天真好奇神態。

「問我來何方」句顯示出他們根本就不知道父親的摯友中有杜甫這個人，也不知道他的行蹤，說明詩人此次與衛某久別重逢純屬偶然。這就更增添重逢的意外與驚喜。這兩句頗有些類似賀知章的「兒童相見不相識，笑問客從何處來」，純用白描，富於戲劇性。

有問自當有答，但詩並非生活的實錄，詩人的筆毫不黏滯，一下子就從「問答」跳到「羅酒漿」。這種高度簡潔的剪裁功夫，前人論之已詳。其實，這倒是生活中常見的情形，那邊正在問答，這邊主人已經催趕快上酒，顯露出熱烈而匆忙的氣氛。

有酒自必有飯菜。古往今來，寫待客飯菜之美者恐怕非「夜雨剪春韭，新炊間黃粱」二語莫屬。處士鄉居，自無山珍海味，杜甫亦非貴客。山野當地風光方是處士待客本色。今人時尚飲食講究環保無汙染，此理古人早明，無非一鮮二嫩再加色香味俱全而已。春天的韭菜最鮮嫩味美，客人剛到，事先並無準備，故須至菜園中現剪，正值夜雨瀟瀟，春韭在細雨的滋潤下，顯得更鮮嫩碧綠、翠色欲滴；而現煮的二米飯中又特意摻入黃澄澄又清香撲鼻的黃粱。黃白相間的飯和碧綠鮮嫩的菜，香味濃郁的黃粱和酒，新炊的熱氣騰騰。展現在詩人和讀者面前的，不僅是視覺、味覺與嗅覺俱美的山野盛宴，而且是主人殷勤待客的真摯情誼，而在燭光搖曳中的這席盛宴，又展現出令人神遠的詩情。詩人自身的欣喜、新鮮、溫暖乃至興奮感受，也在這工整而極富色彩之美的對句中曲曲傳出。

「主稱會面難，一舉累十觴。」二句寫主人。因為深感會面之難，唯有舉杯痛飲方能表達心中的興奮喜悅，故有「一舉累十觴」的痛飲。

「十觴亦不醉，感子故意長。」二句寫客人。上句是果，下句是因。無論是主人的「一舉累十觴」還是客人的「十觴亦不醉」，皆起因於久別意外重逢的興奮喜悅，在杜甫則更因「感子故意長」。這五個字總束上文，實際上也充分揭示出詩人「今夕」的主要感受。這是全詩的第二個感情高潮。與上一個感情高潮側重於抒寫深沉的人生感慨有別，這一段主要是抒寫意外重逢的興奮喜悅。當然這種興奮喜悅仍和戰亂流離的時代背景引起的「會面難」密切相關，不同於一般情況下久別重逢的欣喜。

「明日隔山岳，世事兩茫茫。」短暫的「今夕」在「共此燈燭光」的對床夜語中即將過去，明日自己又將踏上征途，從此兩人相隔山岳，世事茫茫，又不知何時方能相見。「世事」包括時事和人事。干戈未靖，戰亂未已，戰爭的局勢和前途尚茫茫難以預料；而自己的命運與前途同樣像去路的茫茫雲山一樣，茫茫未可逆料。這並非一般臨別前的應酬語，而是動亂多變的時代和艱難多蹇的仕途在杜甫心中的投射。就在此別之後的四個月，詩人就棄官遠遊，開始輾轉漂泊西北、西南和荊楚湖湘的生活，再也沒有機會回到京洛，應驗詩一開頭所慨嘆的「人生不相見，動如參與商」。

儘管在整首詩中始終沒有出現有關戰爭的字眼，但詩人的人生感慨、興奮喜悅、驚呼悲嘆乃至世事茫茫的預感，都或隱或顯地與已經進行近四年的這場戰亂有著密切關聯。如果在欣賞觀點中抽掉戰爭離亂這個大背景，詩中寫得最動人的那些詩句，特別是像「今夕復何夕，共此燈燭光」這種抒情境界、「訪舊半為鬼，驚呼熱中腸」這種抒情場景、「夜雨剪春韭，新炊間黃粱」這種宴飲場面，其感人的藝術力量都將大幅減弱而變得平淡無奇，缺乏動人的光輝。正是由於戰爭亂離的大背景，和京洛道上兵荒馬亂、生離死別的悲劇不斷地上演的具體背景，以及詩人僕僕風塵，奔波於京洛道上的具體行役經歷，使這場闊別二十載的意外重逢變得特別珍貴；也使舊友話舊、「共此燈燭光」的場景顯出別樣的溫煦和光輝；而「夜雨剪春韭，新炊間黃粱」的山野田園日常風味，也成為亂離時代充滿和平生活之美和人情溫煦之美的象徵，而永遠保留在詩人的記憶之中。儘管許多不了解作詩背景的讀者，也會直覺地感受到此詩的藝術魅力，但這恰恰是因為詩人在創作時，已經將亂離時代所形成的特殊心態、感受自然地融入在字裡行間的緣故。知人論世的解詩賞詩原則，在先入為主、脫離文字、任意比附發揮的情況下錯誤地運用，往往帶來對詩意的曲解；但這是運用者的失誤，而非知人論世原則本身的錯誤。

讀這首詩，會使我們自然聯想起詩人的〈彭衙行〉。同樣是戰爭亂離的背景，同樣提到旅途中友人的盛情款待，題材類似，又同樣運用白描手法，同樣學習漢魏古詩的寫法，但兩首詩的風貌卻同中有異。〈彭衙行〉更側重於敘事和寫實，而〈贈衛八處士〉則更側重於抒情和意境的創造。儘管後者也有自「今夕」至「明日」、自「會面」至分別的敘事間架，但它的特點和魅力卻主要不在敘事和寫實，而是化實為虛、化敘事為抒情，將二十年前少壯時的相聚，二十年後的意外重逢，打亂分散在「今夕」、「共此燈燭光」之敘舊宴飲的抒情場景之中。一切與抒情境界無關或關係不大的情事通通刪去，只留下最能表現人生感慨、悲喜交集、人情溫煦的場景意境。可以說，它所要著意表現的並不是具體情事，而是氛圍感與充滿詩情的人生體會。因此在敘事的框架中充溢融入的乃是感情的瓊漿。這正是此詩之所以顯得特別空靈，也特別具有藝術魅力的原因。

═ 同諸公登慈恩寺塔① ═

高標跨蒼穹②，烈風無時休③。自非曠士懷④，登茲翻百憂⑤。方知象教力⑥，足可追冥搜⑦。仰穿龍蛇窟⑧，始出枝撐幽⑨。七星在北戶⑩，河漢聲西流⑪。羲和鞭白日⑫，少昊行清秋⑬。秦山忽破碎⑭，涇渭不可求⑮。俯視但一氣⑯，焉能辨皇州⑰！回首叫虞舜⑱，蒼梧雲正愁⑲。惜哉瑤池飲⑳，日晏崑崙丘㉑。黃鵠去不息㉑，哀鳴何所投？君看隨陽雁㉓，各有稻粱謀㉔！

📖 [校注]

①作於天寶十一載（西元 752 年）秋。諸公，指同登慈恩寺塔（即大雁塔）並賦詩的高適、岑參、儲光羲與薛據。薛詩今不傳，高、岑、杜、儲四人之作今均存。原注：「時高適、薛據先有作。」故杜甫此作題為〈同諸公登慈恩寺塔〉，同，即「和」，酬和之意。②高標，指高聳特立的塔。蒼穹，青天。穹，《全唐詩》原作「天」，校云：「一作穹。」茲據改。③烈風，猛烈的風。④曠士，超曠之士。鮑照〈代放歌行〉：「小人自齷齪，安知曠士懷？」⑤茲，此，指慈恩寺塔。翻，反而。作「翻動」解亦通。仇注引王粲〈登樓賦〉：「登茲樓以四望兮，聊假日以銷憂。」並曰：「此云翻百憂，蓋翻其語也。」⑥象教，指佛教。釋迦牟尼逝世，諸弟子想慕不已，刻木為佛，以形象教人，故稱佛教為象教。象教力，

指建塔。無佛教則無此塔。⑦冥搜，盡力尋找、探幽。孫綽〈遊天臺山賦〉：「非夫遠寄冥搜，篤信通神者，何肯遙想而存之？」黃生曰：「冥搜猶探幽也。登塔，則足不至而目能至之，故曰追。」二句謂方知登此佛塔，足可以騁目探尋幽勝。或謂唐人多以「冥搜」指苦心作詩，「此處所謂冥搜，其實是揭露現實」（蕭滌非《杜甫詩選注》）。但上下文均寫登塔，此處似不宜突然闌入作詩之事。⑧龍蛇窟，指塔內各層之間的磴道彎曲盤旋，向上攀登，如穿行於龍蛇之窟穴。⑨枝撐，指塔內用以支撐的交錯斜柱。「始出枝撐幽」，是指方越過層層幽暗支撐的斜木而登塔頂。仇注引黃山谷曰：「塔下數級，皆枝撐洞裡，出上級乃明。」⑩七星，指北斗七星。北戶，北向開的窗戶。⑪河漢，指銀河。⑫羲和，古代神話傳說中駕馭日車的神。《楚辭．離騷》：「吾令羲和弭節兮，望崦嵫而勿迫。」王逸注：「羲和，日御也。」傳說日乘車，駕以六龍，羲和為御者。⑬少昊，古代神話傳說中司秋之神。亦作「少皞」。《呂氏春秋．孟秋》：「孟秋之月，日在翼，昏斗中，且畢中，其中庚親，其帝少皞。」高誘注：「庚辛，金日也……少皞……以金德王天下，號為金天氏，死配金，為西方金德之帝，為金神。」《禮記．月令》：「孟秋之月，其帝少昊。」⑭秦山，指長安以南之終南山，為秦嶺山脈之一部分，故稱。朱鶴齡注：「秦山謂終南諸山，登高望之，大小錯雜如破碎然。」按諸山為雲霧籠罩，只露若干峰頂，故云

「破碎」。⑮涇渭，涇水、渭水。涇水係渭水之支流，出涇谷之山，流經今陝西中部，向東南流至今陝西高陵縣入渭水。不可求，謂看不清涇水和渭水。⑯但一氣，形容一片模糊之狀。⑰皇州，指京城長安。⑱虞舜，古代傳說中與唐堯並稱的聖君，即有虞氏之部落首領，受堯禪讓為君。⑲蒼梧，《禮記·檀弓上》:「舜葬於蒼梧之野。」《山海經·海內經》:「南方蒼梧之丘，蒼梧之淵，其中有九疑山，舜之所葬，在長沙零陵界中。」九疑山，現稱九嶷山，在今湖南寧遠縣南。⑳《列子·周穆王》:「(穆王) 升崑崙之丘，以觀黃帝之宮……遂賓於西王母，觴於瑤池之上。」《穆天子傳》卷三:「乙丑，天子觴西王母於瑤池之上。」瑤池，古代神話傳說中崑崙山上池名，西王母所居。㉑崑崙，古代神傳說中山名，上有瑤池、閬苑、增城、縣圃等仙境。《莊子·天地》:「黃帝遊夫赤水之北，登乎崑崙之丘。」㉒黃鵠 (ㄏㄨˊ)，健飛的大鳥。《商君書·畫策》:「黃鵠之飛，一舉千里。」古代常用以比喻高才賢士。《文選·屈原〈卜居〉》:「寧與黃鵠比翼乎？將與雞鶩爭食乎？」劉良注:「黃鵠，喻逸士也。」㉒隨陽雁，雁為候鳥，隨著太陽偏向北半球或南半球而北遷南徙，故稱。㉔稻粱謀，指禽鳥覓食，常以喻人謀求自身衣食。

📖 [鑑賞]

〈同諸公登慈恩寺塔〉的寫作時間比〈兵車行〉只晚了半年，但杜甫在〈兵車行〉中因黷武戰爭而引發的對生產凋敝、百姓怨憤的擔憂，在這首詩中已經發展為對唐王朝整體統治的強烈憂患感。由於同時登塔賦詩的有當時著名的詩人岑參、高適、儲光羲（薛據的詩未流傳下來），杜甫詩與其他幾位詩人之作的顯著差異，也就成為衡量大家與名家、偉大作家與優秀作家間區別的重要象徵。

登高賦詩，是由來已久的文學傳統。對於登慈恩寺塔這個題材，描繪塔的高峻雄偉，以及登塔望遠所見的景物，均為題中應有之義。杜甫此詩也同樣具有上述內容。但和其他三位詩人截然不同的是，杜詩所抒寫的主要並非對塔本身的讚賞以及登高望遠時的暢快感，而是強烈的憂患感。而且，杜甫本人似乎有意強調自己與其他幾位詩人的區別。這在詩的一開頭便已鮮明地顯示出來。

詩的開頭四句，是全篇的提綱，或者說，是全詩內容的濃縮。首句寫塔高聳矗立、跨越蒼穹的高峻雄偉形象。高七層的大雁塔，孤聳突起於周圍的建築物之上。稱得上是整個長安城的地標，用「高標」來描述它，是最適當不過的了。天似圓穹籠蓋，而高塔聳峙，站在塔的頂層，感到塔身比周邊的天際高出很多，故用「跨蒼穹」來形容。如果說這一句還只是精練地描繪出塔之高峻雄偉，那麼第二句就已帶有詩人獨特的感情色彩。因為塔高，故風大。但用「烈風」來形容風之猛烈而迅疾，卻使人感受到它的震撼力、威懾力，緊張驚悚、難以禁受、騷屑不寧的情緒滲透於字裡行間。且接以「無時休」三字，上述感受便更加突出而漫長。

三、四兩句便直截了當揭出登塔時的感受。「自非曠士懷」雖是翻用鮑照詩語，但連繫詩題下的原注「時高適、薛據先有作」，特別是對照高、岑、儲三人之作，均不同程度地表現出登高覽眺時常有的高曠超逸情懷，這句詩的現實針對意涵便相當明顯。岑詩結尾悟淨理而明覺道，表明「掛冠」之意；儲詩結尾謂「俯仰宇宙空，庶隨了義歸」，高詩結尾亦云「斯焉可遊放」，均可以「曠士懷」概之。上句從反面描寫，下句「登茲翻百憂」從正面直接揭出登高之際胸懷百憂的情形。這一句可以說是全詩的點睛之筆，也表明自己的感受、自己的詩與其他幾位詩人的根本差異。至於「百憂」的具體內容，則留待下面作具體抒寫。讀這首詩的人可能會覺得敘事的次序有些顛倒，一開頭已說「烈風無時休」、「登茲翻百憂」，顯然已登塔頂，下面卻又回過頭敘寫登塔過程，好像次序顛倒。若明白開頭四句是全篇的要義和提綱，這個疑問便可消除。

「方知象教力，足可追冥搜。」五、六句承首句，謂佛教所建之高出蒼穹的塔，足可追蹤冥搜探幽之功，蓋謂登高方可望遠。這裡先退開一步，以反跌下文「秦山」數句。

「仰穿」二句，概寫登塔過程，謂仰頭向上，穿越各層之間彎曲盤旋的磴道，如同穿越龍蛇的洞窟，透過交錯支撐的斜柱，最後才到達頂層，豁然開朗。寫登塔，突出塔內之幽暗，與攀登之艱難，既極形塔之高，又顯出時已暮。

「七星」二句，寫仰望天穹所激起的想像。此詩所寫雖為晚暮之景，但並非夜景，故此二句所寫當為想像中的景色。由於塔聳入雲霄，詩人感到自己宛如置身天上，北斗七星彷彿就在北邊的窗戶旁邊，銀河也彷彿正向西流動，其聲汩汩可聞。評論家往往激賞李賀〈天上謠〉之「銀浦流雲學水聲」之句，殊不知杜甫此詩「河漢聲西流」之句已得先機，而且較賀詩更近自然，可以說是運用通感曲喻，幻中有幻，卻能達到境界渾成的典範。

「羲和鞭白日，少昊行清秋。」二句亦登塔遠望所見，上句點出時已晚暮，白日依山，行將淪沒;下句點明時值清秋，秋色蒼然。上句用羲和駕車的神話傳說，而以「羲和鞭白日」的神奇想像透露出時光消逝之迅疾，有「日忽忽其將暮」的遲暮之感；下句用少昊司秋的神話傳說，表現出時序更易之迅速，有「日月忽其不淹兮，春與秋其代序」二句之意。或以為此二句有更深的政治託寓，恐近穿鑿。

「秦山」以下四句，寫俯視所見景象。南望秦嶺諸山，在雲霧籠罩中只露出一個個孤立的峰頂，似乎整個秦山忽然之間變成零星的碎片，東望涇、渭二水，由於暮色迷茫、霧氣瀰漫，也再難尋覓它們的蹤影。俯視茫茫大地，但見雲封霧鎖、一氣混茫，哪能再分辨哪裡是皇州京城呢？這顯然是暮色漸濃、暮靄籠罩大地時所見的景象。作為對特定時間登高望遠景象的描寫，自然也很真切具體。但連繫一開頭的「登茲翻百憂」，其中的政治託寓便相當明顯。說「秦山」二句象喻山河破碎、清濁難辨可能求之過深。（杜甫對時局雖有強烈的憂患，但恐怕還不至於預料到會出現山河破碎的局面，而「涇渭不可求」也只是說視野中不見涇渭，而非難辨清濁。即使能見度極好時，登塔恐亦難辨涇渭之清濁。）但從「俯視但一氣」之句來看，這四句象喻整個京城畿輔之地為一片昏暗所籠罩，政治腐敗黑暗則屬無疑。《通鑑・天寶十一載》云：「上（玄宗）晚年自恃承平，以為天下無復可憂，遂深居禁中，專以聲色自娛。悉委政事於李林甫。林甫媚事左右，便會上意，以固其寵。杜絕言路，掩蔽聰明，以成其奸；妒賢嫉能，排抑勝己，以保其位；屢起大獄，誅逐貴臣，以張其勢。」周振甫先生引此記載，並道：「『凡在相位十九年，養成天下之亂。』杜甫已經看出這種情況，所以有百憂的感慨。」李林甫卒於天寶十一載（西元752年）。同年，楊國忠為相，政治更為腐敗，而玄宗之昏昧亦更甚。李、楊把持朝政，是引起詩人「百憂」直接而主要的原因；而玄宗信任奸邪，亦是原因之一。

「回首叫虞舜，蒼梧雲正愁。」由於現實政治腐敗、君主昏憒，詩人自然懷念起理想中的聖賢之君。這裡的「虞舜」，理解為實指傳說中遠古時代的聖君虞舜固然亦可通，但根據杜甫詩中屢稱唐太宗（如〈北征〉之「煌煌太宗業」），將其視為理想中的賢君來看，理解為借指唐太宗似更切合杜甫的實際思想。太宗受高祖之禪，故以繼堯而帝的虞舜喻之；「蒼梧」則借指太宗之陵墓昭陵（在九嵕山）。唐人在慨嘆憂慮現實政治之昏暗與國運之頹敗時，常起「望昭陵」之思，以寄寓對太宗盛時的追慕，如杜牧之「欲把一麾江海去，樂遊原上望昭陵」即是，故這裡的「叫虞舜」、望「蒼梧」，正寄寓著對唐初貞觀盛世的嚮往追慕。一「叫」字傳達出詩人感情之強烈，而「蒼梧雲正愁」又似乎連昭陵上空也瀰漫著一片愁雲，透露出太宗英靈對不肖子孫治績的憂愁嘆息。傳神空際，筆意超妙，而感慨深沉。九嵕山在長安之北，故須由東望涇渭而「回首」眺望。

「惜哉瑤池飲，日晏崑崙丘。」兩句由追慕太宗盛世而轉回慨嘆現實中的玄宗荒淫逸樂，正如古時的周穆王那般，與西王母宴飲於崑崙山上的瑤池。連繫〈自京赴奉先縣詠懷五百字〉詩中段有關玄宗、貴妃與貴戚權臣在驪山歌舞宴飲，耽於享樂的描寫，及杜詩中將楊妃喻為西王母的情況，這兩句當是隱喻玄宗與貴妃在驪山上宴飲享樂的情景，用「惜哉」二字表達對這種現象強烈的痛惜，與上句「雲正愁」

呼應。而「日晏」二字則流露出昏暗沒落的時代氣氛，與上句「惜哉」連繫起來體會，好景不長的感喟自然可見。同時，也說明杜甫登塔時正值日暮，故有「羲和鞭白日」及「秦山」等句「俯視但一氣」的描寫。

以上八句，均寫登塔時引發的時世之憂。「黃鵠」以下四句，則轉寫身世之憂。「黃鵠」二句，寫望中黃鵠高飛遠舉，哀鳴不已，不知所投，這當是借喻值此昏暗時世，賢能之士只能避而遠引，卻找不到自己的歸宿，其中自然包括詩人自身（〈奉贈韋左丞丈二十二韻〉有「今欲東入海，即將西去秦」之句，可與此互參），而各有稻粱謀的「隨陽雁」，則指那些能適應政治氣候的人們，各自都能找到自己的謀生之路。「君看」二句語氣似羨似諷，透露出詩人感情之複雜，並不是單純嘲諷小人，與「黃鵠」二句相參，其中寓含慨嘆自己缺乏在混濁時世中謀生之術的含意。身世之慨與時世之憂，均涵蓋於「登茲翻百憂」的「百憂」之中。

這首登覽詩最突出的思想內涵，自然是貫串全詩的憂患感。由於面對的是表面上仍然繁榮、實際上危機四伏的時世，詩人的憂患感便顯得特別敏銳而具洞察力，使人不得不為詩人深沉的思想感情所動容、所警醒，深感識兆亂的敏感程度，比許多政治人物要銳敏得多，也比同時登塔的其他詩人對現實的理解深刻得多。這自然和杜甫困居長安期間的政治遭遇、生活困頓和親歷耳聞各種政治弊端的經歷有關。如果不是親歷「騎驢十三載，旅食京華春。朝扣富兒門，暮隨肥馬塵。殘杯與冷炙，到處潛悲辛」的生活，目睹咸陽橋頭哭送征人的慘痛場景，他對現實危機的感受，就不可能超越同時代人而達到如此深刻的程度。在藝術上，此詩最顯著的成就是將寫實與象徵融為一體，將黃昏時分登高覽眺的真切感受與覽眺時所引發的時世身世之感融為一體，不露刻意設喻之跡，而寓慨自然融合在所寫景物之中，故內容雖有別於盛唐詩，藝術上仍保持著高渾的盛唐風貌。就描繪塔之高峻雄偉氣勢及所見景物來看，杜詩不如岑詩，但杜詩自有「登茲翻百憂」的主旨，自然也不必用同一標準來衡量。

＝ 自京赴奉先縣詠懷五百字①（上半） ＝

杜陵有布衣②，老大意轉拙③。許身一何愚④，竊比稷與契⑤。居然成濩落⑥，白首甘契闊⑦。蓋棺事則已⑧，此志常覬豁⑨。窮年憂黎元⑩，嘆息腸內熱⑪。取笑同學翁⑫，浩歌彌激烈⑬。非無江海志⑭，瀟灑送日月⑮。生逢堯舜君⑯，不忍便永訣⑰。當今廊廟具⑱，構廈豈云缺⑲？葵藿傾太陽⑳，物性固莫奪㉑。顧唯螻蟻輩㉒，但自求其穴㉓。胡為慕大鯨㉔，輒擬偃溟渤㉕。以茲悟生理㉖，獨恥事干謁㉗。兀兀遂至今㉘，忍為塵埃沒㉙。終愧巢與由㉚，未能易其節㉛。沉飲聊自遣㉜，放歌頗愁絕㉝。歲暮百草零㉞，疾風高岡裂。天衢陰崢嶸㉟，客子中夜發㊱。霜嚴衣帶斷，指直不得結㊲。凌晨過驪山㊳，御榻在嵽嵲㊴。蚩尤塞寒空㊵，蹴蹋崖谷滑㊶。瑤池氣鬱律㊷，羽林相摩戛㊸。君臣留歡娛㊹，樂動殷膠葛㊺。賜浴皆長纓㊻，與宴非短褐㊼。彤庭所分帛㊽，本自寒女出。鞭撻其夫家㊾，聚斂貢城闕㊿。

[校注]

①天寶十三載（西元 754 年）夏，杜甫攜家眷移居於長安城南十五里之下杜城。是年秋，長安霖雨六十餘日，關中大飢。因乏食，將家眷安置於奉先縣（今陝西蒲城縣，在長安東北，屬京兆府管轄）。復返長安。十四載十月，任右衛率府兵曹參軍（看守兵甲器仗、管理門禁鎖鑰的小官）。十一月，離京赴奉先縣探望家人。此時，安祿山已在范陽反叛，但消

息尚未傳到長安。而杜甫已預感到國家的重大危機。他將此次奉先之行的見聞感受以「詠懷」為題，寫成這首劃時代的傑作。②杜陵，在長安城南。秦置杜縣，漢宣帝築陵於東原上，因名杜陵，並改杜縣為杜陵縣，北周廢。杜甫十五世祖杜畿、十三世祖杜預為京兆杜陵人，杜甫天寶十三載又移居於此，故以「杜陵布衣」自稱。杜甫作此詩時雖已授官，但尚未上任，故仍自稱布衣。古代平民百姓穿麻布衣。③老大，杜甫時年四十四，古人四十即常稱「老」。拙，笨拙，工巧的相反。迂執不通世故、不知權變之意，實際上是強調自己的理想抱負、品格操守堅定。「拙」是自嘲口吻，正話反說。④許身，自許、自期。「愚」與上句「拙」義近。⑤竊，對自己的謙稱。稷，周的祖先，舜時的農官，教百姓種五穀，契（ㄒㄧㄝ ˋ），商的祖先，舜時的司徒，掌文化教育。稷契是古人心目中輔佐聖君的理想賢臣。《孟子．離婁下》：「稷思天下有飢者，猶己飢之也。」⑥居然，果然。濩落，大而無用之意，同「瓠落」。《莊子．逍遙遊》：「魏王貽我大瓠之種，我樹之成而實五石，以盛水漿，其堅不能自舉也。剖之以為瓢，則瓠落無所容。」⑦契闊，辛勤勞苦。⑧《韓詩外傳》卷八：「孔子曰：『學而已，闔棺乃止。』」則，乃。⑨此志，指效法稷契之志。覬（ㄐㄧ ˋ），希望。豁，達到。⑩窮年，終年，一年到頭。黎元，老百姓。⑪腸內熱，猶憂心如焚。⑫同學翁，與自己年輩相當的先生們。蕭滌非謂「翁字外示尊敬，實含譏諷」。⑬浩歌，高歌。彌，更加。⑭江海志，隱逸避世之志。《莊子．刻意》：「就藪澤，處閒曠，釣魚閒處，無為而已矣。此江海之士，避世之人。」⑮瀟灑，無拘無束貌。送日月，打發日子。⑯堯舜君，指唐玄宗。玄宗即位後的一段時期內，勵精圖治，任用賢相，開創「開元之治」，故稱。《南史．李膺傳》：「膺字公胤，有才辯……（梁）武帝悅之，謂曰：『今李膺何如昔李膺？』對曰：『今勝昔。』問其故，對曰：『昔事桓、靈之主，今逢堯、舜之主。』」⑰永訣，長別。杜甫困居長安期間，也曾想過要離開長安、浪跡江湖，但因為想輔佐皇帝做一番事業，故不忍心與之長別。⑱廊廟具，能在朝廷上擔任要職的棟梁之才。具，才具。江淹〈雜體詩〉：「大廈須異材，廊廟非庸器。」⑲構廈，建構國家的大廈。⑳葵，向日葵。藿，豆葉。曹植〈求通親親表〉：「若葵藿之傾葉，太陽雖不為之回光，然終向之者，誠也。」葵有向陽的特性，藿並無此物性。此係用曹植表中語，故連類而及。㉑莫，校云：「一作難。」奪，強行改變。㉒顧唯，轉思。螻蟻輩，指只知營求自己私利的庸小之輩。㉒但，只。自求其穴，營求自己的安樂窩。㉔胡為，何為。㉕輒擬，老是打算。偃，悠遊休息。溟渤，茫無邊際的大海。㉖悟，一作「誤」。生理，處世之道、人生的原則。㉗干謁，指干求謁見權貴。㉘兀兀，勞苦貌。㉙塵埃沒，淪落淹沒於塵埃，終身潦倒無成。㉚巢，巢父。由，許由。堯時的兩位高士。傳說堯想將帝位傳給許由，許由一聽，跑到河邊去洗耳朵。《高士傳》載許由逃堯之讓，告巢父，巢父說：「何不隱汝形，藏汝光，非吾友也！」㉛其，杜甫自指（第三人稱的特殊用法）。節，節操、志節。指「竊比稷與契」之志節。㉜聊，姑且。遣，排遣苦悶。遣原作「適」，據宋本改。㉝放歌，縱情高歌。頗，甚、很。《全唐詩》原作「破」，據宋本改。杜集諸本唯錢注作「破」。㉞零，凋零枯萎。㉟天衢，天空。天空廣闊如通衢，故稱。崢嶸，本狀山之高峻，此處形容天空陰雲密布，黑壓壓的，如山勢崢嶸。㊱客子，杜甫自指。中夜發，半夜從長安出發。㊲得，《全唐詩》校：「一作能。」㊳驪山，在長安東面六十里，山麓有溫泉。每年十月，唐玄宗率楊貴妃及其姊至華清宮避寒，歲末方歸。《雍錄》：「溫泉，在驪山。秦、漢、隋、唐，皆常遊幸，唯玄宗特侈。蓋即山建立百司庶府，各有寓止。於十月往，至歲盡乃還宮。又緣楊妃之故，其奢蕩益著。大抵宮殿包裹驪山，而繚牆周遍其外。觀風樓下，又有夾城可通禁中。」㊴御榻，皇帝的床。借指玄宗。嵽嵲（ㄉㄧㄝˊ ㄋㄧㄝˋ），山高峻貌，此即指高聳的驪山。㊵蚩尤，傳說中的古代九黎族首領，以金作兵器，與黃帝戰於涿鹿，失敗被殺。相傳其與黃帝作戰時霧塞天地。故以「蚩尤」借指霧氣。《史記·五帝本紀》「遂禽殺蚩尤」裴駰集解引《皇覽》曰：「蚩尤塚在東平壽張縣闞鄉城中，高十丈，民常十月祀之，有赤氣出，如匹絳帛，民名為蚩尤旗。」㊶蹴蹋，踩踏。㊷瑤池，神話傳說中神仙西王母與周穆王宴會之地。此借指驪山溫泉。鬱律，水氣蒸騰瀰漫貌。㊸羽林，皇帝的禁衛軍，即羽林軍。摩戛，摩擦碰撞。㊹君臣，《全唐詩》校：「一作聖君。」留歡娛，留在驪山上尋歡作樂。㊺殷（ㄧㄣ），震。《文選．司馬相如〈上林賦〉》：「車騎雷起，殷天動地。」郭璞注：「殷，猶震也。」膠葛，深遠廣大貌。〈上林賦〉：「置酒乎顥天之臺，張樂乎膠葛之寓。」此指廣闊遼遠的天空。㊻長纓，長帽帶，大官的服飾，指權貴。《舊唐書．安祿山傳》：「玄宗寵安祿山，賜華清池湯浴。」㊼與宴，參與宴會。短褐，粗布短衣，指平民百姓。㊽彤庭，朝廷。古代宮殿楹柱地面多用硃紅色塗飾。㊾其，指寒女。㊿聚斂，聚集搜刮。城闕，指京城。

═ 自京赴奉先縣詠懷五百字 （下半）═

聖人筐篚恩①，實欲邦國活②。臣如忽至理③，君豈棄此物！多士盈朝廷④，仁者宜戰慄⑤。況聞內金盤⑥，盡在衛霍室⑦。中堂舞神仙⑧，煙霧蒙玉質⑨。暖客貂鼠裘⑩，悲管逐清瑟⑪。勸客駝蹄羹⑫，霜橙壓香橘。朱門酒肉臭⑬，路有凍死骨⑭。榮枯咫尺異⑮，惆悵難再述。北轅就涇渭⑯，官渡又改轍⑰。群冰從西下⑱，極目高崒兀⑲。疑是崆峒來⑳，恐觸天柱折㉑。河梁尚未坼㉒，枝撐聲窸窣㉓。行旅相攀援㉔，川廣不可越㉕。老妻寄異縣㉖，十口隔風雪。誰能久不顧，庶往共飢渴㉗。入門聞號咷㉘，幼子飢已卒㉙。吾寧舍一哀㉚，里巷亦嗚咽㉛。所愧為人父，無食致夭折。豈知秋禾登㉜，貧窶有倉卒㉝。生常免租稅㉞，名不隸征伐㉟。撫跡猶酸辛㊱，平人固騷屑㊲。默思失業徒㊳，因念遠戍卒㊴。憂端齊終南㊵，澒洞不可掇㊶。

📖 [校注]

①筐篚，盛物的竹器，方曰筐，圓曰篚。筐篚恩，指皇帝的賞賜之恩。《詩‧小雅‧鹿鳴序》：「《鹿鳴》，燕群臣嘉賓也。既飲食之，又實幣帛筐篚，以將其厚意。然後群臣嘉賓，得盡其心矣。」《通鑑‧天寶八載》：二月，「引百官觀左藏，賜帛有差。是時州縣殷富，倉廩積粟帛，動以萬計。楊釗（即國忠）奏諸所在糶變為輕貨，及徵丁租地稅皆變布帛輸京師。屢奏帑藏充牣，古今罕儔，故上帥群臣觀之。上以

國用充衍，故視金帛如糞壤，賞賜貴寵之家，無有限極」。此句所謂「筐篚恩」即指玄宗在賜宴賜浴的同時賞賜貴寵幣帛之事。②邦國活，國家昌盛繁榮。③忽，忽視。至理，最高的原則、天經地義的道理。④多士，百官。《詩·大雅·文王》：「濟濟多士，文王以寧。」⑤仁者，指多士中之仁者，即百官中有良心者。戰慄，怵目驚心。⑥內金盤，宮廷內府的金盤，泛指珍貴寶器。⑦衛霍室，指貴戚之家。漢代衛青係漢武帝皇后衛子夫之弟，霍去病係衛皇后姊之子（外甥）。此以衛、霍借指楊貴妃家族如楊國忠兄弟、韓國夫人、虢國夫人、秦國夫人等。玄宗對他們濫行賞賜。⑧中堂，指貴戚府邸的大廳。舞神仙，指府中女樂翩翩起舞，有若神仙。⑨煙霧，指歌舞女子身上所披之輕紗霧縠。司馬相如〈子虛賦〉：「雜纖羅，垂霧縠……眇眇忽忽，若神仙之彷彿。」蒙，《全唐詩》原作「散」，校：「一作蒙。」茲據改。蒙，罩。玉質，指女子潔白的肌膚。⑩暖客，使客暖。貂鼠裘，紫貂一類皮做的襖。⑪管、瑟，分別泛指管樂與弦樂。「悲」與「清」形容樂聲動人與清亮。句意謂絲竹合奏，其聲互相緊隨。⑫駝蹄羹，駱駝蹄作的珍貴菜餚。⑬朱門，指豪貴人家。⑭凍死骨，凍餓而死的人。「路」即指詩人經過驪山東去的道路。⑮榮，指富貴豪奢，承「朱門」。枯，指貧困飢寒，承「凍死骨」。咫尺異，指華清宮牆內外，僅咫尺之隔，而榮枯迥異。⑯北轅，車轅向北，指路轉向北。就，靠近。涇、渭，關中八水之二水，合流於昭應縣。杜甫自京赴奉先，由長安向東經驪山，然後向北渡過昭應縣涇渭二水合流處的渡口，再向東北方走。⑰官渡，指官家設在涇渭二水合流處的渡口。改轍，改道。指官家渡口遷移至他處。⑱冰，《全唐詩》校：「一作水。」按：當作「冰」。十一月涇、渭二水當已開始封凍。⑲崒兀（ㄗㄨˊ ㄨˋ），高峻貌。⑳崆峒，山名，在今甘肅平涼市。相傳是黃帝問道於廣成子之所。見《莊子·在宥》。涇渭二水均源於隴西，故云「疑是崆峒來」。㉑天柱，神話傳說中支撐天的柱子。《楚辭·天問》：「天極焉加？八柱何當？」《淮南子·墬形訓》：「昔者共工與顓頊爭為帝，怒而觸不周之山，天柱折，地維絕。」二句形容河冰洶湧而下，有天崩地塌之感。㉒河梁，河上的橋梁。坼（ㄔㄜˋ），裂、散架。㉓枝撐，橋的支柱。窸窣，形容橋被河冰撞擊時晃動發出的聲音。㉔行旅，指行旅之人。攀援，攙扶。㉕不，《全唐詩》校：「一作且。」按：上句指行旅之人互相攙扶，小心翼翼走過危橋。下句慨嘆涇渭合流處由於官渡遷移，河流廣闊無法渡越。㉖異縣，別縣，指奉先。㉗庶，表示希望的副詞。㉘號咷，放聲痛哭。㉙飢，《全唐詩》校：「一作餓。」㉚寧，即使、縱使。舍，割捨。㉛里巷，猶鄰里、街坊。㉜禾，原作「未」，校：「一作禾。」茲據改。十一月秋收早已完畢。登，收成，指莊稼成熟。㉝貧窶（ㄐㄩˋ），貧窮人家。倉卒（ㄘㄨˋ），本義為急遽，此處引申為突然發生的意外事故或災禍。㉞唐代制度，凡皇親貴戚，或家有品爵官職者，均可免繳租稅、免服兵役，見《唐六典》卷三。杜甫祖、父都做過中央或州郡的官吏，故可免除租稅、兵役。㉟隸，屬。謂名字不列入徵兵的名冊。㊱撫跡，回想自己的經歷，指幼子餓死之事。㊲平人，平民百姓。固，本當。騷屑，紛擾不安、騷動不安。㊳失業徒，失去土地的破產農民。業，產業。唐初實行均田制，農民按規定可以擁有一定的永業田和口分田，永業田可傳承。後因豪強兼併，使許多農民失去土地，均田制遭到破壞。㊴遠戍卒，久戍不歸的士兵。唐初實行府兵制，百姓服兵役定期輪番更替，後因戰爭不息，服役期滿長期不能更代，甚至出現〈兵車行〉中所描寫「或從十五北防河，便至四十西營田。去時里正與裹頭，歸來頭白還戍邊」的情況。㊵憂端，憂愁的心緒。㊶澒洞，水勢浩大無邊貌。此狀憂思之深遠。掇，收拾。仇兆鰲日：此承「憂端」來，是憂思煩懣之意，趙（汸）注謂比世亂者，未然。

🕮 [鑑賞]

此作為杜甫詩歌創作歷程中的里程碑，也是中國古代詩歌史上深刻反映歷史轉折時代中，社會生活本質的史詩性作品。它作於天寶十四載（西元 755 年）十一月，當時，安祿山已在范陽發動叛亂。但消息尚未傳到長安（十一月初九安祿山反，十五日玄宗方得知消息）。一場使唐王朝由極盛急遽轉衰、長達八年的大動亂已經拉開序幕，但在驪山華清宮過著驕奢淫逸生活的唐玄宗和他的寵妃、寵臣們，卻對此渾然不覺。而這時的杜甫，在經歷長安十年困頓屈辱生活的磨練和對社會生活的深切體察之後，已經對大唐王朝面臨的深重危機具有相當深刻的感受與認知，創作出〈兵車行〉、〈同諸公登慈恩寺塔〉、〈麗人行〉等優秀作品，深刻反映唐王朝統治的腐敗和危機。這首〈自京赴奉先縣詠懷五百字〉便是在上述感受、體察和認知的基礎上，結合此次赴奉先之行的見聞感受撰寫而成的篇章，帶有總結性質。

詩分三大段。開頭一大段卻完全撇開題內「自京赴奉先縣」而單刀直入，憑空起勢，反覆抒懷。前十二句為一層，表明自比稷契、憂黎元的志向情懷。「杜陵有布衣，老大意轉拙。」杜甫當時已經獲得右衛率府兵曹參軍的官職，但一開頭卻鄭重地宣稱自己的「布衣」身分，這恐怕不是一時疏忽，也未必是因為官品低而不屑提，而是在思想意識上認為自己和當權的統治集團是不同的兩類人。正如林庚先生所說，「杜甫之所以驕傲於布衣的，則正是那『竊比稷與契』的政治抱負上」（《詩人李白》）。儘管詩人用「拙」、「愚」、「竊比」這一系列帶有自貶、自謙口吻的詞語，但其真實的感情卻是強調這種志向抱負的宏大與堅定。當然，這在有些人看來，未免太「拙」而「愚」了。說「老大意轉拙」，「轉」字深可玩味。本來，年齡老大、仕途困頓、屢次碰壁之後，應該清醒意識到此志難以實現，而有所改變甚至放棄，但卻反而更加迂拙、更加執著。這是為什麼呢？問題的答案就是國家危機和人民苦難正在不斷加深。這一點，隨著詩中內容的展開，將會看得更加清楚。正因為自己既愚且拙地堅守稷契之志，果然就落得個無所用於世的下場，「居然」二字，是既在意料之中又對這一結果深感痛心疾首的口吻。但即使如此，自己也心甘情願地為實現志向而辛勤到老。「居然」與「甘」，一抑一揚，越襯出志向的堅定。「蓋棺」二句，就是進一步強調這種堅定意志。不但老而彌堅，而且不到蓋棺之時，就始終希望實現抱負。說「蓋棺事則已」，意在強調不蓋棺則實現志向的努力永不停歇。

「窮年」二句，揭示稷契之志的核心內容。《孟子·離婁下》:「禹思天下有溺者，猶己溺之也；稷思天下有飢者，猶己飢之也。」稷契之志，就是這種己溺己飢、憂念百姓之情懷和濟蒼生安黎元之抱負。懷稷契之志者，遇治世明君，輔佐君主使國家繁榮昌盛，百姓富足安康；而遇衰世昏主，則不得不「窮年憂黎元」而「嘆息腸內熱」。因此這兩句又帶有明顯的時代色彩，實際上抒發的是危機深重時代憂民之疾苦、救民於水火的稷契之志。

一介布衣而懷此宏遠抱負，自不免「取笑同學翁」，被譏為徒出大言，迂闊不切實際，但詩人卻慷慨高歌，情懷更加激昂熱烈。「浩歌彌激烈」是比喻性的說法，卻展現出詩人不畏譏嘲、意志堅定且慷慨激昂的風采。

以上十二句為一層，主要從正面抒發自比稷契的志向抱負和憂黎元的熱烈情懷，並用自嘲自謙中透出自負，正反抑揚中顯出堅定的口吻語調，表現出這種志向抱負至死不移。下面一層八句，便進一步從「江海志」與「稷契志」的對照中揭示自己這種志向是出於本性，不能改變。

杜甫並不諱言自己也曾有過浪跡江海、「瀟灑送日月」的隱逸之志，也承認當今能建構朝廷這座大廈的棟梁之材很多，並不缺自己這塊料，但卻因為生逢堯舜之君，不忍心就此遠離朝廷與之永訣，自己就像葵藿始終朝向太陽一樣，自己忠於君主的本性無法改變。杜甫稱玄宗為「堯舜君」，有真有假，感情頗為複雜。以現在玄宗的所作所為，杜甫肯定認為他不是什麼堯舜君，但玄宗畢竟有過勵精圖治、任用賢臣、開創開元之治的功績，因此雖對其當前的行為極感失望痛切，但在內心深處仍希望其能及早醒悟，重整朝綱。「不忍便永訣」的「不忍」二字正顯示出這種複雜矛盾的感情，這正是所謂「物性固莫奪」。這一層透過自我解剖、表白心跡，為稷契之志、憂民之懷所以老而彌堅的原因，進行更深刻的揭示。

「顧唯」以下十二句為第三層。主要是透過「螻蟻」與「大鯨」兩種對立的人生追求進行對照比較，進一步堅定「偃溟渤」的宏偉抱負和「恥干謁」的人生原則。「螻蟻輩」指但知營求個人私利而趨事干謁的庸鄙小人；「大鯨」則指懷有宏大抱負的志士，亦即比稷契、憂黎元的人們。詩人用設問口吻提出這兩種對立的人生追求之後，並不用一般方式作答，而是宕開一筆，說自己正是因為從這兩種鮮明對立的人生追求中，懂得人生的道理，深以趨事干謁，自營其穴為恥。「獨恥」二字，分量很重，也很沉痛。長安十年的求仕生涯中，杜甫也曾不斷地干謁過權貴，但在「朝扣富兒門，暮隨肥馬塵。殘杯與冷炙，到處潛悲辛」的屈辱與辛酸中，他不但深感上層統治者的冷酷，而且深感人格所受的侮辱與精神的痛苦。

「獨恥」二字，正是這種痛苦人生體會的總結。也說明雖趨事干謁而不以為恥者大有人在。

「兀兀遂至今，忍為塵埃沒。終愧巢與由，未能易其節。」因為恥事干謁，故辛勤勞苦至今而沉淪不遇，恐怕不得不埋沒於塵埃之中。「忍為」二字，流露出詩人既不甘又無奈的感慨。儘管如此，自己還是不願效仿巢父、許由避世高隱，不願改變自己追隨前賢、憂念黎元的志節。巢、由是歷來公認品格高潔的隱者，杜甫自不能說自己不仿效巢、由，而是用「終愧」二字，委婉地表達自己未能追隨他們的堅定志節。

仕既無望，隱又不願；既不屑與螻蟻為伍，自營其穴，又不能如大鯨悠遊於溟渤，施展抱負；既恥於趨事干謁，又不忍為塵埃之沒。無可奈何，只能用飲酒放歌來聊且自我排遣，消除胸中的愁憤。這正是〈醉時歌〉中所說的「但覺高歌有鬼神，焉知餓死填溝壑」。

整個這一大段，圍繞著「竊比稷與契」、「窮年憂黎元」這個中心，透過層層對比映襯、層層曲折反覆，既逐層深入又一氣流注地充分表現自己的堅定志向抱負。正如俞平伯先生所說，「千迴百轉，層層如剝蕉心。出語的自然圓轉，雖用白話來寫很難超得過他。把文言用得像白話一般，把詩做得像散文一般。這種技巧，不但對古詩為『空前』，即在杜集中亦係『僅有』之作」。

第二大段從「歲暮百草零」到「惆悵難再述」，共三十八句，敘自京赴奉先途經驪山所見所聞所感。也可分為三層，逐層遞進。第一層十二句，寫自京出發到驪山的路上天寒風疾霜嚴霧濃，行路艱苦的情景。先點出「歲暮」這個特定季節，為下面寫道中嚴寒鋪陳。點行程，只用「客子中夜發」、「凌晨過驪山」二句，其餘均極力渲染嚴寒。寫寒風勁厲，曰「疾風高崗裂」；寫嚴霜之凜冽，曰「指直不得結」；寫天空之陰森，曰「陰崢嶸」；寫霧氣之瀰漫，曰「塞寒空」。這些都給人嚴寒刺骨、陰森昏暗的感受，不必深求「蚩尤塞寒空」是否更有象徵寓意，即上述景物，自能構成特殊氛圍，隱隱透出特定的時代氣息。其中「御榻在嵽嵲」一句，點出玄宗此時正在驪山避寒；「瑤池氣鬱律，羽林相摩戛」二句更寫出驪山溫泉水氣蒸騰氤氳，羽林軍士兵甲相互摩擦擊撞之情狀，聞見之間，已可想見華清宮內君臣逸樂之狀，故下一層即轉入對玄宗君臣在驪山享樂情景的描寫與議論。

自「君臣留歡娛」至「仁者宜戰慄」十四句，只有前四句描寫君臣歡娛、賜浴、與宴情景，且多出於想像，因為在宮牆之外行路的詩人，雖或可聽到「樂動殷膠葛」之聲響，卻無從見到宮內宴飲賜帛之場景，且「凌晨」正是「留歡娛」的「君臣」酣臥之時，非宴飲作樂之時，故對歡娛情景只略點即過，重要的是就「分帛」一事發抒激烈議論。詩人一針見血地指出，皇帝賜給寵臣們的布帛，都是由貧寒人家的婦女千絲萬縷辛勤織成。而聚斂的官吏鞭撻她們的丈夫，搜刮聚集，貢獻給朝廷。這四句可以說是封建社會，特別是衰亂之世司空見慣的現象，但自古迄杜甫作詩之時，卻未見有詩人如此直截了當地揭露朝廷和官吏殘酷掠奪人民的本質。話說得如此赤裸裸，正因為掠奪方式之赤裸裸。接下來四句，卻先放緩語氣，說皇帝賞賜群臣，本意是為了使臣下盡忠效力，治理好國家。如果臣子忽視這個最根本的道理，皇帝豈不是白白丟棄這些用民脂民膏凝成的財物！說到這裡，詩人已控制不住內心的激憤，痛心疾首斥責道：袞袞諸公充滿整個朝廷，這當中如有「仁者」應當為之戰慄戒懼！說「仁者宜戰慄」，實即謂這盈朝的「多士」中間都是些麻木不仁的權奸佞人和「但自求其穴」的小人。浦起龍說「聖人」四句是「以責臣者諷君」，從詩人的本意看，確有諷君之意，但也顯然有迴護之詞。如此將民脂民膏濫行賞賜，哪裡還談得上「實欲邦國活」呢？不僅臣忽「至理」，皇帝也同樣將此「至理」丟到九霄雲外。

「況聞內金盤」以下十二句，專寫外戚之豪奢而歸結到貧富的懸殊和危機的深重。用「況聞」二字另提，明示此下又轉進一層，也透露此下所寫貴戚豪奢情景均出於想像。楊國忠兄妹在驪山華清宮旁均有私第，《舊唐書·楊國忠傳》：「玄宗每年冬十月幸華清宮，常經冬還宮。國忠山第在宮東門之南，與虢國相對，韓國、秦國甍棟相接。」可見，由一般的臣下寫到貴戚楊氏兄妹之家，並不離驪山這個特定地點。先說久聞宮中珍品，盡在貴戚之室，不僅揭示玄宗對他們恩寵無比，濫行賞賜，而且意在表明其權勢之烜赫。「中堂」二句寫歌舞，「暖客」四句寫宴飲，或用飄渺之筆狀其聲色享受，或用扇對之法形其豪奢飲食，均為鋪敘渲染之法，將貴戚之奢華推向極致，為下面兩句最尖銳的揭露作充分鋪陳。天寶後期政治腐敗且危機深化，玄宗對楊國忠的寵信和對楊氏家族的濫行賞賜，是顯著的表徵。詩人將外戚的豪奢放在「朱門」二句之前加以著重描繪渲染，正是有鑑於此。

「朱門酒肉臭，路有凍死骨。」就在貴戚府邸、華清宮殿歌舞宴飲、奢華極樂的同時，宮牆之外的道路上卻橫陳著因凍餓而死的窮人屍骨。這怵目驚心的鮮明對照，使詩人從心底湧出這一震撼千古的名句。「朱門」句是對「君臣留歡娛」至「霜橙壓香橘」一大段描繪的概括和提煉，也是詩人對長安十載所歷上層統治集團豪奢生活的總結性揭露，而「路有凍死骨」則正是此刻目睹的慘痛現象。由於有深刻的生活體會和親眼所見的現象為基礎，這兩句詩便不是孤立的議論，而是親歷目睹、鐵證如山的深刻概括。楊倫說「路有」句「拍到路上無痕」，正說明了這一點。

詩情發展到此，已達感情的沸點和全篇的高潮，下面如再就此發抒議論，反成蛇足。詩人就此頓住，用「榮枯咫尺異」一語概括宮牆內外，咫尺之隔，而榮枯頓異，展現出兩個不同的世界。面對此情景，心中的憤激、焦慮、悲痛、無奈，百感交集，卻只用「惆悵難再述」一語帶過。「難再述」，正是因為所感萬端，難以盡述，也不忍再述。舉重若輕，無言中蘊含的是無比豐富的感情內涵和無比深沉的感慨。

此段落是全詩的重心，其中第三層尤為重中之重。前面的所有記述、描寫和議論，都是為「朱門」兩句蓄勢。開頭一層寫道路的風霜嚴寒，正與下兩層寫宮中府內歌舞宴飲場景的熱鬧奢華，以及「瑤池氣鬱律」、「暖客貂鼠裘」的溫暖如春形成鮮明對照，以突顯「榮枯咫尺異」。而「君臣留歡娛」一層的「賜浴」、「與宴」又是為了推出下一層貴戚之家的極度豪奢，從而逼出「朱門酒肉臭」的充分揭露。對於底層貧民的生活，前面雖未充分描寫，但有「寒女」數句的鋪陳，又有「路有凍死骨」的集中描摹，因此「朱門」二句對貧富懸殊和對立這種社會危機深重現象的揭露，便如水到渠成，毫無突兀之感。

第三大段寫過驪山後北上奉先途中所歷及到家後所遇所感，共三十句，也可分為三層。第一層十句寫北上赴奉先途中所歷，只集中筆墨寫渡涇渭時的情景，突顯渡越的艱危。這固然是「自京赴奉先」的題意所需，但詩人對艱危情景的描寫，卻流露出戰兢惶懼的心態和險象環生的氛圍，這自然是時代氣氛在詩人心中的投射。其中「群冰」四句，用誇張筆墨渲染冰凌奔瀉而下的情狀，更帶有明顯的象徵色彩，「恐觸天柱折」之句尤為寓意國家危機的點睛之筆，說明詩人已強烈地感受到時代的危機。

「老妻」以下十二句，寫到達奉先家中突遇幼子餓卒的變故。這一層雖是用極樸素的口語如實抒寫，但卻寫得極反覆深至、真摯感人。先寫途中心理念想，說老妻相隔於異縣，十口之家正在風雪之外遙遙相隔，自己作為一家之主，怎能久不相顧，即使前往同飢共渴，對家人、對自己來說，也都是一種慰藉，其中有思念、有同情、有愧疚、有希望，說來只如道家常。不料入門之後卻驚聞一片嚎啕大哭之聲，原來幼子因為貧窮飢餓，已經不幸夭折。對生性慈愛的杜甫來說，這不啻是晴天霹靂。但他卻勉強抑制，強作寬解，說自己縱使能捨棄喪子的悲哀，但街坊鄰里卻為這慘痛的景象嗚咽流涕，不能自止。先用假設語氣退後一步，再用側面烘托手法轉進一層，將自己和妻子的悲哀渲染得更加沉痛。接著又深深自責，「所愧為人父，無食致夭折」。杜甫當然知道「無食」的真正原因，是整個國家的深重危機所導致的社會大規模貧困，使鄰里之間失去最基本的救助能力，但他卻只是自愧自責。在杜甫固然是由衷之言，但讀者卻不能不聯想到那個殘酷現實所造成的社會極端不公。這種不怨天不尤人的自責，比呼天搶地的控訴更令人感慨歔欷。「豈知秋禾登，貧窶有倉卒。」秋禾登場之後的季節，本不應餓死人，但貧困之家竟然遭此意外的變故。可見當時關中地區的貧困已經臻於極致。對杜甫來說，也只是如實寫出自己的出乎意料，但這正反映出大動亂到來之前，人民生活已瀕於絕境。杜甫在這樣說的時候，已不知不覺地把自己放到「貧窶」者的行列之中。要是換一個人，自命貧窶，或許會覺得他言過其實、言不由衷，但杜甫這樣說，卻非常自然，因為他有「幼子飢已卒」的慘痛遭遇。生活對一個人的世界觀、人生觀的形成與改變具有決定性作用。沒有親身經歷「幼子飢已卒」的生活體會，對於廣大人民的疾苦，就不可能達到真正己溺己飢的切膚之痛，只會停留在悲天憫人的人道主義同情水準。相對於整個國家的危機來說，杜甫的「幼子飢已卒」只是個人的家庭悲劇；但對杜甫世界觀、人生觀的改變，對他憂國憂民情懷的深化來說，這件事卻具有至關重要的作用。

最後一層八句，杜甫又推己及人，由家而國，想到廣大人民的深重苦難和整個國家的深重危機，而憂思浩茫、渺無邊際。自己出身奉儒守官的家庭，祖、父世代為官，享有不繳租稅、不服兵役的特權，回顧平生經歷，尚且如此慘痛辛酸，那麼一般的平民百姓自更悲慘而騷動不安。想起那些遠戍不歸的士兵和失去產業的農民，以及他們的處境和心情，想起由此形成的國家危機，感到自己的憂愁就像終南山一樣高，像浩瀚的大海那樣洶湧澎湃，無法收拾。一篇由鄭重抒寫稷、契之志，憂民之懷開篇的作品，中間又有「朱門酒肉臭，路有凍死骨」這樣深刻的揭露、高度的概括，結尾如果在幼子餓死的深悲中收束，那必然會讓人感到頭重腳輕，收束不住。因此結尾這八句由己及人的推想、由身及國的憂思，乃是全篇成敗的關鍵。推己及人固然是儒家的古訓，但杜甫的推己及人由於有自身的慘痛遭遇作為基礎，這種聯想便十分真實而自然；「生常免租稅，名不隸征伐」的奉儒守官之家，尚且深陷困頓瀕於絕境，則天下百姓的處境和整個國家的憂患更不必說。杜甫推己及人、由家而國，便是如此極真實而自然的過渡。這首題為「詠懷」的詩，從敘述憂國憂民之情志開始，然後描寫「自京赴奉先」途中親身經歷，最後以到奉先後的慘痛遭遇進一步證實國家危機、人民苦難之深重結束。篇末的「憂端齊終南，澒洞不可掇」，正是憂國憂民之情在實踐中進一步深化的表現，給予人「篇終接混茫」、「心事浩茫連廣宇」之感。如此收束，才與開篇銖兩相稱。

中國古代抒情詩，從先秦直到初盛唐，除極少數篇章（如屈原〈離騷〉、宋玉〈九辯〉、蔡琰〈悲憤詩〉和李白少數帶有自傳性質的作品如〈經亂離後天恩流夜郎憶舊遊書懷贈江夏韋太守良宰〉等）較長以外，基本上都是短章。像阮籍〈詠懷〉、陳子昂〈感遇〉、李白〈古風〉這種詠懷組詩，也都是篇幅短小、各自獨立的作品。短小的體制勢必影響到它所表現的感情內涵和生活內涵。上述屈、宋、蔡、李篇幅較長的抒情詩，又大都以抒寫個人的遭際情懷為主，對廣闊的社會現實生活與對立較難展開正面而充分的描寫；即使像〈離騷〉這樣偉大的作品，也因其運用浪漫主義手法和神話傳說，而較少從正面描寫楚國的政治現實。杜甫的〈自京赴奉先縣詠懷五百字〉雖以詠懷為主軸，但他的志與懷不是狹隘的個人志向情懷，而是「窮年憂黎元」的稷契之志、匡世濟時之志，而他所遇之時又是「朱門酒肉臭，路有凍死骨」的危機四伏之時。因此他的述志抒懷就自然地與憂懷國事、反映社會對立與危機融合在一起，成為將個人志向抱負、經歷遭遇與人民苦難、國家命運融為一體的詩歌新體制，這種體制既是個人抒懷又是政治抒情，融抒懷、敘事、描寫與議論為一體，其為適應轉折時代的需求而產生的史詩式體制（不同於西方史詩從神話中誕生並主敘事）。

杜詩從宋代起便號稱詩史，但對此要有正確理解，不能理解為用詩歌形式書寫歷史。那樣不是提升而是貶低杜詩的價值，將它降為押韻的歷史散文。實際上，如果單純從反映歷史事件、歷史事實方面去判斷，即使像〈自京赴奉先縣詠懷五百字〉這樣的傑作，也沒有提供太多的歷史場景。杜甫的這類作品，與一般的歷史不同，他是用深沉熾熱的詩人感情去熔鑄經過典型化的社會生活，所以是詩；而他所抒寫的感情又密切地連繫著時代風雲、人民生活，因此又有史的特色。這種亦詩亦史的特徵，表現在這首詩的具體寫法上，就是一方面抒懷述志、縱橫議論，有濃郁的詩韻和強烈的詩情；另一方面，這種抒情議論又和記敘描寫社會生活密切結合。全詩既是詩人生活與內心的抒寫，又是時代和社會生活的寫真；既是心史，又是社會歷史的藝術反映。如果把詩中的記敘描寫刪去，只有抒情議論，詩的內容自然會流於空泛，廣闊的社會生活、時代面貌就不可能得到真切而充分的反映；反之，如果僅僅記述途經驪山及赴奉先途中的見聞和家庭變故，那麼詩人深沉悲憤的感情就很難充分表現出來。詩中對時代的反映，也絕不僅僅靠上述記敘描寫就能完成，而是得力於融入全詩的危機感、動盪感及憂患感。可以說，這首詩給人印象最強烈的正是這種融記敘描寫與抒情議論為一體的危機感，詩最高潮處出現的「朱門酒肉臭，路有凍死骨」就是充分展現危機感的典型。

對國家命運深沉強烈的憂患感和高度的責任感，是偉大作家思想感情最寶貴的部分，也是作品具有思想深度和崇高感的基礎。杜甫的這種憂患感，在天寶十一載(西元752年)所作的〈同諸公登慈恩寺塔〉中已有出色表現，但那畢竟是比較朦朧的不祥預感；而到了〈自京赴奉先縣詠懷五百字〉，才真正基於對社會對立切實而深刻的感受與認知，因而顯得特別深沉凝重。如果將與杜甫同時代的詩人在天寶十四載所作的詩進行繫年，就會發現杜甫的憂患感在同時代詩人中，顯得特別突出。據《通鑑·天寶十二載》:「是時中國盛強，自安遠門(長安城西面北來第一門)盡唐境萬二千里，閭閻相望，桑麻翳野，天下稱富庶者，無如隴右。」在許多詩人還沉醉於繁榮昌盛的表象時，杜甫已經清晰地預感到大動亂的來臨，不僅在詩中揭露尖銳的貧富兩極對立，而且在安史之亂的消息尚未傳到長安時，就發出「恐觸天柱折」、「憂端齊終南」這樣的呼喊。這種強烈深沉的憂患感，不僅表明他對國家命運無比關切，更顯示出他對現實的感受與認知無比深刻。面對深重危機，作為一介布衣，他既不逃避，也不消極慨嘆，而是更加激發起對國家的責任感。「許身一何愚，竊比稷與契」、「窮年憂黎元，嘆息腸內熱」。既不願效巢由，瀟灑送日月，更鄙棄螻蟻輩僅自求其穴。從而使本來相對低沉壓抑的憂患感，昇華為非常正向堅毅的精神力量，具有崇高的美感，詩人的人格美也得到充分展現。

杜詩的典型風格「沉鬱頓挫」，在這首詩中表現得非常鮮明突出。沉鬱一般指思想感情的深厚博大、深沉凝重，在這首詩中則充分表現為上述強調的、對國家命運深沉強烈的憂患感和高度責任感。頓挫，偏重於藝術表現方法和藝術風格，在這首詩中著重表現為結構、行文的波瀾起伏與曲折變化。第一大段詠懷，或兩句一個波瀾（第一層），或四句一個迴旋（二、三兩層），抑揚反覆，剖析自己的內心矛盾，展示內心世界。第二大段充分揭露上層統治集團的奢侈淫逸，不是連貫直下，而是分三層逐步上揚、逐步深入，顯得有頓挫、有迴旋，給予人層波疊浪、一浪高過一浪的感受，顯示出憂憤之無比深沉。第三大段對第一、二兩大段而言，是一個重大迴旋。第一大段提到「窮年憂黎元」，第二大段展示「路有凍死骨」的慘痛景象。第三大段透過默思失業徒、遠戍卒，展示內心更深遠的憂患。透過「幼子飢已卒」，顯現連「生常免租稅」的人也不免此禍，說明社會危機已經到底層人民無法生活下去，上層也不能照舊統治下去的地步。因此它對第一、二兩大段而言，是螺旋式的上升。

將鮮明的對比運用於表現社會對立，使之成為詩歌創作藝術典型化的重要手法，是杜詩的重要創新。對比這種藝術手法雖很古老，但除古代民歌偶有將其運用於揭露社會對立外，在文人詩中卻很少見。這主要是由於他們中大多數人看不到或不敢正視、不願揭露尖銳的社會對立，或緣於對這種現象的麻木。杜甫在這首詩中，基於「窮年憂黎元」的情懷，將他對於社會上貧富對立現象的深刻感受，透過鮮明的對比，概括為「朱門酒肉臭，路有凍死骨」這一警醒千古的名句，產生極其巨大深遠的社會效果和藝術效果。它不僅深刻揭示封建社會尖銳的階級對立，而且概括一切不合理、反人道社會制度的腐朽本質，對於人們意識到腐朽制度的本質，永遠是偉大的啟蒙。揭露得越深，概括得越廣。此後，中晚唐不少詩人運用對比揭露社會對立，成為一股風氣，這固然是由於時代的影響，但杜甫對他們的啟示，也不可否認。可以說，兩句詩開創一個新的詩世界。

杜詩中運用對比揭露社會對立的名句，此後還陸續出現，如「高馬達官厭酒肉，此輩杼軸茅茨空」、「富家廚肉臭，戰地骸骨白」、「百姓瘡痍合，群凶嗜欲肥」。但卻都再也沒有達到「朱門」兩句的藝術高度，除了藝術的重複這個因素外，還由於它們與「朱門」二句相比，不僅藝術概括程度有高低、形象的鮮明飽滿程度有差別，感情的深沉強烈程度也有差異。更重要的是，「朱門」二句在全篇中並非孤立出現的奇峰，而是在此前一大段對上層統治集團的驕奢淫逸已經具有充分揭露，對底層人民遭鞭撻搜刮的情況也有相應的描寫，因此它的出現無論就作品本身或受讀者接納來說，都已做好充分的醞釀與準備。「朱門」句是對上層奢侈淫逸情況的高度概括，而「路有」句則正是眼前所見，與一般抽象概括有別，因此這兩句詩既深刻有力，令人驚心動魄，又極富生活實感。

〈自京赴奉先縣詠懷五百字〉還塑造鮮明的詩人自我形象。如果說讀〈詠懷〉以前的杜甫優秀詩作，詩人的自我形象還沒有那麼鮮明，那麼透過〈詠懷〉這首詩，詩人的形象，他的志向抱負、思想感情、性格特徵已經鮮明可觸。站在我們面前的是一位有著自比稷契的宏大抱負、「窮年憂黎元」的深厚感情、「白首甘契闊」的堅定志行的杜甫，又是一位帶有幾分愚忠色彩的杜甫，明知玄宗昏聵淫侈，卻眷戀而時加迴護。他自許甚高，卻絕不自命為天生的聖賢，而是絲毫不諱飾自己的內心矛盾；他是深沉的，看得很深，想得很遠；又是敏感的，在統治集團還沉醉於歌舞昇平時，就預視到禍亂的發生；他是真誠坦率、頑強執著的，又不免帶有幾分迂闊；他憂念關切百姓，也愛自己的妻室兒女，跟普通的丈夫、父親一樣。這一切，都如同雕塑一般展現在讀者面前。他崇高的人格美，正與上述特徵相融為一體，因此詩人的形象是鮮活而富有個性特徵的。

哀江頭[1]

少陵野老吞聲哭[2]，春日潛行曲江曲[3]。江頭宮殿鎖千門[4]，細柳新蒲為誰綠[5]？憶昔霓旌下南苑[6]，苑中萬物生顏色[7]。昭陽殿裡第一人[8]，同輦隨君侍君側[9]。輦前才人帶弓箭[10]，白馬嚼齧黃金勒[11]。翻身向天仰射雲[12]，一箭正墜雙飛翼[13]。明眸皓齒今何在[14]？血汙遊魂歸不得[15]。清渭東流劍閣深[16]，去住彼此無消息[17]。人生有情淚沾臆[18]，江水江花豈終極[19]！黃昏胡騎塵滿城[20]，欲往城南忘南北[21]。

[校注]

①江，指曲江，在唐長安城東南，為遊賞勝地。參注④、⑤。江頭，江邊。詩作於肅宗至德二載（西元757年）春，與〈春望〉大體同時。②少陵，漢宣帝許皇后的陵墓，因其比漢宣帝的陵墓杜陵小，故名。程大昌《雍錄》:「少陵原在長安縣西南四十里，宣帝陵在杜陵縣，許後葬杜陵南園。」杜甫祖籍京兆杜陵，又曾在此居住，故自稱「杜陵野客」、「杜陵布衣」或「少陵野老」。少陵在杜陵附近。③潛行，暗中行走。曲江曲，曲江的角落。④江頭宮殿，指曲江邊的紫雲樓、芙蓉苑、杏園等。《史記·孝武本紀》:「於是度為建章宮，千門萬戶。」《舊唐書·文宗紀》:「上好為詩，每誦杜甫〈曲江行〉云:『江頭宮殿鎖千門，細柳新蒲為誰綠！』乃知天寶以前，曲江四岸皆有行宮臺殿，百司廨署，思復昇平故事，

故為樓殿以壯之。」⑤康駢《劇談錄》:「曲江池花草周環，煙水明媚。江側菰蒲蔥翠，柳陰四合，碧波紅蕖，湛然可愛。」⑥霓旌，綴有五色羽毛的旗幟，帝王儀仗之一。南苑，指曲江東南之芙蓉苑。⑦生顏色，猶增光生輝。⑧昭陽殿，漢殿名。《漢書·外戚傳》謂趙飛燕之妹被立為昭儀，絕受寵幸，居昭陽殿。而《三輔黃圖》卷三則謂趙飛燕居昭陽殿。唐人常以趙飛燕借指楊貴妃，如李白〈宮中行樂詞〉:「漢宮誰第一，飛燕在昭陽。」〈清平調詞〉:「借問漢宮誰得似，可憐飛燕倚新妝。」⑨輦，皇帝的車。君，指唐玄宗。《漢書·外戚傳》:「成帝遊於後庭，嘗欲與婕妤同輦載，婕妤辭曰:『觀古圖畫，聖賢之君，皆有名臣在側。三代末主，乃有嬖女，今欲同輦，得無近似之乎!』上善其言而止。」「同輦」、「侍君側」出此，有諷意。⑩才人，唐代宮中女官名。《新唐書·百官志》:「(內官)才人七人，正四品。掌敘燕寢，理絲枲，以獻歲功。」此指射生的女官。⑪嚼齧，咬齧。黃金勒，黃金做的馬銜勒。何遜〈擬輕薄篇〉:「柘彈隨珠丸，白馬黃金勒。」⑫仰射雲，仰射雲中飛鳥。⑬箭，原作「笑」，據宋本改。此承三句「仰射」而言。正墜雙飛翼，暗寓玄宗、楊妃後來馬嵬坡的死別。⑭明眸皓齒，指楊妃之美色。⑮血汙遊魂，指楊妃在馬嵬驛兵變中被縊身死事。⑯清渭，指渭水，古有涇濁渭清之說。馬嵬驛南濱渭水。劍閣，指劍門關古棧道，在今四川劍閣縣北，玄宗奔蜀所經。⑰去住彼此，分指赴蜀的玄宗和死葬馬嵬的楊妃。⑱臆，胸膛、胸襟。⑲水，《全唐詩》校：「一作草。」句意謂：曲江流水，年年長流；江邊之花，年年長開，豈有窮盡之時！以反跌「情」之無已。⑳胡騎，指安史叛軍。㉑城南，指杜甫此時所居之地。忘南北，校：「一作望城北。」或解：望城北，肅宗行在時在靈武，在長安之北。「望城北」者，正所謂「日夜更望官軍至」也。蕭滌非《杜甫詩選注》謂：「王安石集句詩曾兩用此句，皆作『望城北』，必有所據。」又或解：「望城北」者，望太宗昭陵。其意蓋近同時所作〈哀王孫〉之末句「五陵佳氣無時無」，不過未明言城北九嵕山之昭陵耳。錄以備考。

📖 [鑑賞]

安史之亂是唐王朝由盛而衰的分水嶺。曲江的盛衰，則是唐王朝盛衰的一面鏡子。而亂前玄宗、貴妃的多次宴遊逸樂與亂後無復遊幸，又正是曲江盛衰的顯著象徵。杜甫在安史亂前，曾多次到曲江一帶遊賞，親眼見證曲江的繁華和上層統治集團驕奢淫逸的情景。亂後身陷長安，春日重遊曲江，不禁觸動無限今昔盛衰的感慨和對這種滄桑鉅變原因的思考。這首〈哀江頭〉就是以曲江的今昔盛衰為主要內容，以玄宗、貴妃為主要角色，反映時代鉅變的作品。

詩的開頭四句，概寫春日重遊曲江所見所感，可以視為全篇的引子。杜甫詩中稱老，雖自天寶後期即已開始（如〈投簡咸華兩縣諸子〉之自稱「杜陵野老」，〈秋雨嘆〉、〈官定後戲贈〉之稱「老夫」)，但在身陷長安時期則越來越頻繁，反映出其時他的心態愈趨悲涼。此詩一開頭就寫出自己「吞聲哭」、「潛行曲江曲」的形象。國家與人民遭逢巨大災難，使詩人的心情十分悲痛，但卻不敢放聲痛哭，只能「吞聲」飲泣；走在路上，也只能悄悄地行走，以免引起叛軍的注意。這兩個細節，透露出淪陷的長安城中，瀰漫著恐怖氣氛。接下來兩句，描繪出曲江周圍，往日豪華的行宮臺殿，千門緊閉，一片荒涼冷寂的景象；春天雖然又來到曲江，嫩綠的柳枝、抽芽的蒲草，依然展示出自然界的活力和生機，可是眼前的曲江，卻是一片空寂，往日車水馬龍、遊人如織、仕女會集的繁華景象蕩然無存。詩人用一個「鎖」字，便透露出一個繁華時代的悄然逝去；而「為誰綠」三字，更有力地反襯出大好春光無人欣賞的悲涼。這就自然引起對曲江昔日繁華的追憶，轉入下面一段。

「憶昔」八句，寫昔日玄宗、楊妃遊幸曲江的盛況。先總寫帝妃出遊南苑，使苑中萬物增輝添彩；再寫楊妃同遊，用「昭陽殿裡第一人」突出其在後宮中的尊貴地位，用「同」、「隨」、「侍」反覆渲染其備受玄宗的專寵。「同輦」句暗用班婕妤辭與帝同輦之語，暗示玄宗棄賢臣而寵嬖女，遠遜聖賢之君而近乎末主之行，諷意含婉不露。「輦前」四句，集中筆墨專寫遊幸過程中，令射生宮女射鳥以取悅貴妃的情景。

射鳥的情景特用鋪敘渲染之筆，寫她佩帶弓箭，騎著佩黃金勒的白馬，翻轉身子，對著天空高處的雲層，射出一箭，一對比翼雙飛的鳥立時墜落馬前。這個場景寫得生動傳神，宛若一組鮮活的畫面。說明在這出遊的場景中，楊妃是畫面的中心，無論是君主還是才人，都要取悅於她。妙在寫到遊幸場景最高潮時，卻似無意似有意地用了一句帶象徵暗示色彩的詩句：「一箭正墜雙飛翼。」這正呼應「樂不可極」的古訓。在窮歡極樂的同時，一場大動亂即將降臨，玄宗、楊妃雙飛比翼的生活就要結束。把「一箭」和「正墜雙飛翼」連繫起來，正暗示窮歡極樂的享樂生活是雙飛折翼悲劇的前奏。寓諷寄慨極深，卻又不顯刻意的痕跡，讓讀者自己去品味其中包含的弦外之音，藝術手腕極為高妙。由「正墜雙飛翼」，而自然引出對玄宗、楊妃悲劇和曲江今日情景的深沉悲慨。

「明眸皓齒今何在？血汙遊魂歸不得。」兩句由「憶昔」轉而慨今。短短十四個字中，實際上包括安史亂起、兩京淪陷、玄宗貴妃倉皇奔蜀、馬嵬兵變、貴妃賜死等一系列驚天動地的大事件。但詩題為「哀江頭」，詩人的筆就絕無旁騖雜出，而是緊扣曲江的今昔盛衰下筆。如今的曲江，滿目蕭條荒涼，楊妃的明眸皓齒、千嬌百媚，再也見不到了。馬嵬坡慘死的楊妃遊魂，血汙塵蒙，即使想回到往日遊幸的曲江，恐怕也自慚形穢。「今何在」與「歸不得」均緊貼曲江而言。由前一段的極樂忽然跳到這兩句的極悲，中間省略一系列大事件，卻一點不顯突兀、不顯匆遽，筆力極橫放勁健，轉接卻極緊湊自然，蘇轍所盛讚的「如百金戰馬，注坡驀澗，如履平地」，正明顯展現在這轉接之處。

「清渭東流劍閣深，去住彼此無消息。」這兩句又由楊妃之「歸不得」轉進一層，說玄宗奔蜀，道經深險的劍閣，而楊妃則死葬馬嵬與東流的渭水做伴，往日比翼雙飛，共遊曲江，如今卻是一去一住，生死隔絕，永遠不通消息。這是對昔日曲江遊幸的兩位主角，今天悲劇結局的深沉悲慨。「清渭東流劍閣深」由自然景物點染，隱含悲劇主角的悠悠長恨和深悲。

「人生有情淚沾臆，江水江花豈終極！」這兩句由玄宗、楊妃的悲恨進一步引出詩人自己的悲慨。對於玄宗寵幸楊妃，沉迷享樂，荒廢朝政，釀成禍亂，詩人自有清醒的認知，在〈麗人行〉、〈自京赴奉先縣詠懷五百字〉等詩中對其釀亂之責、淫奢之行，進行過嚴肅的批評或諷刺。但值此國家和民族遭到巨大災難的時刻，玄宗作為國家代表和象徵，詩人對其悲劇，又懷有深刻的悲憫同情，國家、民族的災難固然使詩人淚沾胸臆，玄宗、楊妃在這場災難中遭遇的悲劇，同樣使他感慨流淚。這正是「人生有情淚沾臆」一語中所包含的複雜情感。而緊接著的「江水江花豈終極」一句，又緊貼眼前曲江景物抒慨，說自己的這種深悲難道也要像江水江花一樣年年如斯，永無終極之時？從痛切的反問口吻中，正透出詩人對早日結束這場變亂的渴望。

「黃昏胡騎塵滿城，欲往城南忘南北。」不知不覺當中，黃昏已經降臨，在暮色蒼茫中，但見胡騎縱橫，塵滿京城，眼前城闕蒙塵、敵寇猖獗的景象更激起詩人對早日平定叛亂的期盼，在心緒迷茫不安，倉皇匆遽之際，詩人欲往城南少陵，竟一時間忘記了南北的方向。將特定場景下的心情描摹得逼真傳神。

這首詩是唐人詩歌中，最早以玄宗、楊妃之事為題材的創作，反映安史之亂這場大動亂所造成之滄桑鉅變的作品。由於以曲江之今昔盛衰為主要內容，反映時代滄桑，抒發盛衰之慨，它在構思上的突出特點便成為後代詩人學習仿效的典範。元、白的〈連昌宮詞〉、〈長恨歌〉，都可明顯看出對〈哀江頭〉的承襲，〈長恨歌〉中的「比翼鳥」之喻和「天長地久有時盡，此恨綿綿無絕期」的主旨，更和「雙飛翼」之語以及「人生有情淚沾臆，江水江花豈終極」的悲慨有著明顯連繫。而李商隱的〈曲江〉，則在整體構思方面，繼承〈哀江頭〉以曲江今昔抒國運盛衰的藝術表現方式。詩中對玄宗、楊妃複雜矛盾的感情，「半露半含，若悲若諷」的感情表達方式，也成為此後一系列性質近似的作品典範。

彭衙行①

憶昔避賊初②，北走經險艱。夜深彭衙道，月照白水山③。盡室久徒步④，逢人多厚顏⑤。參差谷鳥吟⑥，不見遊子還⑦。癡女飢咬我，啼畏虎狼聞。懷中掩其口，反側聲愈嗔⑧。小兒強解事⑨，故索苦李餐⑩。一旬半雷雨⑪，泥濘相牽攀⑫。既無禦雨備⑬，徑滑衣又寒⑭。有時經契闊⑮，竟日數里間⑯。野果充餱糧⑰，卑枝成屋椽⑱。早行石上水⑲，暮宿天邊煙⑳。少留同家窪㉑，欲出蘆子關㉓。故人有孫宰㉒，高義薄曾雲㉔。延客已曛黑㉕，張燈啟重門㉖。暖湯濯我足㉗，剪紙招我魂㉘。從此出妻孥㉙，相視涕闌干㉚。眾雛爛熳睡㉛，喚起沾盤餐㉜。誓將與夫子㉝，永結為弟昆㉞。遂空所坐堂㉟，安居奉我歡㊱。誰肯艱難際，豁達露心肝㊲。別來歲月周㊳，胡羯仍構患㊴。何當有翅翎㊵，飛去墮爾前。

📖 [校注]

①彭衙，指彭衙故城，今稱彭陽堡。《漢書．地理志》：左馮翊有衙縣。師古注：「即《春秋》所云『秦、晉戰於彭衙』。」《元和郡縣圖志．關內道．同州》：「白水縣，本漢粟邑縣之地……又為漢衙縣地，春秋時秦、晉戰於彭衙是也。」《太平寰宇記》謂彭衙故城在白水縣東北六十里。天寶十五載（西元 756 年）四月，杜甫赴奉先攜家至白水縣依舅氏崔頊。六月，潼關失守，復攜家逃難，經彭衙、華原、三川至

鄜州羌村。此詩記敘從白水經彭衙道向北逃難的經歷。仇兆鰲《杜少陵集詳注》引黃希曰：「公避寇，在天寶十五載，此云『別來歲月周』知詩是至德二載（西元 757 年）追憶避賊時事。」杜甫從鳳翔回鄜州，路經彭衙之西，回憶起一年前逃難的舊事，因不能繞道訪故人孫宰，故作此詩以志感。作於是年秋。②避賊初，指一年前從白水縣向北逃難之事。「憶昔」二字直貫至「豁達露心肝」。③白水山，泛指白水城附近的山。④杜甫在〈送重表姪王砅評事使南海〉詩中憶及當年逃難情形時，說道：「往者胡作逆，乾坤沸嗷嗷。吾客左馮翊，爾家同遁逃。爭奪至徒步，塊獨委蓬蒿。」可見本有坐騎，後被人搶奪而不得不徒步行走。盡室，全家。⑤厚顏，羞慚。《書．五子之歌》：「顏厚有忸怩。」⑥參差，不齊貌。形容鳥鳴聲或先或後、或高或低、或長或短。谷鳥，山谷中的鳥。吟，《全唐詩》校：「一作鳴。」⑦遊子還，指逃難者往回家的路上走。⑧咬，懇求。反側，翻來覆去轉動身體。嗔，惱怒。⑨強解事，稍稍懂事。⑩故，通「固」。索，索取。苦李，庾信〈歸田詩〉：「苦李無人摘。」⑪謂十日之內卻有一半日子下雷雨。⑫謂人在泥濘之中相互牽攀著艱難行進。⑬禦雨備，防雨的工具。⑭衣又寒，指衣服單薄又為雨溼，故感到它特別寒冷。⑮契闊，本為辛苦之意，此指艱辛的地段。⑯竟日，一整天。⑰餱糧，乾糧。⑱卑枝，本指低矮的樹枝，此指矮樹。屋頂的圓木條稱椽，屋椽即指屋頂。⑲石上水，因下雨，故水漫流石徑之上。⑳天邊煙，天邊煙霧籠罩處。句意謂夜間露宿。㉑少留，暫時停留。同家窪，地名，即孫宰的家所在。㉒蘆子關，關名，在今陝西安塞縣西北，係由山西太原向陝、甘西進所經的重要關隘。杜甫本想攜家出蘆子關至肅宗行在靈武，故云「欲出蘆子關」。㉒孫宰，宰是唐人對縣令的尊稱，這位姓孫的朋友曾做過縣令，故稱。㉔薄，逼近。曾雲，層雲。謂其高情厚誼直薄雲天。㉕延客，邀請客人（杜甫一家）。曛黑，天色昏暗。㉖張燈，張設燈燭。啟重門，打開一重又一重的門。屋有多進，故有重門。㉗暖湯，燒熱水。濯，洗。㉘古代有剪紙作旐幡以招魂的風俗。亦可招生人之魂。因擔心杜甫一家路上受驚，故有剪紙招魂之舉。㉙從此，謂在暖湯濯足、剪紙招魂之後。出妻孥，喚出自己的妻子兒女。㉚闌干，縱橫貌。㉛眾雛，指杜甫自己的兒女們。爛熳，雜亂繁多貌。爛熳睡，猶睡得雜亂隨意，形容孩子們因為疲累，橫七豎八地睡得正酣暢。㉜沾，有蒙受厚賜之意。餐，一作「飧」。飧，晚餐。㉝夫子，孫宰稱杜甫。二句係詩人代述孫宰語。㉞弟昆，弟兄。㉟空，騰出。所坐堂，延客列坐的廳堂。㊱奉我歡，給予我歡情。㊲豁達，豪爽大方貌。露心肝，猶肝膽相照，敞露心胸。㊳歲月周，指滿一週年。㊴羯，古代民族名，曾附屬匈奴。胡羯，泛指北方民族。此指安史叛軍。構患，猶作亂。
㊵何當，猶安得、怎能。浦起龍說：「結則所謂『靜言思之，不能奮飛』也。」（《讀杜心解》卷一）

📖［鑑賞］

〈彭衙行〉和「三吏」、「三別」、〈贈衛八處士〉一樣，都算得上是杜甫詩集中為數不多的敘事詩，「三別」和「三吏」中的〈石壕吏〉具有較強的故事性，而〈彭衙行〉和〈贈衛八處士〉則以紀行寫景、朋友相聚為主要內容，但通篇貫串敘事的主軸。

對〈彭衙行〉的評論鑑賞，存在一個普遍的失誤，那就是將前面一大段避難行程的描寫，僅僅視為後面一大段描寫故人孫宰高情厚誼的襯托，認為這首詩「本懷孫宰，後人製題，必云懷某人矣。然不先敘在途一節飢寒困苦之狀，則不顯此人情意之濃，並己感激之忱，亦不見刻摯。如此命題，如此構篇，可悟呆筆敘事與妙筆傳神，相去天壤」。黃生的這段評論，後來評者多從之，頗具代表性。但並不符合詩實際的內容立意和藝術構思。

這首詩題為「彭衙行」，彭衙故城雖在白水縣東北六十里，但題內的「彭衙」其實就是白水縣的異名，而詩中的「彭衙道」則泛指由白水縣向北經彭衙故城的道路，詩中所記敘的則是從白水縣經彭衙道向北逃難十來天的避難經歷，其中夜宿同家窪，受到故人孫宰熱情接待的經歷也包括在其中。在作者的意識中，徒步逃難的艱險經歷和夜宿同家窪的溫暖經歷，都已成為永不磨滅的深刻記憶，其間並無主次重輕之別。這從詩的前段二十四句寫逃難，後段二十二句寫夜宿同家窪及對孫的思念，篇幅上大體平均也可看出這點。題之所以不稱「同家窪行」、「夜宿同家窪」或「憶孫宰」，正緣於此。

前段二十四句，可以分成三個層次。第一層八句，總寫道途情況。「憶昔避賊初，北走經險艱」二句，是全段的提綱，「避賊初」點明特定時代背景，「北走」標明此行的方向，「經險艱」則概括此行特點，分領二、三兩層。而篇首的「憶昔」二字則直貫到「豁達露心肝」，串起前後兩大段。「夜深彭衙道，月照白水山」二句除點明題目「彭衙行」外，兼寫深夜從白水縣出發時情景（〈自京赴奉先縣詠懷五百字〉也寫到「客子中夜發」），「白水山」則正是白水縣城附近一帶的山。

雖係交代行程，卻像一幅輪廓分明的剪影，顯現出悽清冷寂的氣氛。「盡室久徒步，逢人多厚顏」二句，點明此行係拉家帶口，徒步逃難。據杜甫晚年所作〈送重表姪王砅評事使南海〉詩，知詩人本有坐騎，後遭人搶奪，故只能徒步而行。大概是杜甫覺得自己怎麼說都是個京官，故路上碰到熟人，不免感到羞慚。這實際上說明杜甫一家當時跟普通的流亡百姓已經沒有多大差別，這也正是一路上歷盡「險艱」的重要原因。「參差谷鳥吟，不見遊子還」二句，是說一路上只聽到山谷中的鳥鳴聲時高時低、時長時短，此起彼落，卻見不到從外地歸來的遊子，顯示出道路上荒涼冷寂、杳無人影。

「癡女」六句，主要寫道途所歷之飢餓和危險，而集中筆墨描寫兒女的表現。幼小的女兒因為飢餓而又哭又鬧，纏著詩人要吃的（「咬」是唐人口語，求懇之意），詩人深恐啼哭聲引來虎狼，情急中將懷裡的女兒掩住口不讓出聲，但幼小不懂事的孩子卻鬧得更凶，在懷中翻來覆去掙扎扭動，聲音更充滿著惱怒。這四句所描寫的情景，在杜甫之前的詩中似乎從未出現過，詩人們大概覺得這是難以入詩的元素。杜甫卻以極素樸生動的言辭和寫實手法如實寫出，遂成逃難遇險的絕詣，今日更成影視作品中描繪險境的常用手法。「小兒」二句，仍承「飢」而來，小兒因為年齡稍大，故稍懂人事，看到道旁有苦李樹，便苦苦要求摘來充飢。可見所謂「強解事」，仍是不解事。口吻之中，流露出半是哀憐、半是無奈的幽默，讀之令人心酸。

「一旬」以下十句，為第三層，主要寫道途所歷之艱。農曆六月正值北方雨季，「一旬半雷雨」所反映的正是實況。這一句是主句，由此引出以下九句。陝北黃土高原遇到這種連日雷雨滂沱的天氣，行人只能在泥塗中相互攀牽，艱難行進；再加上沒有雨具，身上被雨淋得透溼，原就單薄的衣裳更顯得寒冷；天雨路滑，有時經過特別艱難的路段，一天只能走幾里路；山路荒涼，杳無人家，只能摘野果當乾糧充飢，在矮樹下休息避雨。早晨上路，踩著漫水的石徑；晚上露宿，在煙雨籠罩的天穹之下。這一層將雷雨季節逃難艱難、緩慢、飢寒交迫的情景，渲染得極其真切生動，如一幅栩栩如生的畫面，言語則通俗樸質、自然流動。與第二層主要運用細節描寫突顯飢餓危險情景有別，這一層主要採用生動的敘述，筆法富有變化。

「早行」二句，為全段作一收束。至此，「北走」避賊途中所歷之艱險飢寒已經得到充分表現，以下便自然轉入下一段。

「少留同家窪，欲出蘆子關。故人有孫宰，高義薄曾雲。」和前段起四句為全段之綱一樣，這四句是後段的綱。「同家窪」點地，「孫宰」點人，「高義」點事見情，揭示出這一段所敘寫的就是暫留同家窪，受到故人孫宰熱情款待的事，而「欲出」句則補充交代「北走」的目的地是出蘆子關直奔靈武行在。

「延客」十二句，緊承「高義薄曾雲」句，詳寫孫宰熱情延接款待的情景。按時間次序逐層敘寫：先寫延客進門。杜甫一家人到達時，天色已經昏暗。孫宰命人張設燈燭，打開重門，像迎接貴客那樣熱烈隆重。「曛黑」的天色和明亮的燈光所形成的鮮明對照，使詩人彷彿在連日「暮宿天邊煙」的黑暗昏蒙環境中，突然見到人間的亮光，心也一下子被照亮。接著，便是「暖湯濯我足，剪紙招我魂」。燒了熱氣騰騰的水讓我暖腳，不但解除這一路的疲累睏乏，更溫暖歷經飢寒的旅人心靈；剪了招魂的旗幡掛在門外，為歷經艱險、備受驚嚇的旅人招魂，更使屢日顛沛流離於道途上的旅人靈魂，彷彿回到溫暖的家園。而孫宰對詩人無微不至的關懷亦於此二事中灼然可見。然後才喚出自家的妻子兒女與詩人相見，「相視涕闌干」一語，透露孫宰一家過去即與詩人夫婦熟悉，今日於亂離顛沛之中重逢，不禁悲喜交集，涕泗橫流。雖未寫言語，而深情厚誼、萬千感慨，盡在「相視」而「涕闌干」的情態之中。但其時詩人的兒女，卻因一路上的勞累飢困，早已呼呼大睡。「眾雛爛熳睡」五字，描摹兒輩睡態入神。「爛熳」係聯綿詞，有雜亂繁多、散亂之義，當是形容眾兒女橫七豎八地躺了一床，睡得十分酣暢，而言外則透出詩人的無限憐愛之情。將他們從酣睡中喚醒，與主人及家人相見自不必費辭，而「沾盤餐」之事卻必須點明，因為這對「野果充餱糧」的孩子來說，實在是最大的享受。只一「沾」字，孩子們的興奮喜悅之狀、詩人的沾溉感激之情，均曲曲傳出。

「誓將與夫子，永結為弟昆」，是詩人轉述孫宰的話，正顯示出其延請款待杜甫一家，是出於真摯的兄弟情誼。最後才寫到安排客人休息：「遂空所坐堂，安居奉我歡。」一下子接待杜甫全家老少，自然只能騰出堂屋作客房，但這對連日幕天席地、露宿野外的杜甫一家來說，已經是最好的安居之所，「安居奉我歡」五字正表現出詩人的喜悅與感慨。主人的安排招待細緻入微，杜甫的敘述描寫也點滴不漏。

「誰肯艱難際，豁達露心肝。」這兩句是對上文的總結。「艱難際」，即避亂途中歷盡的艱險，而「豁達露心肝」則充分揭示孫宰種種熱情待客行動中所包含的「高義」。由此又從「憶昔」自然過渡到當前對孫宰的思念。「別來歲月周」點明同家窪一別至今，已經整整一年；「胡羯仍構患」則回應篇首的「避賊初」，再次點明戰亂的背景。在這種情況下回想在「艱難際」加深的情誼，不禁發出「何當有翅翎，飛去墮爾前」的深情期盼。

詩的前段寫避亂途中所歷的種種艱難驚險、飢困勞頓，展現出一幅在戰亂大背景下，顛沛流離的真切生動景象，為安史之亂帶給廣大人民的災難留下歷史紀錄，是詩化的歷史，具有一般史籍記載所不具備的生動性和具象性，特別是其中的細節描寫，更傳神地表現出避亂途中的飢困艱險。詩的後段則充分描敘戰亂背景下，故人孫宰熱情待客的深厚情誼，充滿濃郁的人情味。由於在戰亂背景和歷經艱險的情況下，受到故人如此熱情的款待，詩人對孫宰「高義」的感受，便特別強烈而深刻，孫宰真摯深厚的感情和真淳品格，便愈顯突出；反過來，夜宿同家窪一夕所表現出來的人情人性之美愈顯突出，戰爭所帶給普通人的災難與不幸也愈加顯著，二者相互襯托，相得益彰。戰爭使美好的人性愈顯出其珍貴的價值和美好的光輝，而人性的美好光輝又更彰顯出戰爭的災難。杜甫在這首詩中表達的，正是這種對戰爭和人性的深切體會。這種體會，使全詩的情調在戰亂的黑暗中透出人性的亮光，使人在飢寒艱困中體會到友情的溫煦，給予人生活的熱情和希望。

═ 羌村三首（其一）① ═

崢嶸赤雲西②，日腳下平地。柴門鳥雀噪，歸客千里至④。妻孥怪我在⑤，驚定還拭淚⑥。世亂遭飄蕩，生還偶然遂⑦。鄰人滿牆頭，感嘆亦歔欷⑧。夜闌更秉燭⑨，相對如夢寐⑩。

📖 [校注]

①《全唐詩》題內無「三首」二字，據他本增。至德二載(西元 757 年)五月十六日，杜甫任左拾遺。同月丁巳，房琯罷相。《新唐書．杜甫傳》:「(甫)與房琯為布衣交，琯時敗陳濤斜，又以客董廷蘭，罷宰相。甫上疏言:『罪細，不宜免大臣。』帝怒，詔三司雜問，宰相張鎬曰:『甫若抵罪，絕言者路。』帝乃解……然帝自是不甚省錄。」閏八月初一，墨制放還鄜州探望家人，自鳳翔出發經麟遊、邠州、宜君至鄜州羌村。蔡夢弼注引《圖經》曰:「(鄜)州治洛交縣。羌村，洛交村墟也。」這組詩為剛到家不久所作。所選的是第一首。羌村舊址在今陝西省富縣岔口鄉大申號村。②崢嶸，山峰高峻貌，此形容雲的形狀如山峰之高峻。赤雲，紅色的晚霞。赤雲西，猶西邊天空的晚霞。③日腳，太陽透過雲層照射下來的光線。岑參〈送李司諫歸京〉:「雨過風頭裡，雲開日腳黃。」與「雨腳」形容密集如線而落的雨滴為相同用法。或謂古人不知地轉，以為太陽在走，故有「日腳」之說，恐非其

原意。④歸客，杜甫自指。從鳳翔至鄜州近七百里，「千里」泛言其遠。此次杜甫係徒步歸家，其〈徒步歸行〉詩有「鳳翔千官且飽飯，衣馬不復能輕肥。青袍朝士最困者，白頭拾遺徒步歸」之句。陸賈《新語》:「乾雀噪而行人至。」⑤妻孥，本指妻子兒女，此處偏義指妻子。怪，驚訝。⑥驚定，驚訝之情剛平息。⑦遂，遂願。⑧歔欷，哽咽悲嘆。⑨闌，深。秉，持。⑩夢寐，猶睡夢之中。

🕮 [鑑賞]

〈羌村三首〉分寫初到家時情景、還家後苦悶心境、鄰里造訪情景，恰似一組還家的連環畫。其中第一首寫得最出色，內容也相對獨立。

前四句寫剛到村時所見。經過長途的艱難跋涉，傍晚時分，詩人終於到達羌村。西邊的天空，布滿一片形狀高峻如同險峰似的晚霞，紅豔奪目；快要落山的太陽透過雲層，將條條光線射向地面。這種景象，雖為晴日傍晚山村的常見景象，但對久客在外的歸客來說，卻感到既絢麗奇異，又親切熟悉。開頭兩句是剛進村遠望所見，三、四兩句便移步換形，進一步寫行至家門時所聞。在與妻子兒女長期分離的一年中，詩人曾經多次想像過自家的「柴門」，但卻總是杳不可即。如今，熟悉的「柴門」已經在望，家門口的鳥雀見到有人走近，發出一陣喧鬧的聲音，像是在歡迎歸客的到來。古有

「乾雀噪而行人至」的俗諺，今民間猶有「喜鵲叫，客人到」之俗諺，因此在「柴門鳥雀噪」之後，便自然引出「歸客千里至」這一首段中的主句。整體而言，這四句中的前三句點染羌村暮景，從遠景到近景，從見到聞，從赤雲、日腳到鳥雀，都是為「歸客千里至」渲染環境氛圍，所描繪的景象既絢麗奇異，又樸素平凡；既熟悉，又陌生。詩人的心情則是既激動興奮，又有些忐忑不安，很微妙地流露出其當時特有的感覺和心境。

以下八句，便依時間次序逐層描寫進入家門後與妻子相見、鄰人圍觀及夜闌秉燭這三個不同的場景。

「妻孥怪我在，驚定還拭淚。」妻孥的本義是妻子兒女，這裡是偏義複詞，實指妻子楊氏。杜甫在剛任左拾遺時寫的〈述懷〉詩中表示尚未接到家書，擔心家人已經罹難。其後終於得到家書，知道妻子兒女平安，仍在鄜州羌村舊居，則家人亦已得知杜甫健在。但當夫妻見面時，妻子的第一個反應卻是「怪我在」，彷彿根本不相信丈夫還活在世上。這是因為，長期音訊隔絕造成的極度憂念，讓她預先做了最糟的假設，即使接到杜甫來信，感情上仍有些不敢相信這是真的。何況分隔兩地，只要一天未見面，就始終不能不為其安全擔心。加上杜甫此次歸來，事先來不及先寫信告知家人，因而當形容憔悴、華髮滿頭的丈夫突然出現在面前時，妻子見到的是既熟悉又陌生的杜甫，思想感情上毫無準備，自不免驚訝得發愣，似乎不相信站在面前的，竟是自己日思夜想的丈夫。「怪我在」三字中正蘊含著無限深厚曲折的感情背景。當然，這種驚訝之情只是在初見剎那之間的反應，等到確認眼前的丈夫是完全真實的存在時，過去一年間所遭受的種種艱難困苦，特別是時刻憂念丈夫生死存亡而杳無音信的心靈痛苦，便一齊湧上心頭，不禁悲從中來，熱淚橫流；但又旋即感到，這是應該慶幸的大喜事，因而又迅即拭去臉上的淚痕。這從「怪」到悲、由悲轉喜的心理感情變化，詩人只用「妻孥怪我在，驚定還拭淚」這極樸質的十個字，便毫不費力、真切細膩、生動傳神地表現出來。其表現人心靈的藝術功力，確實到了出神入化的程度。

「世亂遭飄蕩，生還偶然遂。」這是詩人目睹妻子表情、心理的變化，自己心靈也受到巨大震撼的同時，發自內心的感慨。蕭滌非先生說：「『偶然』二字中含有極豐富的內涵和無限的感慨。杜甫陷叛賊數月，可以死；脫離叛軍亡歸，可以死；疏救房琯，觸怒肅宗，可以死；即如此次回鄜，一路之上，風霜疾病，盜賊虎豹，也無不可以死。現在竟得生還，豈不是太偶然了嗎？妻子之怪，又何足怪呢！」（《百家唐宋詩新話》第 204 頁）結合杜甫這一年來的遭遇，對這兩句詩所概括的現實情況和感情內涵，進行深入細緻的分析。而這兩句詩客觀上所展示的，則是具有更大普遍性和更高代表性的亂世人生體會與感慨，能喚起所有遭受戰亂流離、妻離子散、音訊隔絕、僥倖生還者的心靈共鳴，包含深刻的亂世人生哲理。在整首詩中，它是主旨的集中表達，也是思想感情深化的充分展現。它使詩中所抒寫的「世亂遭飄蕩」生活，提升到哲理的高度與深度。有它作為全詩的核心和點睛，詩的思想內容得以深化，藝術風格也更深沉凝重；有它在詩中作為過渡的樞紐，前後的詩句也都染上濃郁蒼涼的色彩。

「鄰人滿牆頭，感嘆亦歔欷。」上句所描繪的，是農村來客時常見的景象。農村平常很少有外人來往，一旦見到或聽說誰家有人來（客人或由外面歸來的家人），都會不約而同地圍在農家的矮牆外想看個究竟，這正是小農經濟下農村典型的人文景觀，寫來猶如風俗畫，呈現純樸的生活氣息。但接下來的「感嘆亦唏噓」卻透露出特定的時代氣息。他們也為這一家人在音訊隔絕、生死未卜近一年之後終於團聚而感慨、而嘆息、而歔欷悲泣。五個字當中有同情，有悲慨，有慶幸。如果說「妻孥」兩句是從妻子的表情動作和心理變化中，展現「世亂遭飄蕩，生還偶然遂」，那麼這兩句便是從鄰人的圍觀和感嘆悲泣中，進一步顯示亂世中飄蕩在外的人生還之偶然，而村民們真淳的感情也得到鮮明表現。

但詩人的筆卻並未就此停住，也不像平庸的作者那般，在鄰人圍觀感嘆之後綴上兩句自己的議論或一般化的抒情；而是順著時間推移，由暮入夜，展現出極具情調、氛圍、意境之美的畫面：「夜闌更秉燭，相對如夢寐。」夜深人靜，鄰人早已散去，孩子也均已入睡。在四周一片寂靜的氛圍中，華髮生還的詩人和衣衫百結的妻子在搖曳不定的燭光映照下，默然相對，感覺到這意外的相逢就好像是一場夢境一樣，虛幻而不真實。陸游《老學庵筆記》卷六云：「杜詩『夜闌更秉燭』，意謂夜已深矣，宜睡，而復秉燭，以見久客喜歸之意。」不能說這當中沒有喜歸之意，但從「相對如夢寐」的情境中，流露出的恐怕主要是虛幻不實之感，而燭光搖曳不定與四周暗影相互映襯，更增強這種是邪非邪、疑真疑幻之感。這種虛幻不實之感，反映詩人內心深處「生還偶然遂」的悲慨：即使「生還」已成事實，仍然不敢相信這一切是真實的，可見「世亂遭飄蕩」的慘痛經歷所造成的心靈創傷是何等巨大深刻。「更秉燭」可以作多種理解：一是原未燃燭，夜闌而秉燭相對；二是原已燃燭，夜闌燭殘而續添；三是持燭而照。不同的理解都不影響「如夢寐」的情調和氛圍，不影響詩歌意境中所蘊含的深沉悲慨。詩寫到這裡，悠然收住，而讀者則仍沉浸在這如夢似幻的境界中，細品著戰亂飄蕩人生無限的悲涼。

結尾二句所創的意境，是古代詩史上全新的藝術意境。它與「世亂遭飄蕩，生還偶然遂」的哲理性抒慨互為表裡，相互滲透，對亂世僥倖生還的情境創作出典型概括。從此之後，它就作為一種典範，為後世的詩家詞人所學習模仿，創造出一系列類似的意境。從司空曙的「乍見翻疑夢，相悲各問年」（〈雲陽館與韓紳宿別〉），到晏幾道的「今宵剩把銀釭照，猶恐相逢是夢中」（〈鷓鴣天〉），可以看到杜詩首創的這一意境之藝術生命力。

═ 洗兵馬① ═

中興諸將收山東②，捷書夜報清晝同③。河廣傳聞一葦過④，胡命危在破竹中⑤。只殘鄴城不日得⑥，獨任朔方無限功⑦。京師皆騎汗血馬⑧，回紇餧肉葡萄宮⑨。已喜皇威清海岱⑩，常思仙仗過崆峒⑪。三年笛裡關山月⑫，萬國兵前草木風⑬。成王功大心轉小⑭，郭相謀深古來少⑮。司徒清鑑懸明鏡⑯，尚書氣與秋天杳⑰。二三豪俊為時出⑱，整頓乾坤濟時了⑲。東走無復憶鱸魚⑳，南飛覺有安巢鳥㉑。青春復隨冠冕入㉒，紫禁正耐煙花繞㉓。鶴駕通宵鳳輦備㉔，雞鳴問寢龍樓曉㉕。攀龍附鳳勢莫當㉖，天下盡化為侯王㉗。汝等豈知蒙帝利㉘，時來不得誇身強㉙。關中既留蕭丞相㉚，幕下復用張子房㉛。張公一生江海客㉜，身長九尺鬚眉蒼。徵起適遇風雲會㉝，扶顛始知籌策良㉞。青袍白馬更何有㉟，後漢今周喜再昌㊱。寸地尺天皆入貢㊲，奇祥異瑞爭來送㊳。不知何國致白環㊴，復道諸山得銀甕㊵。隱士休歌紫芝曲㊶，詞人解撰河清頌㊷。田家望望惜雨乾㊸，布穀處處催春種㊹。淇上健兒歸莫懶㊺，城南思婦愁多夢㊻。安得壯士挽天河㊼，淨洗甲兵長不用㊽！

📖 [校注]

①原注：「收京後作。」題內「馬」字，王嗣奭《杜臆》、仇兆鰲《杜少陵集詳注》均作「行」。黃鶴注：「當是乾元二年（西元 759 年）仲春作。按：相州兵潰在三月壬申，乃初三

日。其作詩時，兵尚未敗也。」(仇注引) 按：至德二載 (西元 757 年) 九月收復長安，十月收復洛陽，安慶緒與其黨奔河北，退守鄴城。此云「收京後」，是較廣泛的時間概念。本篇宋人趙次公及清錢謙益繫於乾元元年 (西元 758 年) 春。詹鍈《談杜甫的〈洗兵馬〉》從其說，莫礪鋒《杜甫評傳》亦贊同此說。似以趙、錢之說較優。洗兵馬，謂洗淨甲兵，祈望太平。②杜甫詩中常稱肅宗為「中興主」，以漢光武帝中興漢室比擬肅宗中興唐室。這裡的「中興諸將」也以輔漢光武帝興復漢室之諸將 (以鄧禹為首的二十八人) 喻當時領軍討伐安史叛軍的成王李俶、郭子儀、李光弼等人。山東，此指華山以東的廣大地區。包括安史叛軍的巢穴河北一帶。③夜，原作「日」，校：「一作夜。」茲據改。此句可兩解：一謂捷報夜傳之消息與白天傳來的消息內容相同，見捷報之可信。一謂捷報晝夜頻傳，見勝利消息之不斷。似以後解為優。④《詩·衛風·河廣》:「誰謂河廣，一葦杭之。」一張葦葉即可渡過，極言其易。⑤胡，指安慶緒 (時安祿山已死)、史思明。《晉書·杜預傳》:「今兵威已振，勢如破竹，數節之後，迎刃而解。」蕭滌非《杜甫詩選注》引《唐書·肅宗紀》:「至德二載十一月下制曰：朕親總元戎，掃清群孽。勢若摧枯，易同破竹。」認為「杜甫也兼採用了制文」。⑥殘，餘、剩。鄴城，即唐之相州，今河南安陽市。乾元元年 (西元 758 年) 十月，九節度之師克復衛州，安慶緒逃往鄴城，遂圍之。乾元二年二月，九節度即將對鄴城發動總攻，故有「不日得」之語。⑦朔方，此指朔方節度使郭子儀。據《舊唐書・郭子儀傳》，天寶十四載（西元 755 年），安祿山反。十一月，以子儀為衛尉卿，兼靈武郡太守，充朔方節度使。詔子儀以本軍東討。此後屢建功績。乾元元年十月，子儀自杏園渡河，圍衛州。安慶緒與其驍將悉其眾來援，賊眾大敗，遂收衛州。進軍赴鄴，與賊再戰於愁思岡，賊軍又敗，乃連營圍之。故云「無限功」。肅宗於乾元元年九月，詔九節度之師討安慶緒，以子儀、光弼俱是元勛，難相統屬，故不立元帥，唯以中官魚朝恩為觀軍容宣慰使。唐軍雖眾，因軍無統帥，自冬及春，竟未破賊。此云「獨任」，表明主張朝廷應專任郭子儀，以之為全軍統帥。因九節度不設元帥，導致乾元二年三月的相州潰敗。⑧京師，指長安。汗血馬，漢代西域大宛有駿馬，流汗如血，故名。《漢書・武帝紀》：「四年春，貳師將軍廣利斬大宛王首，獲汗血馬來。」顏師古注引應劭曰：「大宛舊有天馬種，蹋石汗血，汗從前肩膊出，如血，號一日千里。」此指來自回紇之良馬。其時回紇派驍騎助唐王朝討安史叛軍，見〈北征〉「陰風西北來，慘澹隨回紇」一節。⑨《通鑑・至德二載十月》：「回紇葉護自東京還，上命百官迎之於長樂驛，上與宴於宣政殿。」餧（ㄨㄟˋ）肉：餵肉。指以肉餵馬。葡萄宮，漢上林苑宮殿名，漢宣帝曾宴單于於此。此以「葡萄宮」借指唐代宮苑。此句，王嗣奭《杜臆》謂：「復京師後，帝宴回紇於宣政殿，而云『餧肉葡萄宮』蓋為朝廷諱，故用漢元帝待單于事，而且以禽獸畜之，此老杜《春秋》筆也。」蕭滌非亦謂「這兩句在鋪張中含有諷意，杜甫始終反對借用回紇兵」。按：杜甫對朝廷倚重回紇兵雖有微詞，但以「餧肉」諷其為禽獸，恐難以置信。此句承上，似指回紇士兵在漢宮苑餵馬，但馬食草料，而此云「餧肉」，或譏其任意糟蹋。二句總謂兩京收復而回紇勢盛。⑩海岱，渤海、泰山。指今山東省渤海至泰山之間的地帶。《書．禹貢》：「海岱唯青州。」⑪仙仗，借指皇帝的儀仗。崆峒，山名。《括地誌》：笄頭山，一名崆峒山，在原州平涼縣西百里。《莊子·在宥》：「黃帝立為天子十九年，令行天下，聞廣成子在於空同之上，故往見之。」此謂天下平定之後，當進而修明政治，令行天下。係嚮往之詞。《新唐書．蘇頲傳》：「陛下撥定禍亂，方當深視高居，制禮作樂，禪梁父，登空同。」意可互參。崆峒，又作空同。⑫三年，指安史之亂爆發以來的三年。自天寶十四載（西元 755 年）十一月至乾元二年（西元 759 年）二月，為三年零四個月。首尾已五年，不得再云「三年」。如此詩作於乾元元年春，則首尾四年，實為二年零四個月。作「三年」較切合。〈關山月〉，樂府橫吹曲名，曲辭多抒征戍之情。句意謂三年間，戰爭不斷，笛中傳出的盡是征人的思鄉傷別之情。⑬萬國，猶萬方。泛指全國各地。兵前草木風，濃縮「草木皆兵」、「風聲鶴唳」二典。《晉書．苻堅載記》記淝水之戰前，「堅與苻融登城而望王師，見部陣齊整，將士精銳。又北望八公山上草木，皆類人形，顧謂融曰：『此亦勍敵也，何謂少乎！』憮然有懼色」。既為晉軍所敗，遁逃途中「聞風聲鶴唳，皆謂晉師之至」。此謂三年戰亂，全國各地均深受戰亂流離之苦，見草木、聞風聲鶴唳而均疑戰禍將至。此二句上承「常思」句。或謂指「會兵鄴城，如風捲葉」（王嗣奭語），恐非。⑭成王，指唐肅宗之子李俶。乾元元年三月，自楚王徙封成王。四月立為皇太子（改名豫）。詩不稱其為太子，正可證其作於乾元元年五月之前。在收復兩京的戰爭中，封為天下兵馬元帥。故云「功大」。心轉小，謂其小心謹慎，居安思危。劉書〈慎言篇〉：「楚莊王功立而心懼，晉文公戰勝而絕憂，非憎榮而惡勝，乃功大而心小，居安而念危也。」⑮郭相，指郭子儀。至德元載，「太子即位靈武，詔徵師。子儀與光弼率步騎五萬赴行在。時朝廷草昧，眾單寡，軍容缺然，及是國威大振，拜子儀兵部尚書，同中書門下平章事，仍總節度」。乾元元年八月，進中書令。謀深，指其在戰爭中善用謀略，如衛州之役，「安慶緒與其驍將安雄俊、崔乾祐、薛嵩、田承嗣悉其眾來援，分為三軍。子儀陣以待之，預選射者三千人伏於壁內，誡之曰：『俟吾小卻，賊必爭進，則登城鼓譟，弓弩齊發以迫之。』既戰，子儀偽遁，賊果乘之，及壘門，遽聞鼓譟，俄而弓弩齊發，矢注如雨，賊徒震駭，子儀整眾追之，賊徒大敗。是役也，獲偽鄭王安慶和以獻，遂收衛州」（《舊唐書·郭子儀傳》)。⑯司徒，指李光弼，在平定安史之亂的過程中與郭子儀並建大功，號稱郭、李。至德二載四月封司徒。《舊唐書·李光弼傳》:「光弼御軍嚴肅，天下服其威名，每申號令，諸將不敢仰視。」曾預料史思明詐降終必復反，故云「清鑑懸明鏡」。⑰尚書，指王思禮，高麗人，時為兵部尚書。杳，遠。《舊唐書·王思禮傳》謂其「立法嚴整，士卒不敢犯」。氣與秋天杳，謂其嚴肅之氣度像秋天的高空那樣杳遠。乾元二年，與子儀等九節度圍安慶緒於相州。思禮領關內及潞府行營步卒三萬、馬軍八千。大軍潰，唯思禮與李光弼兩軍獨全。此亦其治軍嚴整之顯例。〈八哀詩·贈司空王公思禮〉讚其「禁暴靖無雙，爽氣春淅瀝」。⑱二三豪俊，指郭、李、王等人。為時出，猶應運而生。⑲整頓乾坤，指上述諸人重新整頓被安史叛軍擾亂破壞的國家，使之轉危為安。濟時了，完成匡救時局的大業。⑳《世說新語·識鑑》:「張季鷹(翰)辟齊王東曹掾，在洛見秋風起，因思吳中菰菜羹、鱸魚膾，曰:『人生貴得適意爾，何能羈宦數千里以要名爵！』遂命駕便歸。」《晉書·張翰傳》作「菰菜、蓴(蒓)羹、鱸魚鱠」。句意謂如今像張翰那樣，想東歸品嚐家鄉美食的人便可逕自東去，不再因戰亂道路梗阻而空自想念。㉑曹操〈短歌行〉:「月明星稀，烏鵲南飛，繞樹三匝，何枝可依。」以南飛之烏鵲無枝可依喻人民流離失所。句意謂如今想南歸的人民也可有所棲託，不致流離失所。㉒青春，春天的景象。冠冕，指朝廷官吏。入，指入紫禁城。㉒紫禁，皇宮。古以紫微垣比喻皇帝居處，因稱宮禁為紫禁。耐，宜。㉔鶴駕，太子的車駕。《列仙傳》載，王子喬（即周靈王太子晉）嘗乘白鶴駐緱氏山頭。後因稱太子車駕為鶴駕。此指肅宗所乘的車駕。鳳輦，皇帝的車駕。此指玄宗車駕。㉕問寢，早起問安。龍樓，皇帝所住的樓，此指玄宗所居。浦起龍曰：「此二句正須看得活相，益顯天倫之樂。『鶴駕』既來，『鳳輦』亦備，父子相隨以朝寢門，歡然交忻，龍樓待曉。豈不休哉！此以走馬為對仗，乃杜公長技。」恐非。其時李俶未立為太子。二句意謂：昔之太子、今之皇上通宵都已備好車駕，準備早起至太上皇所居的樓殿問安。玄、肅父子之間有衝突，玄宗自蜀返京後，晚景淒涼，此處可能有以祝頌寓婉規之意。㉖攀龍附鳳，語本《法言．淵騫》：「攀龍鱗，附鳳翼。」此處指攀附有權勢者以謀取富貴之輩。舊說指王嶼、李輔國等人，實際所指範圍當更廣，參下句。㉗《漢書．敘傳下》：「舞陽鼓刀，滕公廄騶，潁陽商販，曲周庸夫，攀龍附鳳，並乘天衢。」又：「雲起龍驤，化為侯王。」王嗣奭曰：「『天下盡化為侯王』，微有風刺，當時封爵濫，甚至以官賞功，給空名告身，凡應募入軍者一切衣金紫，公實痛之，故先言『攀龍附鳳』，明謂其憑藉寵靈，而又以『蒙帝利』申言之。」（《杜臆》）㉘汝等，鄙視之詞，指上述攀龍附鳳而化侯王獵富貴之輩。〈擊壤歌〉：「日出而作，日入而息。鑿井而飲，耕田而食。帝利何有於我哉！」《漢書．張耳傳》：「且先王亡國，賴皇帝得復國，德流子孫，秋豪皆帝利也。」此反用之。蕭滌非說：「『明帝利』三字，婉而多諷。明斥王侯的無能無恥，暗諷肅宗的偏私。」㉙句意謂爾等不過適逢其時、因緣成事，豈可自誇才能高強。㉚關中，指今陝西省關中平原一帶地區，因地處函谷關、武關、散關、蕭關四關之中，故稱。蕭丞相，指蕭何。漢王劉邦以蕭何留守關中，補充兵員給養，關中成為鞏固的後方基地。《史記．蕭相國世家》：「夫上與楚相距五歲，常失軍亡眾逃身遁者數矣。然蕭何常從關中遣軍補其處……夫漢與楚相守滎陽數年，軍無見糧，蕭何轉漕關中，給食不乏，陛下雖數亡山東，蕭何常全關中以待陛下。此萬世之功也。」此借指房琯。錢謙益曰：「『蕭丞相』，指房琯也，琯自蜀郡奉冊，留相肅宗，故曰『既留』。或以謂指杜鴻漸，據《新書》『卿乃吾蕭何』語，非也。」（《錢注杜詩》）㉛張子房，指張良。《史記·留侯世家》：「漢六年正月，封功臣。良未嘗有戰鬥功，高帝曰：『運籌策帷帳中，決勝千里外，子房功也。』……乃封張良為留侯，與蕭何等俱封。」此借指張鎬。錢謙益曰：「琯既罷，張鎬代琯為相，故曰『復用張子房』。琯以至德二載五月罷相，以鎬代；八月，出鎬於河南，次年（乾元元年）五月，鎬罷。六月，琯貶邠州。琯、鎬皆上皇舊臣，遣赴行在。肅宗疑之，用之而不終者也。」㉜張公，指張鎬。江海客，浪跡四方、放情江海之人。此指張鎬本為隱逸之士。《舊唐書．張鎬傳》言其「風儀魁岸」，故下句云「身長九尺鬚眉蒼」。獨孤及〈張公頌〉謂鎬隱居終南三十年，故云「江海客」。㉝徵起，受到徵召起用。風雲會，指動亂時世君臣遇合。《易．乾》：「雲從龍，風從虎，聖人作而萬物睹。」意謂同類相互感應，故以風雲會比喻遇合。《舊唐書．張鎬傳》：「肅宗即位，玄宗遣鎬赴行在所。鎬至鳳翔，奏議多有弘益，拜諫議大夫，尋遷中書侍郎、同中書門下平章事……時方興軍戎，帝注意將帥，以鎬有文武才，尋命兼河南節度使，持節都統淮南等道諸軍事。」此正所謂「適遇風雲會」。或引其「以褐衣初拜左拾遺」事，非。此天寶末楊國忠為相時，「以聲名自高，搜天下奇傑，聞鎬名，召見薦之，自褐衣拜左拾遺」，非所謂「適遇風雲會」。㉞扶顛，拯救危亡。籌策，謀劃計策。《舊唐書．張鎬傳》：「時賊帥史思明表請以范陽歸順，鎬揣知其偽，恐朝廷許之，手書密表奏曰：『思明……包藏不測，禽獸無異。可以計取，難……以義招。』又曰：『滑州防禦使許叔冀，性狡多謀，臨難必變，望追入宿衛。』肅宗計意已定，表入不省……肅宗以鎬不切事機，遂罷相位……後思明、叔冀之偽皆符鎬言。」㉟《梁書．侯景傳》：「普通（梁武帝年號）中，童謠曰：『青絲白馬壽陽來。』後景果騎白馬，兵皆青衣。」侯景亦胡人，作亂反梁，此以喻指安史叛軍。更何有，謂其轉眼即可消滅。㊱後漢，東漢；今周，指周室。均借指唐。

喜再昌，以漢光武帝中興、周宣王中興喻肅宗中興唐室。㊲寸地尺天，極言全國各地每一寸土地。㊳謂各地爭獻奇祥異瑞以慶捷。㊴致，奉獻。白環，白玉環。《竹書紀年》：「帝舜九年，西王母來朝，獻白環、玉玦。」㊵銀甕，銀質盛酒器。古代傳說常以為祥瑞之物，政治清平，則銀甕出。《初學記》卷二十七引〈瑞應圖〉：「王者宴不及醉，刑罰中，人不為非，則銀甕出。」㊶紫芝曲，隱者之歌。相傳秦末東園公、綺里季、夏黃公、甪里先生避亂隱居商山，稱商山四皓。作歌曰：「漠漠商洛，深谷威夷。曄曄紫芝，可以療飢。皇農邈遠，余將安歸？駟馬高蓋，其憂甚大。富貴而畏人，不如貧賤而輕世。」此謂隱逸避亂者不必再歌唱〈紫芝曲〉，因為天下已經平定，可以出而入仕了。㊷解撰，懂得撰寫。《宋書·臨川烈武王道規傳》附〈鮑照傳〉載：「元嘉中，河、濟俱清，當時以為美瑞。照為〈河清頌〉，其序甚工。」此謂文人們紛紛撰寫歌頌昇平的作品。㊸望望，急切盼望貌。㊹布穀，鳥名，以鳴聲似「布穀」，又鳴於春天播種時，故相傳認為勸耕之鳥。㊺淇上健兒，指圍困安慶緒叛軍於鄴城的唐軍戰士。淇，水名，在鄴城附還。歸莫懶，意謂凱旋至家後不要耽誤了春耕的時間。㊻城南思婦，泛稱後方的征人妻子。愁多夢，指掛念前線的丈夫，憂愁而多夢。二句蓋祝早日克復鄴城，戰士歸而耕種，以免思婦思念。㊼挽天河，牽引銀河。㊽甲兵，鎧甲與兵器。《說苑·權謀》載，武王代紂，風霽而乘以大雨。散宜生曰：「此非妖與？」王曰：「非也，天洗兵也。」「洗兵」語本此。

📖 [鑑賞]

這首詩的寫作時間，與對全詩基調的理解有直接關聯。如果按照黃鶴的編年，記此詩作於乾元二年（西元 759 年）仲春，不但與題注「收京後作」不合［此時離至德二載（西元 757 年）九月收復長安已達一年零五個月，離十月收復洛陽亦已一年四個月］，而且與詩中「三年」之語亦不符［自天寶十四載（西元 755 年）十一月安史亂起至乾元二年二月，首尾已五年，按當時紀年數慣例，絕不可能說成三年］。應從趙次公、錢謙益之說，繫於乾元元年（西元 758 年），時間當在三月李俶自楚王徙封成王稍後。此時距兩京收復只有半年左右，謂「收京後作」，時間較合。且詩中提到的「京師皆騎汗血馬，回紇餧肉葡萄宮」的現象，與克復兩京的時間點有密切連繫；「鶴駕」四句寫到的「雞鳴問寢」景象，亦在至德二載十二月玄宗返京以後，均與乾元元年三月稍後作詩的時間點較接近。尤可注意者，為詩中著重稱頌的宰相張鎬，乾元元年三月已在任上，與「幕下復用張子房」之語正合。如作於乾元二年二月，則其時鎬已罷相七個月，用五句詩來特地頌揚已不在位的宰相，幾乎不可理解。還有一點，安慶緒自洛陽被唐軍收復後即逃往鄴城，到至德二載十二月，因史思明之降，而「滄、瀛、安、深、德、棣等州皆降。雖相州（鄴城）未下，河北卒為唐有矣」（《通鑑》卷二百二十），與詩中「中興諸將收山東」、「只殘鄴城不日得」之語完全符合。正是在這個時間點，詩人才會強烈感到，安史之亂的平定已是指日可待，從而創作出一闋勝利的暢想曲。如果將作詩的時間延至乾元二年仲春，則其時史思明復反，圍鄴諸軍「既無統帥，進退無所稟……城久不下，上下解體」、「諸軍乏食，人思自潰」，形勢已非昔比。

全詩四十八句，分四段，每段十二句，平仄韻交押。第一段十二句押平聲韻，總敘破敵平叛的大好形勢，抒發對勝利的暢想。前六句為一層，謂中興諸將收復華山以東的廣大地區，捷報頻傳，晝夜相繼。黃河雖廣，一葦可渡；官軍破竹之勢已成，胡命危淺，亡在旦夕之間。眼下只剩下鄴城尚未攻取，其陷落亦指日可待。前五句一氣直下，以誇張渲染的筆調，傳達出勝利在望的興奮喜悅之情，第六句以「獨任朔方無限功」重筆收束，點明這一切勝利均緣於皇帝對朔方節度使郭子儀的「獨任」。《通鑑・至德二載》：「十一月，廣平王俶、郭子儀來自東京，上勞子儀曰：『吾之家國，由卿再造。』」從肅宗的評價中可以看出他在收復兩京前對郭的倚重。正是由於專任郭子儀，才有「捷書夜報清晝同」的大好形勢和諸將共建的「無限功」。這也說明，此詩當作於乾元元年九月詔九節度之師討安慶緒，且不設統帥之前。如作於乾元二年二月，則其時肅宗早已不「獨任朔方」，歌頌讚揚之語也變成皮裡陽秋的諷喻。

「京師」以下六句為另一層，在「已喜皇威清海岱」，慶祝已經取得輝煌勝利的前提下，對回紇勢力的熾盛表示隱憂。借回紇之力擊安史叛軍，是唐肅宗的既定方針。《通鑑》載：「初，上欲速得京師，與回紇約曰：『克城之日，土地士庶歸唐，金帛子女歸回紇。』」後雖因廣平王的勸說，回紇未即在長安進行掠奪，但破東京後則「如約」大掠，直到廣平王「入東京，回紇竟猶未厭，俶患之，父老請率羅錦萬匹以賂回紇，回紇乃止」。可見肅宗這種急功近利的方針帶給百姓的禍害。「京師皆騎汗血馬，回紇餧肉葡萄宮」二句，在貌似渲染京師回紇戰馬之多、軍士之眾的筆調中，隱隱顯示出詩人對這種現象的憂慮。這也是杜甫的一貫態度。與此同時，詩人還寓勸於讚，指出在取得輝煌勝利的時刻，要「常思仙仗過崆峒」，進一步修明政治，使天下長治久安。「三年笛裡關山月，萬國兵前草木風」二句，就是對三年來全國各地飽受戰亂之苦的藝術概括。上句是說笛裡吹奏出的盡是征戍離別之音。下句是說各地百姓受盡戰爭驚嚇，「兵前草木風」五字，濃縮「草木皆兵」、「風聲鶴唳」的故實，造語新奇而犀利。兩句對仗工整、詞采清麗、意境宏闊、韻味深長，是杜詩中著名的對句。由於是在歡慶勝利的時刻回想過去，情調便不顯得那麼沉重憂傷，而是無形中流露出輕快明朗的氣息。

第二段十二句改押仄聲韻，讚頌「中興諸將」的才能、品格、氣度，對他們「整頓乾坤」、收復兩京後帶來的新氣象熱情謳歌。諸將人數眾多，這裡只著重揭舉四人：成王李俶（即後來的代宗）、郭子儀、李光弼、王思禮。以李俶為首，是因為在克復兩京的過程中，他擔任天下兵馬元帥，「功大心轉小」，則是讚其不居功自傲，而是更加小心謹慎。長安克復之日，回紇葉護要如約搶掠，廣平王的勸阻發揮作用，以至入城之日，「百姓軍士胡虜，見俶拜（於葉護馬前，請暫勿俘掠），皆泣曰『廣平王真華夷之主』」。郭、李同為元勛，在克復兩京時功勛卓著，詩人一讚其「謀深」、一讚其「清鑑」，一讚其才，一讚其識，各有側重；對於王思禮，則讚其氣度之高遠。以上四人，所讚均不重在功績（因收兩京、收山東已足以證明），而在其才能、品格、氣度，這正是「中興諸將」異於一般將帥之處。稱李俶為「成王」，正說明詩作於乾元三月李俶自楚王徙封成王後不久，至四月庚寅，俶已立為皇太子，不得再以「成王」稱之。「二三豪俊為時出，整頓乾坤濟時了」二句，總束以上四句，用「整頓乾坤」概括他們的功績，正是對其「收拾山河」、「再造唐室」的熱情謳歌。以上六句為一層，下一層六句轉入對乾坤新氣象的描繪渲染。「東走」二句謂士庶百姓出行道無豺虎，安居有巢可棲，互文見義，雖用典而流走暢達，內容與言語風格和諧統一。「青春」二句，謂京城收復，春天的明麗景象又來到長安，朝臣們冠冕齊整，朝儀如舊；紫禁城上籠罩著春天的煙靄花樹，相互輝映，分外壯麗。二句全用明麗錦繡之詞，渲染出一派喜慶氣氛，正是中興氣象。「鶴駕」二句，謂自蜀迎歸上皇，從此父子相聚，可以朝起問寢，盡天倫之樂、父子之禮了。玄、肅之間有衝突，歷時已久，馬嵬事變實為倉促之際的一場政變。這裡特意渲染家人父子之間其樂融融的景象，是以祝願讚頌微寓婉規，希望玄、肅父子之間能出現這種融洽無間的關係和景象。

第三段十二句又轉押平聲韻。這一段兩層，前一層四句，揭示兩京收復、論功行賞時，出現封爵過濫的現象。《通鑑》載，至德二載十二月戊午，「上御丹鳳樓，赦天下……立廣平王俶為楚王，加郭子儀司徒、李光弼司空，自餘蜀郡、靈武扈從立功之臣，皆進階賜爵加食邑有差。」《舊唐書·肅宗紀》載：蜀郡、靈武元從功臣韋見素、高力士、裴冕、李輔國、李遵等均封國公，兼進封邑。在這一大批封王賜爵的人當中，有的根本就沒有任何功勛，卻因「時來」之故「盡化為侯王」，杜甫對這種濫行封王賜爵的現象深表不滿，語氣中有諷刺、有斥責、有蔑視，實際上也婉轉表達出對肅宗的批評。「關中」以下八句，轉出另一層涵意，謂中興之業，關鍵在任相得人。「關中」二句，謂肅宗先留房琯，再用張鎬，二人均為濟危扶顛之良相，房琯至德二載五月已罷相，張鎬代相，作此詩時鎬仍在任上（乾元元年五月罷）。雖並舉房、張，而側重在張。正因張鎬在任期間，兩京先後克復之故。因此下面不吝筆墨，用了四句詩對張鎬的出身品格、儀表氣度、逢時而起、扶顛籌策進行多角度的渲染描繪，最後以「青袍白馬更何有，後漢今周喜再昌」二句總束以上六句，謂得此張良式的賢相運籌帷幄，方能建此中興之偉業。對張鎬的讚頌可謂無以復加，詞亦淋漓盡致。這一段前後兩層，看似有些脫節，實則均著眼於中興之業的政治層面，也是使中興之業得以繼續推進的根本。前者望肅宗勿濫行封賞，後者望肅宗任用賢相，又都統一於用人這一為政的主要方面。唐太宗開創貞觀之治，關鍵即在用人與納諫，今日肅宗中興正應著眼於此。但前四句諷刺斥責之意明顯，「勢莫當」、「盡化」、「豈知」、「不得」等語，連貫而下，對於這種與中興氣象不和諧的現象，詩人的憤激不屑亦溢於言表；後者則於抑揚有致、瀟灑輕快的筆調中，抒發對肅宗任用賢相的讚揚和對賢相精神風貌的景仰，至「青袍」二句已將對中興局面的讚頌推至高潮。前後兩層，情感由憤轉喜，語調由諷轉讚，構成鮮明對照，顯得跌宕多姿。

第四段十二句，又轉用仄聲韻。這一段的前六句，緊承「後漢今周喜再昌」，對伴隨中興局面出現的各地爭送奇祥異瑞、紛紛歌功頌德的現象，作出或尖銳、或委婉的諷刺。如果說上一段的第一層是諷為君者不可因勝利而濫行封賜，那麼這一段的第一層則是諷為臣者不可因勝利而阿諛逢迎、投君所好。這二者都是封建政治在形勢稍好時，極易出現的腐朽現象。對於各地紛呈祥瑞，詩人用「寸地尺天」、「奇祥異瑞」、「皆入貢」、「爭來送」、「不知」、「復道」等語進行尖銳的嘲諷，諷刺地方官為了逢迎邀寵而刻意弄虛作假，唯恐落後；對詞人之歌功頌德，則僅以「解撰」一語作含蓄的婉諷，且以「隱士休歌紫芝曲」之正面描敘為對照，使諷意不致過於刻露。詩人揭示上述種種與「中興」伴生卻又與之不和諧的現象，進行或顯或隱的諷刺，正說明在一片大好形勢的喜慶氣氛中，應始終保持著清醒的頭腦。詩人意中，其實希望地方官們關心民瘼，注重生產。下一層的開頭兩句「田家望望惜雨乾，布穀處處催春種」就透露了這一訊號。前面均為大段敘述議論，此處「忽入時景」，彷彿突兀，實則與上詞斷神連。與其爭送祥瑞、歌功頌德，不如踏踏實實做一點有利於百姓和生產的實際作為。「淇上」二句，遙承首段「只殘鄴城不日得」，緊接「催春種」，用充滿祈望的語氣，希望早日攻克鄴城，使「淇上健兒」歸家從事農耕，與家人團聚。「歸莫懶」、「愁多夢」，語帶調侃，情則親切，表達出人民對和平生活的渴望。末二句乃就勢收束，希望壯士力挽天河、洗淨甲兵，使百姓永不受戰爭之害。直至篇末方直接點明題旨。看似又顯突兀，實則在此前的所有喜慶勝利，讚頌中興新氣象的敘述描繪和議論中，都貫串著早日結束戰爭，使人民安享和平生活的意涵。故篇末點睛，正是水到渠成，結得既自然又有力。

在安史亂起以後的十五年中，杜甫遇到最使他興奮喜悅的國家大事，除了廣德元年（西元 763 年）的「聞官軍收河南河北」，安史之亂最終平定外，就是這次「中興諸將收山東」的局面。〈聞官軍收河南河北〉被稱為杜甫「生平第一快詩」，這首〈洗兵馬〉也稱得上是他的另一首「快詩」。為了充分表達對勝利局面、中興事業、和平生活的欣喜、慶祝和祈望，渲染熱烈歡快的喜慶氣氛，他特意採用詞采鮮麗、對仗工整、形式齊整的轉韻體。這實際上是杜甫以「初唐四傑」七言歌行為基礎所改造的頌體詩。但它並不以鋪排為特色，而是在淋漓盡致、抑揚頓挫的抒情性議論中，貫串著勁健的氣勢，故華而不靡，麗而有骨。王安石取此為杜詩壓卷之作，洵稱有識。

═ 石壕吏[1] ═

暮投石壕村[2]，有吏夜捉人。老翁逾牆走，老婦出門看[3]。吏呼一何怒[4]！婦啼一何苦！聽婦前致詞[5]：三男鄴城戍[6]。一男附書至[7]，二男新戰死[8]。存者且偷生，死者長已矣[9]！室中更無人，唯有乳下孫[10]。有孫母未去[11]，出入無完裙[12]。老嫗力雖衰[13]，請從吏夜歸。急應河陽役[14]，猶得備晨炊[15]。夜久語聲絕，如聞泣幽咽[16]。天明登前途，獨與老翁別[17]。

📖［校注］

①本篇係杜甫著名組詩「三吏」、「三別」中之第三首。題下原注：「收京後作。雖收兩京，賊猶充斥。」仇兆鰲《杜少陵集詳注》引師氏曰：「從〈新安吏〉以下至〈無家別〉，蓋紀當時鄴師之敗，朝廷調兵益急。雖秦之謫戍，無以加也。」仇兆鰲曰：「此下六詩，多言相州師潰事，乃乾元二年自東都回華州時，經歷道途，有感而作。錢氏以為自華州之東都時，誤矣。」據《通鑑．乾元二年》：「郭子儀等九節度使圍鄴城，築壘再重，穿塹三重，壅漳水灌之。城中井泉皆溢，構棧而居，自冬涉春，安慶緒堅守以待史思明，食盡，一鼠直錢四千，淘牆麩及馬矢以食馬。人皆以為克在朝夕，而諸軍既無統帥，進退無所稟；城中人欲降者，礙水深，不得出。城久不下，上下解體。思明乃自魏州引兵趣鄴……諸軍乏食，人思自潰。思明乃引大軍直抵城下，官軍與之刻日

決戰。三月，壬申，官軍步騎六十萬陳於安陽河北，思明自將精兵五萬敵之，諸軍望之，以為遊軍，未介意。思明直前奮擊，李光弼、王思禮、許叔冀、魯炅先與之戰，殺傷相半；魯炅中流矢。郭子儀承其後，未及布陳，大風忽起，吹沙拔木，天地晝晦，咫尺不相辨。兩軍大驚，官軍潰而南，賊潰而北，棄甲仗輜重委積於路。子儀以朔方軍斷河陽橋保東京。戰馬萬匹，唯存三千，甲仗十萬，遺棄殆盡。東京士民驚駭，散奔山谷，留守崔圓、河南尹蘇震等官吏南奔襄、鄧，諸節度各潰歸本鎮。士卒所過剽掠，吏不能止，旬日方定。唯李光弼、王思禮整敕部伍，全軍以歸。」此即「相州師潰」之詳情。為補充潰散傷亡的兵源，統治者四處抓丁，連未成丁的中男、白髮老嫗、剛成婚的新郎、子孫陣亡盡的老翁、無家可歸的陣敗士兵均被徵調入伍。詩人在三月初相州兵潰之後，由洛陽返回華州的途中，見到上述種種慘絕人寰的情景，寫下著名的組詩〈新安吏〉、〈潼關吏〉、〈石壕吏〉（即所謂「三吏」），〈新婚別〉、〈垂老別〉、〈無家別〉（即所謂「三別」）。其中「三吏」係有詩人在內的問答敘事體，「三別」則純為主角自述，但都具有明顯的敘事詩特徵。除〈潼關吏〉一首係描寫與關吏的對話，發表自己對守關的見解以外，餘五首均描寫被徵百姓的悲慘遭遇。石壕，村名，在今河南陝縣東南七十里。杜甫離新安後，先至陝縣石壕，再至潼關。「三吏」將〈潼關吏〉置於〈新安吏〉之後，〈石壕吏〉之前，從事情發生的時間來看，或誤。②投，投宿。③門看，《全唐詩》校：「一作看門。」④一何，多麼、怎麼這樣。⑤前致詞，在差吏跟前述說。⑥三男，三個兒子。鄴城戍，在鄴城（即相州）前線當兵打仗。⑦一男，（三個兒子中的）一個兒子。附書至，託人捎信回來。⑧二男，另外兩個兒子。新戰死，指在不久前的鄴城大潰敗中戰死。⑨長已矣，已永遠逝去。⑩乳下孫，正在餵奶的小孫兒。⑪未去，未離開家。⑫以上二句《全唐詩》校：「一作孫母未便出，見吏無完裙。」⑬老嫗，老婦自稱。⑭河陽，今河南孟州市。時郭子儀退守河陽。役，差役。⑮備晨炊，準備早飯。⑯泣，低聲而哭，抽泣。幽咽，形容哭聲低而時斷時續。「泣幽咽」者當是兒媳，即乳下孫之母。⑰末句暗示老婦已被吏帶走。

🕮 [鑑賞]

這首詩與〈新安吏〉、〈潼關吏〉雖同為「夾帶問答敘事」（浦起龍語），同樣有詩人自己在場，但〈新安吏〉、〈潼關吏〉都寫詩人與新安吏、潼關吏的問答，〈新安吏〉還有過半篇幅是描寫詩人對送行者的同情勸慰，詩人本身的言行在詩中顯得相當突顯。而在〈石壕吏〉中，詩人的身影僅在首尾「暮投石壕村」、「天明登前途，獨與老翁別」中乍現，在作為詩主體的絕大部分篇幅中（從「有吏夜捉人」至「如聞泣幽咽」），寫的是吏捉人的事件和吏與老婦的問答，詩人自己僅作為事件的親歷者在旁聽聞，並不直接出現在事件與場景之中，更不發表任何見解或評論。這就使〈石壕吏〉比起〈新安吏〉、〈潼關吏〉，更像一首首尾完整、有情節、有場景、有人物、有開端、有高潮、有結局的敘事詩，一篇第一人稱的詩體短篇小說。全詩描寫一個事件的過程。從「暮投」到「夜捉」，再到「夜久」、「天明」，這是故事發生的時間線。開頭四句寫日暮投宿，點明差吏捉人的事件，是故事的開端。「吏呼」以下十六句，寫在暴吏怒索威逼下老婦的應對之詞，依序寫出老婦一開始企圖以一家人的慘重犧牲打動差吏；繼而希望以一家人的貧困悲慘境遇哀告差吏，並為老翁進行掩護；終則在暴吏威逼下挺身應役。這是故事的高潮，也是全詩的主體。

「夜久」四句寫詩人徹夜未眠與天明啟程，這是故事的結局。

詩寫得極其樸素，全篇硬是沒有用一個形容詞（連形容婦啼之苦、吏呼之怒，都有意不用，而是用「一何」這樣的副詞），沒有任何背景敘述、環境描繪，也幾乎沒有渲染氣氛的和對人物（包括詩人自己）的心理刻畫，好像就是不動聲色地敘述完一個故事。習慣詩歌要有一點文采、一點色澤的讀者可能覺得它過於質木無文。〈新安吏〉已經寫得相當樸素，但畢竟還有「白水暮東流，青山猶哭聲」這樣出色的氣氛渲染和環境描寫，還有「眼枯即見骨，天地終無情」這種驚心動魄的強烈抒情。〈石壕吏〉比起它，更進了一步，稱得上是「皮毛落盡」。但絕不代表這首詩在藝術方面沒有經過任何錘鍊，恰恰相反，它的錘鍊功夫很深，已經錘鍊到不仔細體會，就不容易發現錘鍊痕跡的地步，這是藝術技巧高度成熟、達到爐火純青程度的象徵，是藝術上歸真返璞的表現。

首先是選材的代表性。「三吏」、「三別」除〈潼關吏〉外，每一首詩都寫一樁悲慘事件，選材都相當典型，但最集中、最典型的無疑是〈石壕吏〉。講到選材的代表性，首先要明確這首詩的題材究竟是什麼。詩一開頭就直書「有吏夜捉人」，而且後來真把老婦抓走了，似乎詩的題材就是寫「有吏夜捉人」的事件和過程。但奇怪的是，詩裡對如何「捉人」的事幾乎沒有任何正面描寫，只是在最後「獨與老翁別」中稍作暗示，卻詳細記述「捉人」之前老婦長達十三句（占全詩篇一半以上）的說詞。是杜甫不懂作詩的基本常識，離題了嗎？當然不是。這裡就存在究竟什麼才是〈石壕吏〉題材的問題。其實，詩人是要透過「夜捉人」的事件，來反映這一家人的悲慘境遇，這才是〈石壕吏〉的題材。仇兆鰲說：「『三男戍』、『二男死』、『孫方乳』、『媳無裙』、『翁逾牆』，婦夜往，一家之中，父子兄弟，祖孫姑媳，慘酷至此。民不聊生極矣。」「民不聊生極矣」是杜甫目睹「三吏」、「三別」中所描繪的生活現象時最突出的感受，在某種意義上來說，也是這兩組詩的總主題（說「某種意義上」，是因為這兩組詩還有勸勉、讚揚人民挺身赴國難的另一面)。對於這樣一個主題來說,「有吏夜捉人」,而且捉的又是年老力衰的老婦一事,當然已經相當典型;但相比之下,在「三男戍、二男死、孫方乳、媳無裙、翁逾牆」的情況下,仍將老婦抓走的事件,後者自然更為突出,更為典型。可見,作者的本意,並不只是要寫「夜捉人」這一事件,而是要透過「夜捉」這一事件,寫出這一家七口慘絕人寰的悲劇,以充分表現「民不聊生極矣」的主題。簡單地將這首詩的題材當作「有吏夜捉人」,對詩選材的代表性就不可能有正確的理解;而對選材的代表性缺乏正確理解,也不可能妥善理解詩的一系列藝術表現手法。

其次是情節的提煉與剪裁。陸時雍說:「其事何長,其言何簡!『吏呼一何怒,婦啼一何苦』二語,便當數十言寫矣。」這段話指出這首詩寫得很簡練,每為鑑賞者所稱引。但單純從字數看問題,不免有些表面和絕對化。作品敘述描繪的繁與簡,離不開題材與主題。如果這首詩的題材是「有吏夜捉人」,主題亦僅為揭露吏的凶殘橫暴,「吏呼一何怒,婦啼一何苦」這十個字究竟是概括精練,還是空洞貧乏呢?我看是空洞貧乏。同樣地,如果是這樣的題材和主題,老婦說詞一大段,究竟是詳細具體還是繁冗囉唆呢?恐怕難免不被譏為繁冗囉唆。反之,正因為題材是一家七口慘絕人寰的悲劇,主題是「民不聊生極矣」,作者才把「吏呼」和「婦啼」寫得那麼簡括,惜墨如金,而對老婦的說詞則寫得那麼詳細具體（具體到媳婦的「出入無完裙」），因為這是構成題材、展現主題的要素和憑藉。詩人根據題材和主題的需求，對許多次要素材進行巧妙剪裁，以突顯一家七口慘絕人寰的悲劇這個重點。下面作一些具體分析。

開頭兩句寫日暮到老翁家投宿，夜裡碰上差吏來抓人。這是交代事件緣由，寫得極精練，簡直像十個字的寫作提綱。根據這個提綱，可以衍生出一大篇文章來。比如說詩人是在什麼情況下到石壕村的（總該交代一下兵荒馬亂的時代背景吧），又如何找到老翁家投宿，主人是如何接待，夜裡吏又是如何來敲門抓人。可到了詩人筆下，卻一概剪去，只剩下光禿禿的「暮投石壕村，有吏夜捉人」十個字，對照題材情境類似的晚唐詩人唐彥謙〈宿田家〉：落日下遙峰，荒村倦行履。停車息茅店，安寢正鼾睡。忽聞扣門急，云是下鄉隸。公文捧花柙，鷹隼駕聲勢。良民懼官府，聽之肝膽碎。阿母出搪塞，老腳走顛躓。小心事延款，□餘糧復匱。東鄰借種雞，西舍覓芳醑。再飯不厭飽，一飲直呼醉。明朝怯見官，苦苦燈前跪。使我不成眠，為渠滴清淚。民膏日已瘠，民力日愈弊。空懷伊尹心，何補堯舜治？

平心而論，這首詩在晚唐算得上是比較優秀的作品。它主要揭露下鄉吏對農民的威嚇和敲詐勒索，對吏的醜惡嘴臉和農民的畏懼哀告和小心侍奉之狀，自然必須作比較具體的描寫，但開頭四句那樣囉唆絮叨實無必要，因為這與詩的主題並無關聯。杜甫「暮投」一句，足抵唐的四句。

下面老婦說詞段落，分三層。這三層內容並不是老婦一口氣講下去的，也不是平心靜氣，像敘家常一樣述說，而是在吏的不斷催逼怒喝聲和老婦的啼哭哀求聲中，斷斷續續地進行。當老婦講到三個兒子都參加攻打鄴城的戰役，其中兩個已經犧牲之後，吏肯定緊接著喝問：你家裡難道就沒有別的男人了嗎？就你一個老婆子嗎？因為吏是來「捉人」的，不是來聽老婦哭訴的，因此老婦為了掩護「逾牆走」的老翁，連忙宣告「室中更無人，唯有乳下孫。有孫母未去，出入無完裙」。家裡再無能服役的男人，只有還在吃奶的孫子和媳婦，媳婦連一件完好的裙子都沒有，根本無法出來見官，更不用說前去服役了。在這種情況下，吏肯定會大發脾氣，再三威逼，甚至提出要把媳婦帶走，老婦哀求無效，這才挺身而出，表示自己可以去河陽前線服役，為大軍燒飯。而老婦提出「請從吏夜歸」的請求後，根據下面「夜久語聲絕」一句，肯定還有其他的對話和情節，如吏起先不依，嫌老婦不管用，後來看看實在沒有人，只好抓老婦去交差；而老婦臨行前也可能跟媳婦作了些交代，等等。這一切，由於跟主題無關或關係不大，通通剪裁去掉。總之，老婦的層層訴說，用實寫，明承「吏呼」、「婦啼」；暴吏的步步威逼喝問，用虛寫，暗承「吏呼」、「婦啼」。從婦的層層訴說中，可以窺見吏窮凶極惡的嘴臉，收到「無字處皆其意」的藝術效果。此外，老婦被帶走和老翁回到家中，是以暗場作處理，詩中用「夜久語聲絕」和「獨與老翁別」進行暗示。這些剪裁，都是為了突顯說詞中所呈現的一家人之悲慘遭遇。經過這樣大刀闊斧的剪裁之後，情節被提煉得非常精簡，它的代表性被突顯出來，詩的主題「民不聊生極矣」便得到集中而深刻的表現。從這裡也可以悟出，這首詩所要控訴的絕不僅僅是石壕吏的凶暴和兵役制度的不合理，而是像〈新安吏〉裡所控訴的那樣，「眼枯即見骨，天地終無情」！一個社會、一個制度、一個統治集團，怎麼能讓這樣慘絕人寰的現象發生。至少在客觀上，它導出的結論是如此。

三是寓情於事，寓主觀感情於客觀敘述之中。這是杜甫詩歌寫實性的顯著特點。表面上，這首詩從頭到尾都是客觀的敘述描寫，詩人自己始終沒有正面出現在悲劇發生的場景中，更沒有像〈新安吏〉那樣發出激憤的控訴。但描述的客觀性絕不等於沒有傾向性。梁啟超說杜甫「做這首〈石壕吏〉詩時，他已化身做那位兒女死絕、衣食不繼的老太婆，所以他說的話，完全和他們自己說一樣」，「這可以說是諷刺文學中的最高技術」，正因為詩人親歷這幕慘劇發生的完整過程，對詩中所描述的情事有極痛切的感受，才能如此真切而感同身受地將它展現出來，並在貌似不動聲色的客觀描述中，散發自己深厚的感情。不妨對詩中一些客觀描述的句子進行分析。

一開頭就是「暮投石壕村」。說「暮宿石壕村」行不行，當然，「投」和「宿」都可以說明晚上在石壕村住下來這個客觀事實，但所表現的氣氛不同，所表現的詩人主觀感受也不同。蕭滌非說：「『投』字兼寫出大亂時一種蒼黃急遽之狀。賈島詩『落日恐行人』在亂世更有此感覺。」這個感受很真切細膩。「投」和「宿」雖義近，但「宿」字比較中性，用來表現正常情況下心情安閒的投宿較為恰當，且能給人歸宿感，但用在這裡就無法描繪出氣氛和詩人的感情色彩；而「投」字則給人在兵荒馬亂中匆匆投奔之感，可以體會出當時緊張的氣氛和詩人惶遽不安的心理。

「有吏夜捉人」，不說「徵兵」、「點兵」，而說「捉人」，而且是「夜捉人」，這樣的「吏」，就跟闖到人家家裡綁架的強盜差不多。古代史書講求「春秋筆法」、「以一字寓褒貶」，這個「捉」字就是以一字寓褒貶。直書其事，不稍掩飾，本身就是尖銳的揭露批評。

「老翁逾牆走，老婦出門看。」那裡一「捉人」，這裡就「逾牆走」，緊接著老婦就出門查看動靜，說明在這一帶，「夜捉人」的事件發生過多次，老百姓對付「夜捉」的經驗已經很豐富，行動也很熟練。彷彿只是客觀敘述，但對這種使老百姓雞犬不寧的「捉人」行為，詩人的厭惡乃至痛恨已蘊含在敘述之中。

「吏呼一何怒！婦啼一何苦！」不說吏如何可恨，老婦如何可憐，只以渾括的「一何」二字出之，它所具有的強烈感情色彩自然會引發讀者想像吏的凶惡猙獰面目和婦的悲哀無告神情。

「夜久語聲絕，如聞泣幽咽。」這個「如」字很值得細細體會。「幽咽」的是媳婦。丈夫「新戰死」，只留下一個還在吃奶的小孩。家裡的生活本來就十分艱困，連一件完好的裙子都沒有。這天夜裡，公公跳牆逃跑，婆婆又被抓去應差，家裡只剩下她和吃奶的小孩。一切不幸，彷彿都集中在她一個人身上，內心極度悲痛，該是嚎啕大哭的心境，但為了不驚醒孩子、驚動家裡的客人，只能極力抑制悲痛，獨自抽泣。而且連抽泣的聲音太大也怕驚動客人，只能低聲飲泣，抽泣一陣，又強忍一陣，這種情景，在杜甫筆下，就化成「如聞泣幽咽」。這五個字，把媳婦強忍悲痛但又抑制不住，斷斷續續低聲抽泣的情景，非常逼真傳神地表現出來，也把詩人自己懷著無限關切和同情，側耳細聽，又聽不真切的情狀，非常真切細膩地表現出來。再和「夜久語聲絕」連繫起來，透露出一整夜，杜甫都沒有入睡。比較唐彥謙的「使我不成眠，為渠滴清淚」，後者的淺露便顯而易見。

「天明登前途，獨與老翁別。」昨天傍晚投宿時，是老翁老婦一起接待，今晨登路，卻只剩下老翁一人與之告別。在經歷昨夜那一幕慘劇，耳聞老翁一家的悲慘境遇之後，再與老翁一人告別，心中翻騰的悲慨肯定非常複雜，但詩人卻一句話也沒有說，只是默默登上前途。除了從藝術方面來看，一切抽象的議論都是蒼白無力的，更主要的恐怕還是悲憤之至，反而說不出話來。

以上分析的是作者敘述言語中所寓含的感情，下面再看一看紀言部分所蘊含的感情。不妨舉個例子：「存者且偷生，死者長已矣！」這兩句話對於情節敘述來說，無關緊要；但對老婦及詩人的感情表達來說，卻具有藝術震撼力。這樣一個家庭，三個兒子都上了前線，其中兩個為國家獻出生命，照理說應該得到政府的撫卹和照顧，結果反而橫遭新的迫害。「死者長已矣」，為國犧牲的人就這樣無聲無息地死去，永遠結束，誰也不會記起他們，誰也不會來同情他們的家庭。「存者且偷生」，可冷酷的現實卻是連倖存的老人也不讓他們苟延殘喘。這裡面的潛臺詞其實就是「天地終無情」，是身受其害的老婦對當權者、對這個社會和世道的憤激控訴，也間接表達詩人的憤激與控訴。

有種比較流行的看法，認為「三吏」、「三別」這種帶有紀實色彩的詩是詩中的報導文學。這可能會導致誤解，以為這類迅速反映時事的詩，在藝術方面缺乏錘鍊，缺乏長久的藝術生命力。實際上，透過上面的分析說明，它在題材和主題上，經過典型化提煉與概括，並據此對生活素材進行精心的提煉剪裁，文字表達極其精練傳神。可以說，在詩歌史上提供用敘事詩的形式直接迅速地反映時事，而在藝術方面又精雕細琢、精益求精的典範。

新婚別[1]

兔絲附蓬麻[2]，引蔓故不長[3]。嫁女與征夫，不如棄路旁。結髮為妻子[4]，席不暖君床。暮婚晨告別，無乃太匆忙[5]。君行雖不遠，守邊赴河陽[6]。妾身未分明[7]，何以拜姑嫜[8]？父母養我時，日夜令我藏[9]。生女有所歸[10]，雞狗亦得將[11]。君今往死地，沉痛迫中腸[12]。誓欲隨君去，形勢反蒼黃[13]。勿為新婚念，努力事戎行[14]。婦人在軍中，兵氣恐不揚[15]。自嗟貧家女，久致羅襦裳[16]。羅襦不復施[17]，對君洗紅妝[18]。仰視百鳥飛，大小必雙翔。人事多錯迕[19]，與君永相望[20]。

[校注]

①〈新婚別〉、〈垂老別〉、〈無家別〉，合稱「三別」，均為乾元二年（西元 759 年）三月自東京歸華州途中據所見徵兵亂象而作。三首均為代言體，採取第一人稱口吻。此首託為新婚妻子送別丈夫之辭，另二首則為被徵的老翁與妻子作別、戰敗歸來重被徵召入伍的單身漢無家可別之辭。②兔絲，藤蔓植物，依附在其他植物枝幹上生長。蓬，蓬草；麻，麻類植物。蓬草與麻均矮小。〈古詩〉：「與君為新婚，兔絲附女蘿。」③引蔓，伸展莖蔓。故，《全唐詩》校：「一作固。」二句以兔絲依附蓬或麻而生故引蔓不長為喻，比喻女子嫁給征夫，很難白頭到老。④結髮，指成婚。古禮，成婚之夕，男女左右共髻束髮，故稱。或謂古代男二十歲，女十五歲開始

束髮插簪，表示已成年，可以結婚。《文選．蘇武詩四首》之三「結髮為夫妻」李善注：「結髮，始成人也。謂男年二十，女年十五，取笄、冠為義也。」⑤無乃，豈非。⑥蕭滌非曰：「二句有言外之意，弦外之音。守邊竟守到河陽，守到自己家裡來了。與李白詩『天津（洛陽橋名）成塞垣』同一用意。」⑦身，身分。《禮記．曾子問》：「三月而廟見，稱來婦也。」孔疏：「此謂舅姑亡者，婦入三月之後而於廟中以禮見於舅姑。」此為古禮。唐代習俗，嫁後三日始廟見，並上墳，新婦的身分地位才正式確定。詩中新婦「暮婚」而「晨告別」，在家中的身分地位尚未確立，故云「未分明」。⑧姑嫜，丈夫的母親、父親，即婆婆、公公。⑨藏，指藏於閨中。⑩歸，古稱女子出嫁。⑪將，相隨。宋莊季裕《雞肋編》卷下：「杜少陵〈新婚別〉云：『雞狗亦得將。』世謂諺云『嫁得雞逐雞飛，嫁得狗逐狗走』之語也。」亦得將，亦當相隨。蕭滌非引王建〈促刺詞〉「少年雖嫁不得歸，頭白猶著父母衣。田邊舊宅非所有，我身不及逐雞飛」，謂唐時已有嫁雞隨雞之諺。⑫往死地，指上前線打仗，隨時都有犧牲的可能。迫，煎迫。中腸，猶內心。⑬蒼黃，喻變化不定、反覆無常。此承上句謂本欲隨君前去，但又擔心將局面弄得更加複雜（指使士氣不揚）。⑭戎行（ㄏㄤˊ），本指軍隊。此指軍旅征戰之事，即打仗。⑮兵氣，士氣。揚，高昂。《漢書．李陵傳》：「我士氣少衰，而鼓不起者，何也？軍中豈有女子乎？陵搜得，皆劍斬之。」⑯久致，很久才置辦。羅襦裳，絲綢的短衣。指新嫁衣。⑰施，用，指穿。⑱洗紅妝，洗去臉上的脂粉。⑳錯迕，不如意。⑳永相望，永遠相望相守，表示忠貞不渝。

[鑑賞]

〈新婚別〉是「三別」的第一首，寫一位新婚女子與丈夫告別時說的話。古代徵兵制度，剛結婚的男子，在一周年內不服役。但這首詩中的丈夫，卻是第一天天晚上剛結婚，第二天清晨就上前線。這種情況的發生，自然跟相州兵潰，部隊急需補充兵源的特殊背景有密切關係，但也說明當時這一帶亂徵兵的狀況確實到了毫無章法、慘無人道的程度。

與〈垂老別〉、〈無家別〉係以赴徵士兵為主角不同，〈新婚別〉的主角是出征士兵的新婚妻子。這種選擇可能是出於藝術上的考量，即讓主角的命運更令人同情，使主角的自訴更令人動容。

開頭四句是一組比喻，用兔絲攀附在蓬和麻這種矮小植物身上不能充分伸展枝蔓，比喻女子嫁給當兵者，不可能長久相守、白頭偕老。古詩有「與君為新婚，兔絲附女蘿」之句，是用兔絲與女蘿這兩種蔓生植物互相纏繞依附，象喻夫婦之間緊密相依的關係。杜甫用其詞而不襲其意，用「兔絲附蓬麻」來興起並象喻女子所託非可以依附的對象，來揭示其悲慘命運，用古而別出新意。第三句明白點出所嫁者為「征夫」，第四句更作哀怨憤激之語，說嫁給隨時有生命危險的征夫，還不如一生下來就丟棄在路邊。這種強烈的怨憤語透露出她所嫁的「征夫」從軍出征的情況不同於平常，而是「往死地」出征的特殊情況。因此開頭這四句在全篇雖只是一個起興，但悲憤哀怨之氣已流注於筆端。

接下來八句，正面點題，圍繞「暮婚晨告別」這個主句反覆深入抒發怨情。用「席不暖君床」的細節來強調渲染「暮婚晨告別」的相聚之短、別離之迅急，極富生活氣息；而「無乃太匆忙」的強烈嗟嘆，則傾瀉出女主角對「暮婚晨告別」的哀怨與無奈。「君行」二句，點出新婚丈夫所往之地河陽，交代這首詩「暮婚晨告別」之悲劇發生的特殊戰爭背景。「雖不遠」先退一步，離家不遠，似稍可安慰；但「守邊赴河陽」卻逼進一步，家鄉河陽一帶已經成為邊疆。這既點明戰爭形勢危急，也代表著衛國與保家的關係從來沒有像現在這麼密切。這也正是女主角勉勵丈夫「勿為新婚念，努力事戎行」的重要原因，在似不經意的交代中已為女主角感情的變化預設伏筆。「妾身」二句，又回過頭來描寫新娘子在家庭中的尷尬處境：雖已「結髮為妻子」，卻因「暮婚晨告別」而來不及拜廟上墳，還算不上夫家的正式家庭成員。這樣不清不楚的身分，叫我如何去拜見公婆呢！在實際生活中，兵荒馬亂的年代，又是貧苦人家，也許沒有那麼多禮數上的講究，新娘子這樣說，也許只是為了在新婚丈夫面前表達自己的難堪和怨意，但卻生動逼真地傳達出女主角的口吻神情和忐忑不安的心理。

「父母養我時」以下八句，緊扣「新婚」，寫女主角誓欲相隨而不能的痛苦。女主角雖是貧家女，但從小也秉承禮教，養於閨中，長大嫁人，則生死相隨，遵守嫁雞隨雞、嫁狗隨狗的禮俗。但如今丈夫卻身往隨時都會遭遇不測的「死地」，這怎能不沉痛萬分、肝腸寸斷呢？面對剛剛結婚的丈夫，「君今往死地」的話是不會輕易說出口的，但這又是不得不面對的嚴酷現實，可以想像她在說出這句話時，內心確實沉痛到極點。因此接下去的「誓欲隨君去」，無非是表示死也要死在一起的意願，但立即又想到，這是根本不可能的，只會反倒使局面弄得更糟。一揚一抑、一縱一收之間，突顯出欲隨而不能的實際境遇，剩下來的唯一選擇，便是勇敢地面對離別。「形勢反蒼黃」句啟下。

「勿為新婚念」以下八句，是女主角清醒地意識到離別必不可免，理當支持阻擋反叛的戰事，而對新婚丈夫發出勉勵和自誓。叛軍已經壓到家門口，河陽成為最前線，家鄉如果重新淪為敵占區，將會帶來更大的劫難。「勿為新婚念，努力事戎行」的深情囑咐與勉勵中，正包含著家國一體的切身感受。這使得女主角的言行真實可信。「婦人」二句是對「誓欲」二句的說明。據史籍記載，當時實有婦女結伴參軍之事

(見《舊唐書‧肅宗紀‧乾元元年》)，但那是打仗，至於普通兵士家屬隨軍，是絕不允許的，因為會影響士氣。「自嗟」四句，向丈夫訴說自己本是貧家女子，好不容易才為嫁人而置辦一套比較像樣的新嫁衣，為了表明自己的忠貞不貳，今天當著你的面就把它脫下，並且洗去新婚之夕的紅妝。這番話說得既婉曲又堅決，既深明大義又飽含深情，是提升人物精神境界、塑造人物形象的點睛之筆。

末四句即景抒情，仍以比興結。仰視天上，百鳥無不結伴雙飛，可人世間的事卻難以如意順心。但不管怎樣，我都會永遠相守，與你彼此相望。「與君永相望」之中，既含有對前途未卜的憂慮和渺茫，更有堅貞相守的自誓。女主角雖明知「君今往死地」，團聚的願望非常渺茫，但仍不喪失生活的信心和對勝利的信念。如果說「三吏」主要以事件為中心，那麼「三別」便明顯以人物為中心，以刻劃人物心理、塑造人物形象為著力的重點。這首詩中的新婚女子，既對不合理兵役制度所造成的「暮婚晨告別」悲劇境遇，充滿強烈的怨憤，對自己的悲劇命運表示強烈的怨嗟，對新婚丈夫身赴死地的境遇表現出強烈的沉痛，但面對叛軍逼近家園、家國一體的嚴酷現實，又發自內心地勉勵丈夫從戎殺敵，保國衛家。顯得既溫柔纏綿，又剛強堅決；既深婉多情，又理智清醒；既沉痛無奈，又自強自信。顯得既可親、可信而又可敬。看得出來，詩人是要塑造出一位在國家、民族和家庭的災難面前，深明大義、勇敢面對嚴酷現實的婦女形象。前面的怨憤使後面的勉勵顯得更難能可貴，也更合情合理。

因為是新婚送別，詩採用第一人稱面對面訴說的方式。這種方式，極大地增強了臨場感和親切感；而頻頻呼「君」，又使全詩自始至終充滿新婚妻子對丈夫的一往情深。詩中「君」字凡七見，均出現在感情發展加深和轉折變化處，依序展現出女主角由怨嗟、憤激到沉痛，到無奈，再轉而為堅貞不渝、永遠相望的變化過程。既展示出女主角在臨別之際的心路歷程，又加強詩的節奏感。

詩的言語樸素親切，富有生活氣息，符合貧家女和新婚妻子的身分。口吻於略帶羞澀中流露出深摯纏綿，即使是怨憤語，也符合新婚女子的身分處境，而起、結均用比興，更增強詩的民間色彩和生活氣息，也增添婉曲纏綿的情致。

＝ 垂老別① ＝

四郊未寧靜②，垂老不得安。子孫陣亡盡，焉用身獨完③！投杖出門去④，同行為辛酸⑤。幸有牙齒存，所悲骨髓乾。男兒既介冑⑥，長揖別上官⑦。老妻臥路啼，歲暮衣裳單。孰知是死別⑧，且復傷其寒。此去必不歸，還聞勸加餐。土門壁甚堅⑨，杏園度亦難⑩。勢異鄴城下⑪，縱死時猶寬⑫。人生有離合，豈擇衰老端⑬！憶昔少壯日，遲迴竟長嘆⑭。萬國盡征戍⑮，烽火被岡巒。積屍草木腥，流血川原丹⑯。何鄉為樂土⑰？安敢尚盤桓⑱！棄絕蓬室居⑲，塌然摧肺肝⑳！

[校注]

①垂老，將近老年。此詩寫一位子孫陣亡的老人投杖從戎，與老妻告別之詞。②四郊，都城四周的地區，此指東都洛陽近郊地區。《禮記．曲禮上》：「四郊多壘，此卿大夫之辱也。」首句用其意。③焉用，何用。完，完好。身獨完，獨自活著。④投杖，摔掉枴杖。⑤同行，指一起被徵入伍的士兵。為辛酸，為之傷心。⑥介冑，甲衣和頭盔，此用作動詞，即穿上甲衣戴上頭盔。《史記．絳侯周勃世家》：「（文帝）至營，將軍亞夫持兵揖曰：『介冑之士不拜。』請以軍禮見。」故下句云：「長揖別上官。」⑦長揖，拱手從上至極下為禮。上官，指州縣長官。⑧孰知，猶熟知、深知。死別，永別。

⑨土門，土門口，又名井陘口，在今河北井陘縣，係著名的隘口。《元和郡縣圖志・河北道・恆州》：井陘縣：「井陘口，今名土門口，縣西南十里，即太行八陘之第五陘也。四面高，中央下，似井，故名之。」或謂此句「土門」當在河陽附近，非井陘之土門。蕭滌非等編著之《杜甫全集校注》云:「鄴城潰收……李（光弼）回河東，仍鎮守太原。土門要塞，必嚴加防守。」壁，壁壘。⑩杏園，在今河南衛輝市。度，度越。《九域志》：衛州汲縣有杏園鎮。《舊唐書・郭子儀傳》：「乾元元年……十月，子儀自杏園渡河，圍衛州。」即此杏園。係黃河渡口。⑪句意謂形勢與不久前鄴城軍潰之時不同。⑫句意謂即使戰死，也還有相當長一段時日，意蓋指河陽的防守相當堅固，不會輕易被攻破而戰死。⑬二句謂人生有離有合，有聚有散，哪能選擇衰歲時來離別呢。老，校：「一作盛。」端，猶「頭」，一頭。⑭遲迴，徘徊不前貌。⑮萬國，泛稱全國各地。⑯川原，河川與原野。⑰《詩・魏風・碩鼠》：「誓將去女，適彼樂土。樂土樂土，爰得我所。」樂土，和平安樂之地。⑱盤桓，逗留。⑲蓬室，猶茅屋。⑳塌然，頹喪傷心貌。摧，裂。

📖 [鑑賞]

〈垂老別〉寫一位「子孫陣亡盡」的老翁應徵入伍，與老妻訣別的情景，其遭遇與〈石壕吏〉中的老翁一家相似，可見當時這一帶此類現象相當普遍。所不同的是，〈石壕吏〉中的老翁在「有吏夜捉人」的情況下「逾牆」逃跑，最後不得不由老婦挺身而出，「急應河陽役」，才暫時保全了這個已經付出重大犧牲的家庭；而〈垂老別〉中的老翁卻在「子孫陣亡盡」的情況下，慷慨赴徵，為國效力，奏出一曲悲壯激昂的離別之歌。

全詩三十二句，可以分為四段。第一段八句，寫投杖應徵；第二段八句，寫夫妻訣別；第三段八句，寫慰妻自嘆；第四段八句，寫自勵別家。

起四句陡直起勢，直截了當地點明「垂老」別離出征的主旨。「四郊」句暗用「四郊多壘，此卿大夫之辱也」之語，而歸結到「垂老不得安」，便隱含對當權者未能迅速平定叛亂的不滿，而自己不得不以垂老之年挺身而出的意涵也自寓其中。

「子孫」二句，用「子孫陣亡盡」的慘痛犧牲反激發「焉用身獨完」，感情極沉痛、極悲憤，也極壯烈：子孫都為國家獻出了生命，留下我這把老骨頭活在世上又有什麼意義！正是由於受到這種感情驅使，才有毅然決然「投杖出門去」的行動。「投杖」二字，鮮活地表現出主角不顧老弱之身，奮起應徵的情景，但同行的應徵者看到龍鍾老人投杖出門，奮不顧身的情景卻無不為之辛酸。垂老應徵的悲苦，從旁觀者的反應中寫出，更顯出其情之可憫。「幸有」二句，一揚一抑，「幸有牙齒存」是慶幸自己還不至於老到牙齒掉光的地步。「所悲」句是悲慨自己畢竟已是骨髓乾枯的衰老之身。兩句相互映照，不僅「悲」者可悲，連「幸」者也顯得可悲了。「骨髓乾」還隱含生活的艱困，乃至遭受敲骨吸髓誅求的意涵，使「悲」意更顯深沉。以上八句，寫投杖出門應徵，行動本身是壯烈的，卻用「子孫陣亡盡」的慘痛犧牲，「同行為辛酸」的旁觀反應，「牙齒存」與「骨髓乾」的龍鍾老態，作層層襯托映襯，使壯烈行動中蘊含的沉痛和悲憤得到充分表現。

「男兒」八句，寫夫妻訣別。先用「男兒既介冑，長揖別上官」二句交代自己應徵入伍後已正式穿戴鎧甲頭盔，並別過地方長官，接下來便是出發上路。自稱「男兒」，表現出不服老的意志，而穿甲戴盔、長揖上官的舉動更呈現出颯爽的英姿，與前段「投杖」的舉動遙相呼應，透露出老翁雖以垂老之年應徵，卻具有奮發的精神狀態和義無反顧的精神力量。接下來六句，便聚焦描寫出發之際在路旁與老妻訣別。先寫自己眼中的老妻，僵臥路旁，歲暮天寒，卻只穿著單薄的衣衫，凍得瑟瑟發抖，堅持著前來與自己作別。接著便深入抒寫自己的內心：明明知道自己這一去便和妻子永別，但看到眼前妻子衣衫單薄的情景，仍不免憐憫她的寒冷。按理說，既明知已成死別，那還有什麼顧念呢？但數十年相濡以沫的共同生活，卻不能忍心看著老伴在寒風中瑟縮送行的情景。

先用「死別」之無可顧惜來突顯情之可以割捨一切，再用「且復傷其寒」來強調情之亦難以割捨，一反一正，更加襯出內心的傷痛難以抑制消除。這是從自己的角度描寫。妻子方面呢？也同樣如此：明明知道丈夫此去絕不可能再歸來，但臨別之際卻還深情囑咐丈夫要珍重身體，努力加餐。由於是從主角的眼中來寫對方的臨別囑咐，便不單寫出老妻的繾綣深情，而且流露出自己內心的感愴。「孰知」句與「此去」句意似復，但由於分別從自己與老妻兩個視角描寫，故似重而非重，「且復」、「還聞」著意。這四句寫夫妻訣別而雙方俱不言死別，仍像平常一樣「傷其寒」、「勸加餐」，正從更深一層流露出雙方都強抑死別的悲痛，怕因觸及這個話題而加重對方的精神負擔。純用細節描寫，卻能傳神阿堵。

「土門」八句，是主角對老妻的慰解與自慰自嘆。前四句係對老妻所說：此去從軍戍守，無論是壁壘堅固的土城，還是難以度越的杏園渡口，都是易守難攻之地，和鄴城之圍我軍進攻、叛軍防守的形勢完全不同，縱然是死也還有相當的時日。前面已經一再明言「死別」、「必不歸」，這裡自然不能故作樂觀之詞，說自己或可生還，而是用「縱死時猶寬」這種似乎曠達的話來寬慰對方。但實際上這種貌似曠達的話，卻更加流露出內心的悲慨：明知難免一死，只能以死期尚早寬慰。「人生」四句，轉為自我慰解和自嘆：人生總是有離有合，有盛有衰，而分離的時間竟選擇在自己衰暮之歲這一端。言外之意是垂老別家拋妻，是萬方多難的時代所造成的，自己只能因時而行，投杖出征。這是以人生命運的偶然來自我寬解，但垂老而逢此多難之時，又不能不深感悲哀。故雖欲寬解自慰而實無法釋懷。由垂老而逢亂世，又引發對少壯年代的回憶，當時正值河清海晏的太平年月，對比現在的干戈離亂，不禁遲迴長嘆，這兩句感情複雜，而出語渾含。像是對往昔太平年代和少壯歲月不勝追戀，又像是對眼前離亂年代和垂老歲月不勝悲慨。

「萬國」以下八句，忽從遲迴長嘆中振起，放眼全國各地，到處充滿征戍的氣氛（當時廣大的南方尚未被叛軍占領，但徵調軍隊糧草，支援北方戰事，同樣充滿征戍氣氛），戰爭的烽火遍布山岡峰巒，堆積的屍體使草木都散發出腥氣，流淌的鮮血染紅了河川原野。在這種情況下，哪裡還有安穩太平的樂土呢？自己又怎能不奮起從軍，奔赴戰場，而遲迴長嘆，盤桓流連呢？這六句，悲壯淋漓，慷慨激昂，情感由悲轉壯，音調由低轉高，達到全詩的高潮。但詩人並沒有使這種情調一直持續到篇末，而是在即將離開故土、離開蓬室和老妻時，不禁頹然而悲，感到肝腸斷絕的悲痛。這個結尾，並沒有影響主角悲壯慷慨的情懷，而是使這種情懷的抒發更加真實可信。

詩人筆下的老翁，不過是一個普通的百姓，詩人也並沒有把他作為英雄人物來描寫。詩中描繪其心理轉變，曲折細膩，真實感人。從一開始的悲慨「四郊未寧靜，垂老不得安」，到「子孫陣亡盡，焉用身獨完」的沉痛悲憤，再到「投杖出門」的毅然從軍，感情逐步上揚，而「幸有」二句，又流露出深沉的悲慨。這是一個曲折的「之」字形感情迴旋。第二段則先揚後抑。先是穿上戎裝、長揖別官的行動中，透露出不服老的氣勢和義無反顧的精神，繼則因老妻臥路衣單而引發繾綣的深情和訣別的深悲。第三段作寬解語，情緒似稍舒展，但曠中含悲，悲慨更甚，本身就包含曲折反覆。第四段前六句一路上揚，悲壯淋漓，但末二句仍以深沉悲慨作收。透過多次的曲折反覆，將一位已經為平叛戰爭付出巨大犧牲的老翁，在面對自身苦難和國家災難時迸發出的愛國感情和報國行動，描繪得倍加深刻、真實。在人物描寫特別是心理描寫方面，〈垂老別〉與〈新婚別〉都達到很高的水準。

＝ 佳人① ＝

絕代有佳人②，幽居在空谷③。自云良家子④，零落依草木⑤。關中昔喪亂⑥，兄弟遭殺戮。官高何足論⑦，不得收骨肉⑧。世情惡衰歇⑨，萬事隨轉燭⑩。夫婿輕薄兒⑪，新人美如玉⑫。合昏尚知時⑬，鴛鴦不獨宿⑭。但見新人笑，那聞舊人哭⑮。在山泉水清，出山泉水濁⑯。侍婢賣珠回，牽蘿補茅屋⑰。摘花不插髮⑱，採柏動盈掬⑲。天寒翠袖薄，日暮倚修竹⑳。

[校注]

①乾元二年（西元 759 年）深秋作於秦州。詩中的「佳人」是一位被丈夫遺棄的美麗高潔女子，身上也有詩人自己的影子。②絕代，冠絕當代、舉世無雙。漢李延年歌曰：「北方有佳人，絕世而獨立。一顧傾人城，再顧傾人國。寧不知傾城與傾國，佳人難再得！」③幽居，深居。④良家子，出身世家的子女。《後漢書．陳蕃傳》：「初，桓帝欲立所幸田貴人為皇后，蕃以田氏卑微，竇族良家，爭之甚固。」《晉書．后妃傳上．武元楊皇后》：「泰始中，帝博選良家以充後宮……名家盛族子女，多敗衣瘁貌以避之。」下云「官高」，可見非一般所謂清白人家子女。⑤零落，飄零。依草木，指幽居於山野，與草木為伴。應上「幽居在空谷」句。⑥關中，指函谷關以西的關中平原一帶地區。喪亂，指安史叛軍攻陷

長安。⑦官高，指佳人出身於仕宦人家，兄弟曾任高官。⑧收骨肉，指收兄弟之屍。⑨惡衰歇，厭惡衰敗。句意慨嘆世態炎涼。因自己娘家遭亂衰敗，故夫家亦隨之厭棄自己。⑩轉燭，風中燭光搖曳不定，稱「轉燭」。喻世態不常。⑪輕薄兒，輕佻浮薄子弟。⑫新人，指丈夫新娶的妻子。《詩·魏風·汾沮洳》:「彼其之子，美如玉。」⑬合昏，即合歡花，又名夜合花、馬纓花。其羽狀複葉朝開夜合，故曰「知時」。⑭鴛鴦常成雙成對，形影不離，共同遊憩，故曰「不獨宿」。⑮舊人，佳人自指。說明已被丈夫遺棄。⑯二句設喻，但對喻義的理解頗為紛歧。疑以出山泉水濁反襯「在山泉水清」，以表示要堅守自己高潔幽獨的品格。⑰蘿，指藤蘿、松蘿或女蘿一類藤蔓植物。⑱謂不事修飾。⑲謂自甘清苦。柏子味苦。掬，猶「把」。⑳修竹，修長的竹子，以反映堅貞品格。

🕮 [鑑賞]

不妨暫時撇開這首詩所寫「佳人」在當時是否實有其人其事的爭議，先直接進入詩的情節和境界。

詩分三段，每段八句，先敘其身世和家庭變故；次敘被丈夫所遺棄的遭遇；末寫幽居生活與氣韻風神。前兩段除開頭兩句外，均為女主角的自述，末段則為詩人的描述。

「絕代有佳人，幽居在空谷。」開頭兩句，不妨視為全詩的提綱。上句用漢李延年歌，由此自可想見其人的絕代容顏風姿，但連繫全詩，詩人所著意讚美的主要是其人的氣韻風神、節操品格。下句交代其居處，曰「幽」、曰「空」，不但表現出居處的深幽空寂，也透露出孤獨寂寞的處境和幽獨自守的情懷。詩人的情感，既有同情，也有讚美。十個字將主角的處境遭遇、詩人的讚美同情均概括無遺。

「自云」以下六句，是佳人自述出身門第和家庭變故。說自己本來出身於世家高門，如今卻飄零淪落，寄身於山野草木。原因是關中地區遇上戰亂，兄弟都遭到叛軍殺害。縱然生前身居高官又有什麼用，死後連屍骸都無力收殮。從高門顯宦的烜赫突然跌落到「零落依草木」的地步，這今昔滄桑的鉅變，對女主角造成的巨大心理衝擊自不難想見。而導致這一切的原因則是戰亂。對悲劇遭遇原因的揭示，使這首詩帶有鮮明的時代色彩。

但這還只是悲劇的開始，緊接著，女主角又遭遇自身婚姻的悲劇。由於身居高位的兄弟突然遭戮，家道也隨之中落。而當今的世態人情卻是趨炎附勢、厭惡衰歇，人情冷暖之間的變化，就像風中搖曳轉動的燭光那樣飄忽不定。自己的丈夫原本就是輕佻浮薄的子弟，這時馬上拋棄自己，而另娶新人。戰亂和人情世態的雙重因素，導致女主角的雙重悲劇——家庭悲劇和自身婚姻悲劇。對於從小生活在太平盛世和優裕環境中的女子來說，無疑是極沉重的打擊。「合昏」四句，便是女主角在遭受打擊後發出的悲憤呼喊。上兩句悲慨自己的命運不如草木禽鳥，「尚知」、「不獨」四字見意。下兩句對輕薄無情的丈夫發出憤激的控訴，「但見」、「那聞」四字見意。

寫到這裡，「佳人」的悲劇遭遇已經充分表現。如果就此順勢發一點議論收束，也不失為一首有特定時代色彩的棄婦詩。但詩人的用意和表現的著力點，卻主要不在女主角的悲劇命運，而是處在這種境遇中的女主角，所表現出來的氣韻風神、節操品格之美。第三段的開頭，緊承上兩段的敘事，忽插入兩句比興語「在山泉水清，出山泉水濁」。「佳人」幽居於山谷之中，清澈的泉水是其幽居環境的元素之一，也是她清高瑩潔精神氣韻的象徵。而「出山泉水濁」則是汙濁世俗社會和炎涼世態的象喻。詩人以「濁」襯「清」，承上啟下，以下六句，便轉入對「佳人」清高瑩潔精神氣韻的描寫，「侍婢賣珠回」，上承「良家」、「官高」，暗示佳人生活清苦；但「牽蘿補茅屋」的描寫所顯示的卻不僅僅是居處簡陋，而是展現出在清苦境遇中隨遇而安的生活態度，和隨意修飾而美感自見的幽居生活之美。侍婢如此，主人更不問可知。「摘花不插髮」是形容女主角不重外在的容飾，不追求世俗的豔麗；「採柏動盈掬」是表現其清苦自甘的品格。而結尾兩句「天寒翠袖薄，日暮倚修竹」則像一幅傳神寫意的畫圖，充分展示出「佳人」的風神意態、精神氣韻之美。日暮天寒，佳人身穿單薄的衣衫，默默無言地獨自倚傍著翠綠的修竹。翠袖與翠竹融為一體，使人感到那瑩潔挺拔的翠竹就是佳人的化身。

如果說前兩段所敘述的佳人悲劇遭遇，跟生活中的棄婦還有相似之處，那麼末段著意表現的佳人風神意態、精神氣韻之美，就與實際生活中的棄婦有所差異，或者說跟絕大多數棄婦詩所表現的感情、心理、精神狀態，具有明顯的區別。歷來的棄婦詩，無論是《詩經》中的〈谷風〉、〈氓〉，還是漢樂府古詩中的〈白頭吟〉、〈上山採蘼蕪〉，或哀怨、或憤激、或決絕、或譴責，大抵不離哀與憤，而此詩則雖亦有對夫婿的怨憤語，重點卻在表現棄婦精神層面挺然自立且清苦自甘的格調。從詩的末段描寫來看，所讚美的並非封建禮教、道德所讚揚的所謂堅貞節操，而是不為困厄清苦境遇所屈的高潔格調。這當中明顯融入了詩人的感情，帶有理想化的色彩。這也正是本篇寄託痕跡相對顯露之處。

不妨這樣推測，杜甫在秦州的深山幽谷之中，確實曾經遇見有著上述身世遭遇的女子，並且偶見其在茅屋外獨倚修竹的身影。由於這位女子的身世境遇在某方面與詩人自身的境遇正好契合，都是因戰亂而流離轉徙、因世情反覆而見棄於時，因此遂以「佳人」為題，在敘寫佳人身世境遇的同時，寄託自己的困頓境遇，寄託自己的人生態度和高潔格調。這種寄託，由於只是在某一點上受到啟發，因此絕不可能像陳沆所言，作亦步亦趨的比附式寄託，而是若即若離的寄託、畫龍點睛的寄託。而這首詩的末段，就是全篇寄託的點睛之處。從侍婢「牽蘿補茅屋」的行動，到女主角「摘花不插髮，採柏動盈掬」的舉動，再到「天寒翠袖薄，日暮倚修竹」，著力反覆渲染在困厄清苦境遇中，清高自守、淡泊自甘的人性之美。在這裡，我們感受到的主要是詩人的思想感情、理想情操。由於不是從封建道德的角度出發，讚賞棄婦的貞節，而是從人性的角度，渲染其美好的風神品格，因此正如黃生所評：「末二語，嫣然有韻。本美其幽閒貞靜之意，卻無半點道學氣。」

＝ 夢李白二首[1] ＝

死別已吞聲[2]，生別常惻惻[3]。江南瘴癘地[4]，逐客無消息[5]。故人入我夢，明我長相憶[6]。恐非平生魂[7]，路遠不可測[8]。魂來楓林青[9]，魂返關塞黑[10]。君今在羅網[11]，何以有羽翼[12]？落月滿屋梁，猶疑照顏色[13]。水深波浪闊，無使蛟龍得[14]。

浮雲終日行，遊子久不至[15]。三夜頻夢君，情親見君意[16]。告歸常局促[17]，苦道來不易[18]。江湖多風波，舟楫恐失墜[19]。出門搔白首，若負平生志[20]。冠蓋滿京華[21]，斯人獨憔悴[22]。孰云網恢恢[23]，將老身反累[24]。千秋萬歲名，寂寞身後事[25]！

[校注]

①乾元二年（西元 759 年）秋作於秦州。杜集中有關李白的詩有十餘首，主要集中在安史之亂前與李白同遊期間、其後一段時間及秦州流寓期間。在秦州期間作的還有〈天末懷李白〉、〈寄李白二十韻〉。至德二載（西元 757 年）李白因加入永王李璘幕府獲罪，被繫於潯陽獄中。乾元元年長流夜郎，二年春中途遇赦放還。由於戰亂阻隔，杜甫並不知道李白已經放還的消息。因想念李白，積思成夢，故寫下這兩首詩。②已，止。此句言死別止於吞聲飲泣而已。③惻惻，悲悽貌。此句謂生離卻長久悲悽牽掛，痛苦甚於死別。④江

南，李白繫潯陽獄與流放夜郎，二地均在長江之南。瘴癘，瘴氣。南方氣候溼熱，瘴氣積聚，經常有人感染成疾，故云「瘴癘地」。⑤逐客，被貶謫放逐的人，此指李白。隋孫萬壽〈遠戍江南寄京邑舊友〉：「江南瘴癘地，從來多逐臣。」據「逐客」語，杜甫已知李白被流放夜郎的消息。至德二載十二月，鄭虔貶臺州司戶，杜甫有詩送之，同月，李白長流夜郎，時杜甫在長安，當知其事。此云「無消息」，是指被放逐以後杳無消息。⑥故人二句意謂，故人入我夢中，是因為知道我在經常思念他。明，明白、知曉。⑦平生魂，平日所見李白的魂。懷疑夢中所見或係李白死後的魂。古人以為生者的魂亦可游離身體之外，故有招生魂之俗。⑧遠，《全唐詩》校：「一作迷。」路遠，當指流放夜郎的道路遙遠。不可測，指遭到不測。下句解釋上句。正因路遠易遭不測，故疑其非平生之魂。或解「路遠」指魂來去之路，恐非。⑨《楚辭·招魂》有「湛湛江水兮上有楓，目極千里兮傷春心，魂兮歸來哀江南」之句，此化用其語。上云「江南瘴癘地」，故想像李白的魂從江南前來時，楓林一片青黑。⑩關塞，指詩人所在的秦川，因其地處邊塞，又有隴關等關隘，故云。魂之來去，均在暗夜，故云「楓林青」、「關塞黑」。⑪在羅網，指身陷朝廷的法網之中，失去人身自由。定罪流放也可以說「在羅網」，並不一定指身繫獄中。⑫以，《全唐詩》校：「一作似。」魂來魂去，似不受拘束，故云「何以有羽翼」。⑬二句寫夢醒時恍惚迷茫的情景。顏色，指李白的容顏。⑭蛟龍，南方水深多蛟。吳均《續齊諧記》：漢建武中，長沙人歐回，見一人自稱三閭大夫，曰:「吾嘗見祭甚盛，然為蛟龍所苦。」此句暗用此事。二句對李白魂之歸去表示關切擔憂，希望他要不為蛟龍所獲。「蛟龍」喻惡人。⑮〈古詩十九首〉之一：「浮雲蔽白日，遊子不顧反。」曹丕〈雜詩二首〉其二：「西北有浮雲，亭亭如車蓋。惜哉時不遇，適與飄風會。吹我東南行，行行至吳會。吳會非我鄉，安得久留滯。棄置勿復陳，客子常畏人。」古詩常以浮雲喻遊子。此反其意。遊子指李白。⑯二句謂三夜頻頻夢見你，足見你對我的情親意摯。⑰告歸，指李白之夢魂辭別歸去。局促，指時間緊迫不能久留。⑱苦道，再三地說。⑲或謂此二句連上述「來不易」均為李白之魂告辭時所說的話，但前一首結尾「水深波浪闊，無使蛟龍得」與此二句意近，恐亦為詩人之擔憂。⑳搔白首，形容李白告別時苦悶鬱憤，頻搔白髮的神態。故下句說「若負平生志」。㉑冠蓋，指達官貴人的冠帽和車蓋，借指達官貴人。京華，京城。㉒斯人，指李白。《論語．雍也》:「斯人也，而有斯疾也。」杜甫〈殿中楊監見示張旭草書圖〉:「斯人已云亡，草聖祕難得。」杜牧〈沈下賢〉:「斯人清唱何人和，草徑苔蕪不可尋。」「斯人」一語在運用時，總是含讚嘆追思之意。憔悴，困頓不得志。㉒《老子》第七十三章：「天網恢恢，疏而不漏。」恢恢，廣大貌。此句謂天道如大網，雖稀疏而無漏失，喻作惡者逃不過上天的懲罰，以示天道之公平合理。此用「孰云」的反問語氣對「天網」之公平合理表示懷疑與否定。㉔李白時年五十九，故云「將老」。身反累，謂身陷法網。此句延伸補足上句之意，對天網恢恢的懷疑否定即因李白之不幸遭遇而生。㉕二句謂李白之聲名定當傳之千秋萬歲，但遺憾的是其死後卻非常寂寞。或謂：李白一定有不朽的聲名，不過這是寂寞之身亡沒以後的事情。言外之意，如果能不負平生志，對於李白才是真正的安慰。「寂寞」，就李白晚年的遭遇來說。

[鑑賞]

在杜甫諸多懷念李白的詩作中，〈夢李白二首〉無疑是最真摯感人的篇章。杜甫對李白的深刻理解、深厚情誼和深摯懷念，自然是這兩首詩之所以感人的思想感情基礎，另外還有兩個重要因素值得注意。一是當時杜甫並不知道李白的存亡。從「逐客」之語，可以肯定杜甫已得知李白長流夜郎的消息，但長流以來直至寫這兩首詩時，有關李白的情況，由於戰亂阻隔，杜甫卻一無所知。從詩中「恐非平生魂」、「寂寞身後事」之語可以揣知，在杜甫的潛意識中，已預感到李白或許不在人世，但又無法證實。這就使杜甫對李白的懷念帶上生死存亡未卜的含意，從而更加增添悲愴之情。二是這種懷念以夢的形式表現出來，兩首詩均為紀夢之作。這就使詩的境界增添迷離惝怳、疑幻疑真的情致和色彩。這兩重因素疊合交織，使這兩首詩在以寫實為重要特色的杜詩中，顯得非常引人注目，但所表達的感情又極深摯沉至，具有杜甫的特殊印記。

第一首是初夢李白後所作。起四句交代入夢之由，卻寫得極沉痛曲折而耐人尋味。論者或謂詩人係以「死別」止於「吞聲」來反託「生別」之「常惻惻」尤為可悲。但「生別」而如有對方確切的消息，甚至是平安的消息（比如得知李白已中途遇赦放還），則亦止於掛念懷想而已，不致「常惻惻」。因此這「生別常惻惻」必須和「江南瘴癘地，逐客無消息」連繫起來，才能深切理解。李白長流的夜郎之地，是極偏僻遙遠的瘴癘之鄉，即使常人前往遊歷，也冒著為疫氣所染的風險，更何況是以「逐客」之身分，何時放還遙遙無期的情況！在這種情況下，「逐客無消息」便顯然帶有生死存亡未卜的含意。這才是「生別常惻惻」的真正原因。雖是「生別」，卻是「往死地」的生別，又是杳無消息的生別，這種連對方的生死存亡都茫然無知的生別，才使懷念者每時每刻都經歷著痛苦的感情折磨。張籍的〈哭沒蕃友人〉云：「欲祭疑君在，天涯哭此時。」杜甫當時的感情，與此或許有些相似。正是由於「逐客無消息」所流露的生死存亡未卜之憂，才有下面「恐非平生魂」的疑惑。

「故人」四句，接寫入夢。不說自己因為長久思念李白而積思成夢，而說「故人入我夢，明我長相憶」，彷彿是由於李白明瞭自己長相憶念的感情，而特意主動入夢。從對面著筆，不僅表現知己朋友之間心靈的相通感應，而且表現自己在「逐客無消息」的情況下，乍見故人的欣喜與感動。但面對故人憔悴的面容身影（這從第二首可以看出），詩人在轉瞬之間忽生疑問：這恐怕不是平日所見李白的生魂吧。長流夜郎的路途如此遙遠，生死存亡實在難以預料。日有所思，夜有所夢；正因為平日在潛意識中已有李白或許在流放途中遭遇不測的預感，故而夢中才有「恐非平生魂，路遠不可測」的疑慮。感情由喜而疑而悲，變化倏忽，正是夢中情感流動的真實反映。

「魂來」四句，承上「入夢」，續寫李白夢魂來去往返的情景和自己的疑惑。

「楓林」係李白夢魂所在和出發之地，「關塞」係杜甫所在和李白夢魂折返之地。上句化用《楚辭．招魂》「湛湛江水兮上有楓，目極千里兮傷春心，魂兮歸來哀江南」句意，緊貼「楓」、「魂」、「江南」等字，以示李白之夢魂從江南多楓之地前來，句末著一「青」字，彷彿魂來之時，楓林突顯一片青蒼之色，使本來靜止的青楓林具有動態感，下句寫法相同，彷彿魂返之際，蒼茫的關塞突顯一片蒼黑之色，「黑」字同樣具有動態感。全部都是為了渲染李白夢魂來去之時，那種倏忽變幻的景象和詩人的迷離惝恍之感。

魂之來去，如此倏忽，彷彿天馬行空，不受任何羈束，這本是對夢魂的寫真。但轉瞬之間，詩人又不禁生疑：「君今在羅網，何以有羽翼？」你現在正被統治者的羅網所控制羈束，怎麼能像長出翅膀似地來去自由呢？將李白的現實處境與夢境一加對照，不禁更增添對李白現實處境的深悲。

最後四句，寫李白夢魂離去之後的情景和詩人對歸魂的深情遙囑。夢醒之際，落月的光灑滿屋梁，朦朧之中彷彿還能見到故人的面容顏色。這是在夢初醒的迷離恍惚中，一時的錯覺與幻覺。似有似無，疑真疑幻，極饒神韻，極具意境之美。妙在「猶疑」二字，盡傳迷離惝恍、是耶非耶的情致。

轉瞬之間，幻覺消失，故人的夢魂已杳不可尋，遂轉為對歸魂的深情遙囑：此去千里江南，水深浪闊，千萬不要被蛟龍所獲。這裡的「蛟龍」，帶有政治象徵色彩，是稱呼那些攻擊陷害李白的「魑魅」之輩，表現出詩人對李白處境命運的憂慮。

第二首是「三夜頻夢君」之後所作。起手二句以「浮雲終日行」從反面興起「遊子久不至」，運用傳統的起興手法既新穎獨特又自然貼切。浮雲的意象，除了作為遊子飄蕩無依、飄乎不定的象徵之外，還兼有象徵讒佞奸邪之徒的意涵。連繫李白詩「總為浮雲能蔽日」、「紫闕落日浮雲生」等句，也不排斥「浮雲終日行」可能兼有像喻政治昏暗、奸邪充塞的意涵，而這又正是造成「遊子久不至」的主要原因。正因為「遊子久不至」，而有「三夜頻夢君」的現象，詩人把這總括為李白對自己的一片深厚情意。這和第一首將故人入夢歸結為「明我長相憶」是相同思路，不說自己情親意殷，而說對方情意親切，正表現出對李白情誼的重視。前四句和前一首一樣，也是述入夢之由，但前一首以沉重的悲慨發端，顯得意涵深沉鬱結，而此首則從「浮雲」引出「遊子」，由「終日行」引出「久不至」，又由「久不至」引出「頻夢君」，而歸為「見君意」，輾轉相引，顯得親切而自然。這或許是「三夜頻夢君」所致吧。

「告歸」四句，由君之來直接跳到君之歸。先轉述夢中李白告歸之態與告歸之語。每次「告歸」，總是顯得那樣匆忙局促，彷彿有無形的力量在催逼；而告歸時又總是強調自己前來會面之不易，彷彿有強大力量在壓制。夢中出現李白這種情態與言語，正透露出在杜甫心目中，李白的現實處境是沒有任何自由的。或以為「江湖」二句也是李白夢中告歸之語，但連繫前一首結語，似理解為詩人為告歸的李白感到憂慮更為切合。

「出門」四句，寫李白夢魂告別出門時的情態和詩人的感慨。昔日豪邁不羈、神采飛揚的李白，如今在「告歸」時已無復「仰天大笑出門去，我輩豈是蓬蒿人」的氣概，而是頻頻搔首，白髮蕭疏，好像為自己辜負平生志而苦悶悲慨。這裡拈出「平生志」三字，正反映出杜甫對李白的深刻理解。李白的「平生志」，就是「申管晏之談，謀帝王之術，奮其智慧，願為輔弼，使寰區大定，海縣清一」。杜甫在壯歲與李白同遊的過程中，當不止一次聽到李白闡述自己的宏圖大志。如今，卻陷羅網，為逐客，平生志，盡成空。這正是李白一生最大的悲劇、最深的憾事。達官貴人的高冠華蓋充斥著京城，而傑出才人卻困頓憔悴，遭受放逐，這又正是時代最大的悲劇、人間最大的不平。寫到這裡，詩人已由李白的夢中情態跳出，轉為對現實社會的深沉感慨，並由此引出結尾四句更深沉的感慨。

「孰云網恢恢，將老身反累。」說什麼天網恢恢，疏而不漏，如今的現實卻是網漏吞舟之魚，使奸佞邪惡者當道，而胸懷大志、才華蓋世者，卻垂老而身陷縲紲、遭受流放，還有什麼天道可言！這是對現實政治的憤激控訴。詩情至此，發展到最高潮。接下來兩句，卻轉為深沉感慨：「千秋萬歲名，寂寞身後事！」詩人堅信，李白必將名垂千秋萬代，但這樣一位傑出的才人不但生前困頓憔悴，恐怕身後也不免寂寞淒涼。這是為李白的悲劇遭遇深表悲慨，也是為古往今來所有志士才人的共同悲劇抒發悲慨。由李白這一特殊才人的悲劇遭遇，聯及廣大才人的悲劇，並提升為更具普遍性的感慨，使詩的思想感情得到昇華和深化，這正是〈夢李白二首〉的深刻之處。

兩首紀夢詩，前首側重於對夢境的描寫，極具迷離恍惚、疑真疑幻的情致色彩、情韻意境；後者側重於對李白夢中情態的描寫和詩人悲慨的抒發。前者飄忽變幻，後者沉痛悲憤。但飄忽變幻之中亦有開頭四句沉重的悲慨，沉痛悲憤之中亦有開頭四句那樣親切自然的抒情，情調並不單一。而兩首之間，既有明顯的連結對應（如前云「逐客無消息」，後云「遊子久不至」；前云「故人入我夢」，後云「三夜頻夢君」；前云「明我長相憶」，後云「情親見君意」；前云「君今在羅網」，後云「將老身反累」；前云「水深波浪闊，無使蛟龍得」，後云「江湖多風波，舟楫恐失墜」），又有明顯的遞進發展，感情由悲轉憤，由淺而深，從而形成鮮活的藝術整體。

後出塞五首（其二）[1]

朝進東門營[2]，暮上河陽橋[3]。落日照大旗，馬鳴風蕭蕭[4]。平沙列萬幕[5]，部伍各見招[6]。中天懸明月，令嚴夜寂寥。悲笳數聲動[7]，壯士慘不驕[8]。借問大將誰[9]，恐是霍嫖姚[10]。

[校注]

①樂府漢橫吹曲有〈出塞〉、〈入塞〉。杜甫有樂府組詩〈前出塞九首〉、〈後出塞五首〉。仇兆鰲《杜少陵集詳注》卷四於此組詩題下引鮑欽止曰：「天寶十四載，三月壬午，安祿山及奚、契丹，戰於潢水，敗之，故有〈後出塞五首〉，為出兵赴漁陽也。」仇氏按云：「末章是說祿山舉兵犯順後事，當是天寶十四載冬作。」今之學者多從仇說。按：〈後出塞五首〉和〈前出塞九首〉同為以一個士兵為主角而帶有自傳性質的組詩。〈後出塞五首〉中的主角，從少壯離家從軍，到初次行軍宿營，再到諷君主好大喜功邊將邀勛，以及邊將位崇氣驕，最後因安祿山即將發動叛亂而間道逃歸故里，前後時間長達二十年，等於一篇幽薊從軍記。這裡所選的是組詩的第二首。②東門，洛陽城東面門有上東門，唐代在此有鎮。軍營設在上東門，故稱東門營。③河陽橋，晉杜預於古孟津（唐屬孟州河陽縣，在今河南孟州西）所建的跨黃河浮橋。安祿山反於范陽，封常清議斷河陽橋。可證赴幽州須經此橋。

④《詩經．小雅．車攻》：「蕭蕭馬鳴，悠悠旆旌。」三、四二句從此化出。⑤平沙，指平曠的沙地。列萬幕，整齊地排列著千萬頂軍營的帳幕。⑥部伍，軍隊的編制單位，部曲行伍。《史記．李將軍列傳》：「及出擊胡，而廣行無部伍行陳，就善水草屯，舍止，人人自便。」司馬貞《索隱》：「〈百官志〉云『將軍領軍皆有部曲。大將軍營五部，部校尉一人，部下有曲，曲有軍候一人』也。」句意謂部隊的各戰鬥單位分別整隊集合。⑦悲笳，悲壯的胡笳聲。軍中用作靜營的號角。⑧慘，心情悽慘悲傷。⑨《全唐詩》句下有注云：「天寶二年，祿山入朝，進驃騎大將軍。」按：此「大將」當指招募丁壯入伍並統軍的將領，未必指安祿山。⑩霍嫖姚，漢代名將霍去病。《史記．衛將軍驃騎列傳》中記載，霍去病善騎射，再從大將軍，受詔與壯士，為嫖姚校尉。此以「霍嫖姚」借指招募統軍大將。張綖曰：將從霍嫖姚，蓋武皇開邊，而去病勤遠，故託言之。（仇注引）

📖［鑑賞］

〈後出塞五首〉的第一首，描寫主角應召入伍赴薊門與鄉親告別時的豪情，第二首接著寫初入軍營行軍宿營的情景，以意境的闊大悲壯著稱。

開頭兩句敘事，簡潔明快，分別點出新兵入營與開拔。「朝進」而「暮上」，說明時間之短促與軍情之緊急。「東門營」在洛陽上東門外，補充交代主角當是在洛陽附近應召入伍的。「河陽橋」在洛陽東北約八十里，從東門軍營出發，正好是一天的路程。乍入營旋即開拔，踏上赴薊門的征途，主角的心情激動喜悅而懷著對行伍生活的新鮮感。從明快流暢、搖曳有致的調性中，似乎可以窺見主角輕快的步伐和躍動的心境。

「落日照大旗，馬鳴風蕭蕭。」主角面前呈現的，正是這幅極具氛圍感的行軍景象。暮色蒼茫中，一輪殷紅的落日映照著正在行進中的主將大旗，紅旗獵獵，風聲蕭蕭，遠處傳來戰馬的長嘯。這幅景象，有聲有色，動靜相間，情景兩浹，境界壯闊悠遠，聲韻瀏亮朗爽，韻味雋永悠長。既描繪出壯盛的軍容和雄渾的氣象，又隱隱傳出主角目接此境時，心中的新鮮感、莊嚴感和蒼茫感。《詩經・小雅・車攻》中「蕭蕭馬鳴，悠悠旆旌」的詩句，境界於闊遠中透出閒靜的意致，經詩人化用改造，頓覺極雄渾悲壯之致，關鍵就在於增添落日餘暉映照和「風蕭蕭」與「馬鳴」的搭配。

接下來兩句，寫列幕宿營：「平沙列萬幕，部伍各見招。」在一望無際的平展沙地上，有序地排列著千萬張宿營的帷幕，各個基層戰鬥單位的軍官正在分別集合自己的戰士。前一句是靜景，於闊遠之境中顯出列幕之齊整有序和軍容之壯盛；後一句是動景，於活動的畫面中透出軍紀之整肅。

「中天懸明月，令嚴夜寂寥。」時間已由暮而入夜。中天之上，一輪明月高懸，四周一片寂靜。在寂寥的深夜，時或傳來幾聲威嚴的口令聲，更襯出整體氛圍的寂寥。夜間宿營，有哨兵值勤，遇有人行，則喝問口令。在寂靜的夜間，聽來特別警惕人心，故云「令嚴」。或解「令嚴夜寂寥」句為軍令森嚴，故夜間軍營寂靜無聲，亦通。但似以解令為「口令」，更饒以聲顯寂之神韻。

「悲笳數聲動，壯士慘不驕。」笳指胡笳，其聲悲壯。《文選・李陵〈答蘇武書〉》云：「涼秋九月，塞外草衰，夜不能寐，側耳遠聽，胡笳互動，牧馬悲鳴，吟嘯成群，邊聲四起。」所描繪的是深秋塞外夜間邊聲四起的情景，杜詩「悲笳數聲動」當是化用其意境而單舉「悲笳」之聲，以點染夜間靜營的號角響過數聲以後，軍營中瀰漫著一股悲壯、嚴肅、靜寂的氛圍。這種特有的氛圍，使初入軍營的壯士原來那種滿懷雄心壯志、熱烈激動的精神狀態，猛然間變得有些慘然而悲，不再那麼浪漫張揚。這「胡笳數聲動」所營造的軍營氛圍，像是使初入伍的壯士承受了一次軍隊生活的心靈洗禮。

「借問大將誰，恐是霍嫖姚。」末二句是夜不能寐的主角在自問自答：如此壯盛的軍容軍威和整肅的軍紀，統軍的大將恐怕是漢代驃騎將軍霍去病一類的人物吧。以漢代年輕有為的大將霍去病喻指主將，口吻是敬畏讚美而非諷刺。文中主角「躍馬二十年」，其初入伍時當在開元二十三、四年（西元 735、736 年）前後，其時安祿山還只是幽州節度使張守珪部下的一員將領，根本未躋身「大將」之列。何況，此首所寫係行軍宿營情景，「大將」非指邊將，而是招募統軍之將。不能因為後面寫到安祿山反叛，而將此首的「大將」也誤解為安祿山。

組詩中的主角，在「躍馬二十年」的長時間中，思想感情和對邊地情況的認知有逐漸變化的過程。剛開始應募入伍時，充滿立功封侯的浪漫幻想。及至軍營，則在行軍宿營中強烈感受到悲壯整肅的氣氛，心情有所變化。到薊門後，逐漸看清皇帝開邊、邊將邀勛的真相，以及邊將由驕橫跋扈演變為叛亂的過程。組詩的第二首，正是主角親歷行軍宿營生活後，心理狀態變化的展現。十二句詩，時間從朝至暮，自暮至夜，地點由東門營至河陽橋，由河陽橋至平沙曠野，景物由落日、大旗、馬鳴、風蕭蕭而中天明月、悲笳聲動，主角的心情也由一開始的激動喜悅，而逐漸感受到日暮行軍特有的雄渾悲壯、闊遠蒼茫氣氛和夜間宿營特有的整肅寂寥氛圍，接受了一次初入戎旅的心靈洗禮。序次井然，而境界雄渾闊遠、悲壯混茫尤為出色。

＝ 成都府① ＝

翳翳桑榆日②，照我征衣裳③。我行山川異④，忽在天一方⑤。但逢新人民，未卜見故鄉⑥。大江東流去⑦，遊子日月長⑧。曾城填華屋⑨，季冬樹木蒼⑩。喧然名都會⑪，吹簫間笙簧⑫。信美無與適⑬，側身望川梁⑭。鳥雀夜各歸，中原杳茫茫⑮。初月出不高，眾星尚爭光⑯。自古有羈旅，我何苦哀傷！

[校注]

①成都府，今四川成都市。《新唐書·地理志·劍南道》：「成都府蜀郡，赤。至德二載日南京，為府。上元元年罷京。」乾元二年（西元 759 年）十月，杜甫由秦州出發，前往同谷（今甘肅成縣），在同谷度過一段極為艱難貧困的生活。十二月，由同谷出發入蜀，年底抵達成都。此詩係初抵成都時所作。②翳翳，晦暗朦朧貌。桑榆日，即傍晚的落日。《初學記》卷一引《淮南子》：「日西垂景在樹端，謂之桑榆。」③征衣裳，客子所穿的衣裳。阮籍〈詠懷〉：「灼灼西隤日，餘光照我衣。」二句化用阮詩。④山川異，指由秦州輾轉至同谷、至成都，所歷山川各異。⑤成都在全國的西南，故云「天一方」。⑥未卜，未料、難以預料。⑦大江，指岷江。古代以岷江為長江正源。⑧日月，《全唐詩》原作「去日」，校：「一作日月。」茲據改。此句意謂自己這位遊子將長期過

著漂泊異鄉的生活。⑨曾，通「層」。曾城，猶重城。成都有大城、少城。填，充滿、密布。華屋，華美的房屋。⑩成都氣候溫暖，故雖暮冬而樹木蒼鬱青翠。⑪喧然，喧闐熱鬧的樣子。唐代除東、西二京外，揚州、益州均為全國著名的都市，有「揚一益二」之稱。⑫間，夾雜。⑬信美，確實美好。無與適，無所適從、無所歸依。此句化用王粲〈登樓賦〉「雖信美而非吾土兮，曾何足以少留」句意。⑭側身，側轉身體。川梁，岷江和江上的橋梁。此句蓋謂側身東望川梁而思故鄉，有川廣不可渡越之意，從上句來。張衡〈四愁詩〉:「我之所思在太山，欲往從之梁父艱，側身東望涕沾翰。」⑮上句興起下句。因見傍晚鳥雀各自歸巢而思歸故鄉，而故鄉杳遠渺茫，遙不可見。⑯黃生曰:「『初月』二句，寓中興草創，群盜尚熾。」此本杜田注而稍有變化，恐過鑿。

📖 [鑑賞]

乾元二年（西元 759 年）十月到十二月，杜甫在從秦州至同谷、從同谷至成都的艱難旅程中，寫下兩組各十二首的紀行山水組詩。這二十四首詩，以寫實手法，再現秦隴、隴蜀道上奇險雄峻的山川景物和它們不同的特色特徵，為山水詩的創作開拓嶄新境界。本篇是二十四首的最後一首，前人或謂是二十四首詩的總結。不過它的風格卻顯然不同於其他各篇之雄肆奇崛、削刻生新，而是在樸素平易的敘述描寫中，蘊含濃郁的抒情色彩，近乎漢魏古詩的風貌。

開頭四句描寫初抵成都的情景：傍晚西斜的夕陽餘光，映照著我這個跋山涉水從秦至蜀的征人衣裳。一路上，經歷風貌殊異的萬水千山，如今又忽然來到遠在西南一隅的蜀地殊方。這四句調性比較輕快舒暢，流露出詩人在歷經三個月的艱困生活和道途艱險之後，終於抵達此行終點時心情的放鬆和愉悅。「翳翳」二字，形容夕陽餘光的朦朧黯淡，但它映照在遊子征衣上的時候，卻使人感到親切的撫慰。「山川異」是對以往行程經歷的概括，其中亦包含飽覽不同山川勝景的新奇感，而「忽在天一方」的「忽」字，則透出歷經秦蜀間崇山峻嶺，忽見平野千里、富庶繁華的天府之國時甚感欣喜。

「但逢」四句，續寫入城路上所見所感。一路上，只遇到話音裝扮不同的異鄉百姓，卻不知道何時才能見到自己的故鄉。滔滔不絕的岷江水，東流而去，我這漂泊天涯的遊子客居異鄉的日子還正悠長。這四句分別以眼前所見的「新人民」和「大江東流」興起「故鄉」之思和「遊子」來日方長之情，在描寫景物的同時，織入對故鄉的思念和遊子長期漂泊生涯的感慨。但感情並不悲傷激烈，而是在舒緩平和的調性中，寓有對異鄉風物的新鮮感和對遊子悠長歲月的希望和期待，透露出歷經奔波跋涉的「一歲四行役」之後，詩人內心渴求有一個平靜安適的棲息之地。聯想和興起自然，使這四句詩同樣具有雋永的情味。

「曾城」四句，描寫成都的繁華熱鬧。成都是唐代除西京長安、東都洛陽之外，全國最著名的繁華都會之一，它與瀕海的揚州並稱，有「揚一益二」之稱。《新唐書·地理志》載，成都府有戶十六萬九百五十，口九十二萬八千一百九十九，杜甫詩中亦稱成都「城中十萬戶」，詩人來到這裡時，尚稱「南京」，可以想見其繁華。四句以「喧然名都會」為主句，一句寫城池之層疊、房舍之華美，以一「填」字寫出其戶口之眾多和房舍鱗次櫛比，以見其繁華富庶；一句寫其氣候之溫暖宜人，雖處隆冬，而樹木蒼鬱青翠；一句寫其生活之安樂和市面熱鬧，簫管笙簧之聲喧然相雜。這一切，對於經歷三年戰亂生活的詩人來說，無疑是遠離干戈烽火的和平安樂、富庶繁華的天府之國。面對這個「喧然名都會」，詩人最初的感受是欣喜、新鮮、喜悅、讚嘆，隱然含有不意忽見如此繁華安定之都的驚喜之情。

但這種感情轉瞬之間就發生變化，詩人馬上意識到，這是一個雖然美好卻無所與適的地方，在那層城華屋之中，簫管笙簧之旁，哪裡能找到自己的歸宿？側身東望，但見川廣橋橫，而自己卻無法渡越；但見暮色蒼茫中鳥雀各自歸棲夜宿，而自己中原的故鄉卻杳遠渺茫，遙在天外。茫然無所歸宿的異鄉漂泊感、欲歸而不得的憂思和茫然縈繞在字裡行間。詩情至此一變，乍到和平富庶之鄉的欣喜化為無著落的羈旅憂思，但感情並不沉重。

最後四句，時間由暮入夜。初月東升，遙掛天邊，繁星閃爍，正像與初月爭光。異鄉的第一個夜晚就這樣降臨。這夜晚，既新鮮又陌生，既美麗又神祕，面對異鄉和平安靜的夜空，詩人的心情又逐漸平靜下來，他自我寬慰道：自古以來就有無數羈旅漂泊之人，我又何必為此苦苦哀傷呢！

整首詩交織著對「天一方」和平富庶、繁榮熱鬧的成都府景物人事、山川風物的新鮮感、喜悅感，和身在異鄉的漂泊感、陌生感；交織著對新山川、新人民的欣喜，和對中原故鄉的懷念憂思。但整體情調並不沉重悲傷，而是在樸素的敘述描寫中散發悠長而濃郁的詩情。這種濃郁詩情，正流露出詩人對生活的熱愛和執著。以這樣的詩篇結束艱難的秦隴、隴蜀之旅，正說明詩人對嶄新和平安適生活的深情期盼。

茅屋為秋風所破歌[1]

八月秋高風怒號，卷我屋上三重茅。茅飛度江灑江郊，高者掛罥長林梢[2]，下者飄轉沉塘坳[3]。南村群童欺我老無力，忍能對面為盜賊[4]。公然抱茅入竹去[5]，唇焦口燥呼不得[6]，歸來倚杖自嘆息。俄頃風定雲墨色[7]，秋天漠漠向昏黑[8]。布衾多年冷似鐵[9]，驕兒惡臥踏裡裂[10]。床床屋漏無乾處[11]，雨腳如麻未斷絕[12]。自經喪亂少睡眠[13]，長夜沾溼何由徹[14]！安得廣廈千萬間，大庇天下寒士俱歡顏[15]，風雨不動安如山！嗚呼，何時眼前突兀見此屋[16]，吾廬獨破受凍死亦足！

[校注]

①上元二年（西元 761 年）八月作於成都浣花草堂。②掛罥（ㄐㄩㄢˋ），纏繞、懸掛。長林梢，高樹之顛。③塘坳，低窪積水處。坳，地面低窪處。④能，這樣。忍能，忍心這樣。對面，面對面，與下「公然」義近。⑤公然，明目張膽地。竹，指竹林。⑥呼不得，形容因竭力呼喊頑童弄得唇焦口燥，再也喊不出聲的情狀。或解為「喝不住」，似非原意。⑦俄頃，頃刻間。⑧秋天，秋天的天空。漠漠，陰沉昏暗貌。向，趨向。⑨布衾，布被。⑩驕，一作「嬌」。惡臥，睡相不好。踏裡裂，將被裡蹬裂。⑪床床，《全唐詩》校：「一作床頭」。⑫雨腳，形容雨下得很密，如直瀉而下，連成一線。⑬喪亂，指安史之亂。⑭徹，徹曉。何由徹，怎樣才

能捱到天亮。⑮寒士，貧寒的士人。⑯突兀，高聳的樣子。見，同「現」。

🕮 [鑑賞]

上元二年（西元 761 年）八月，一場突然襲來的狂風，將杜甫草堂前一株二百年的老楠樹連根拔起，捲走了辛苦營造而成的茅屋上的三重茅草。緊接著暴雨傾盆而至，床床屋漏，無一乾處。在漫漫長夜何時徹曉的痛苦等待中，杜甫思前想後，從個人遭受的痛苦聯想到累年戰亂所造成的國家憂患和廣大人民的困苦，寫下這首感人至深的詩篇。

「八月秋高風怒號，捲我屋上三重茅。」八月仲秋，正是秋高氣爽的季節，卻驟然狂風怒號，捲走屋上的三重茅草。第一句「八月秋高」與「風怒號」之間，實際上有個轉折，說明天氣多麼反常和情況多麼突然。第二句的「三重茅」，是說屋頂上的三重茅草都被掀起捲走，可見風力之凶猛，這樣，才有下面的「床床屋漏無乾處」。

「茅飛度江灑江郊，高者掛罥長林梢，下者飄轉沉塘坳。」茅草被狂風吹飛過江，灑落在江邊一帶。飛得高的掛在高高的樹梢上，飛得低的飄飛翻轉，沉落在池塘窪地裡。以上五句寫茅屋為秋風所破，著力寫茅草：先寫風，次寫茅捲，再寫茅飛，茅掛樹梢、沉塘坳，次第井然。表面上只是寫風捲茅飛，實際上隨著茅捲、茅飛、茅掛、茅沉，處處跟著一雙充滿焦急、痛惜而又無可奈何神情的眼睛。因此這些描寫中融合著詩人的感情，而要理解詩人眼睜睜地看著狂風破屋捲茅時焦急、痛惜的心情，就必須了解這些年來詩人經歷的顛沛流離生活和營造草堂所付出的努力，如果說草堂是多年顛沛流離之後，獲得暫時安定生活的象徵，那麼狂風捲茅就代表著安定生活遭到破壞甚至結束。詩人在〈楠樹為風雨所拔嘆〉的結尾說：「我有新詩何處吟，從此草堂無顏色。」楠樹被拔，使草堂頓失顏色；茅屋被破，則無安身立命之處。

「南村」四句，寫飛灑江郊的茅草被南村一群頑童抱走。稱「群童」為「盜賊」，是生氣中夾帶著幾分哭笑不得神情口吻的話，就跟老人嗔笑頑皮的孩子為「小強盜」差不多。這幫頑皮孩子，看杜甫年紀大，又是有點迂腐的讀書人，加上隔著一條浣花溪，知道對他們無可奈何，便故意大搖大擺地抱著茅草鑽進竹林，消失得無影無蹤，任憑杜甫喊得脣焦口燥也不加以理睬。杜甫筆下的這群頑童，既調皮又帶幾分天真稚氣。這個場景，在焦急生氣中還帶點無奈的幽默，給全詩的悲劇氣氛注入一點別樣的喜劇色彩。杜甫相當擅長此道。

「歸來倚杖自嘆息。」這是一個單句，是全篇的過渡。浦起龍說：「單句縮住黯然。」回到家中，又氣又累，只好倚杖嘆息，嘆息什麼呢？沒有說。嘆息中有沉思，有豐富的蘊含，末段的祈望和抒懷都於此隱伏。

「俄頃風定雲墨色，秋天漠漠向昏黑。」風停雲黑，天色陰暗，是暴雨來臨的前兆。「向」字富於動態感，本來明朗的天空忽然變得灰濛濛一片，像是接近黃昏暗夜的樣子。這兩句由「風」過渡到「雨」，由茅捲過渡到「屋漏」，寫景中散發著緊張不安、沉重壓抑的氣氛，這正是當時詩人心緒的反映。

「布衾多年冷似鐵，驕兒惡臥踏裡裂。床床屋漏無乾處，雨腳如麻未斷絕。」這四句要連起來讀，寫的是夜間大雨屋漏的苦況。大雨密集直瀉，茅捲屋破，到處漏雨，每張床上沒有一塊乾的地方。布被子使用多年，內胎早已板結，冷得像塊鐵板，再加上被漏雨沾溼，更又冷又溼。孩子們睡相本就不老實，加上被子又溼又冷又硬，更難受得輾轉反側，脾氣上來，竟將被裡蹬出一個大開口。說布衾多年冷似鐵，而不說「硬似鐵」，正說明這陳年舊被早就過了使用期限，布已經敝敗不堪，故雖「冷似鐵」，卻是一踹就破。可見草堂閒居的杜甫，生活其實相當窮困。這床多年的布被恐怕已經隨著顛沛流離的主人走過許多地方。這四句寫夜雨屋漏之苦，卻用驕兒惡臥蹬破被子的細節來表現，既令人心酸，又透出一種無奈的幽默，一種含淚的自嘲。這種描寫，跟傳統的典雅風格相去十萬八千里，故不免引發某些評論家的村俗之譏，但卻愈俗愈真。

「自經喪亂少睡眠，長夜沾溼何由徹。」由眼前這個狂風捲茅、夜雨屋漏的夜晚，聯想起這些年來無數個不眠之夜。上句由眼前宕開，詩境亦隨之拓開，將五、六年來國家的喪亂和自身的「少睡眠」連繫起來，將國家的命運與個人的不幸連繫起來，這就為下一段詩境的昇華奠定基礎。秋天夜漸長，但這裡的「長夜」，主要屬於主觀感受，由於床床屋漏，無法入睡，只有坐等天明，故特別感到長夜難捱。這「長夜沾溼何由徹」由於緊接「自經喪亂少睡眠」，也就自然帶有一些象徵含意，給人「長夜漫漫何時旦」的感覺。

「安得廣廈千萬間，大庇天下寒士俱歡顏，風雨不動安如山。嗚呼！何時眼前突兀見此屋，吾廬獨破受凍死亦足！」前三句是由自己的困窘處境產生的祈望和暢想。推己及人，故因己之切盼有得以安居的廣廈，而希望有千萬間廣廈，庇護天下寒士使之俱展歡顏。這裡的「寒士」，自指和自己處境類似的窮寒士人，不必從字面上另作他解，但從情理上來說，則比自己及一般寒士更困苦，甚至連破茅屋也沒有的窮人，自然更需要安居之所。從杜甫一貫的思想，特別是連繫〈自京赴奉先縣詠懷五百字〉中「生常免租稅，名不隸征伐。撫跡猶酸辛，平人固騷屑。默思失業徒，因念遠戍卒」所表現的思想感情邏輯來看，在這屋破雨漏的不眠之夜，他想到的絕不只是個人床床屋漏、衣被沾溼的痛苦，還會聯想到更多連破茅屋也沒有的百姓。前面寫到茅草被頑童抱走後「歸來倚杖自嘆息」的沉思中，恐怕也含有對「群童」、「不為困窮寧有此」的體諒。因此，從精神實質層面來看，他的這種祈望和暢想，自然也涵蓋普天下住無安居之窮苦百姓的願望。詩人在這裡特意破偶為奇，於「大庇天下寒士俱歡顏」之後綴上一句「風雨不動安如山」，不但強化這種祈望的迫切和力度，使之更為酣暢淋漓，而且自然綰合前面的狂風捲茅、驟雨屋漏的描寫。寫到這裡，詩人的思想感情已由哀一己之困窘，昇華到憫天下寒士的境界，似乎已到高潮，詩人卻又緊接著以更強烈的感嘆「嗚呼」發端，由推己及人進一步昇華至捨己為人的精神境界，而在抒發這種感情時，又仍緊扣「廬破受凍」之事，並不旁騖離題。詩就在感情發展到最高潮、境界昇華到最高處時猛然剎住，結得極飽滿而自然。

一個生活困窘的讀書人，在風雨卷茅破屋、床床屋漏之夕感慨處境之艱難，是常有的事。論困窘艱難的程度，孟郊或許更甚於杜甫；但除了〈寒地百姓吟〉之外，孟詩基本上只專注於自身的窮困寒苦，詩境不免寒儉。但杜甫卻由床床屋漏、長夜難眠想到國家多年的喪亂，想到天下寒士的困苦處境，由眼前的破屋想到大庇天下寒士的千萬間廣廈，更進一步想到用自己的受凍換取天下寒士的溫暖。一次秋風破屋的事件引出憂國憂民的大文章。但讀來絲毫不感到杜甫是小題大做，不會懷疑這種感情的虛假，相反地，卻倍感其感情的真摯與強烈。這固然與杜甫長期受儒家思想中正面因素的薰陶、影響分不開，但更根本的原因，是由於他在長期窮困潦倒、顛沛流離的生活經歷基礎上，思想感情逐漸貼近人民。拿這首詩來說，如果不是由於茅捲屋漏、徹夜難眠的生活經歷，末段的祈望、暢想乃至「吾廬獨破受凍死亦足」的表白便顯得缺乏基礎，而使人感到空洞、蒼白甚至虛假。因此，從根本上來說，是生活本身成就杜甫這首充滿人道主義光輝的詩篇。

這首詩的高潮雖集中展現在末段五句的抒情，但高潮的出現卻離不開前三段（大風捲茅、群童抱茅、夜雨屋漏）的一系列敘述描寫。先是突如其來的狂風怒號、捲茅破屋，連用「怒號」、「捲」、「飛」、「渡」、「灑」、「掛罥」、「飄轉」、「沉」等動態感強烈的動詞，再加上句末一連五個帶有拗怒音調的韻腳，不但使人宛見狂風捲茅、四散飄灑的情景，而且宛聞狂風呼嘯怒號的聲音，詩人目接耳聞之際那種惶恐、焦急之狀亦如在目前。接著寫群童抱茅之事。這一段乍看似與末段的抒情關係不大，但細參自有內在關聯，群童抱茅而去，除了欺負詩人「老無力」外，還具有窮困的因素。詩人在氣憤焦急無奈之餘，自然會想到這群孩子「不為困窮寧有此」，甚至會想到這點茅草根本無助於他們的困窮，只有「廣廈千萬間」才能真正解決問題。總之，由眼前的群童抱茅這件事，使他對社會的普遍貧困有更直接的感受，並由此聯想下去。緊接著一個單句「歸來倚杖自嘆息」，這嘆息中包含著豐富的內容，說明詩人的思想感情波瀾已經被激發起來，只是還沒有達到高潮，故輕點即收。再接著又寫風起雲黑、天色昏暗，詩人的感情也轉為沉悶、壓抑，然後是雨腳如麻、床床屋漏。不但漏，而且「無乾處」；不但雨密，而且「未斷絕」，再加上小兒惡臥，把「冷似鐵」的舊被也蹬裂。這樣層層疊加、逼進，使人感到這樣的生活實在無法忍受。長夜無眠，天明難捱，思前想後，國家的災難、人民的困苦和自身的困窘融為一體。這才會更深切地體會到和自己一樣窮困、今夜同遭屋漏之苦的「天下寒士」是多麼需要「風雨不動安如山」的「廣廈千萬間」，才會湧現末段的強烈抒情。

二 丹青引贈曹將軍霸[1]

將軍魏武之子孫[2]，於今為庶為清門[3]。英雄割據雖已矣[4]，文采風流今尚存[5]。學書初學衛夫人[6]，但恨無過王右軍[7]。丹青不知老將至[8]，富貴於我如浮雲[9]。開元之中常引見[10]，承恩數上南薰殿[11]。淩煙功臣少顏色[12]，將軍下筆開生面[13]。良相頭上進賢冠[14]，猛將腰間大羽箭[15]。褒公鄂公毛髮動[16]，英姿颯爽來酣戰[17]。先帝天馬玉花驄[18]，畫工如山貌不同[19]。是日牽來赤墀下[20]，迥立閶闔生長風[21]。詔謂將軍拂絹素[22]，意匠慘淡經營中[23]。斯須九重真龍出[24]，一洗萬古凡馬空[25]。玉花卻在御榻上[26]，榻上庭前屹相向[27]。至尊含笑催賜金[28]，圉人太僕皆惆悵[29]。弟子韓幹早入室[30]，亦能畫馬窮殊相[31]。幹唯畫肉不畫骨[32]，忍使驊騮氣凋喪[33]。將軍畫善蓋有神[34]，必逢佳士亦寫真[35]。即今漂泊干戈際[36]，屢貌尋常行路人[37]。途窮反遭俗眼白[38]，世上未有如公貧[39]。但看古來盛名下，終日坎壈纏其身[40]！

📖 [校注]

①丹青，丹砂和青雘，可作繪畫用的紅綠顏料。此指繪畫。引，樂曲體裁之一，亦指詩體名稱。《歷代名畫記》：「曹霸，魏曹髦（曹操曾孫）之後。髦畫稱於後代，霸在開元中已得名，天寶末每詔寫御馬及功臣，官至左武衛將軍。」蔡夢弼《草堂詩箋》：「霸玄宗末年得罪，削籍為庶人。」《宣和畫譜》著錄其〈逸驥〉、〈玉花驄〉等畫跡十餘種。此詩約作於代

宗廣德二年（西元 764 年）。②魏武，指三國魏武帝曹操。參注①引《歷代名畫記》。③庶，庶人，普通百姓。清門，猶寒門，寒素之家。《左傳．昭公三十二年》：「三後之姓，於今為庶。」④英雄割據，指魏武帝建立起三分割據的霸業。已矣，成為過去。⑤文采風流，橫溢的才華和瀟灑的風度。指曹操在文藝方面的才華風采。劉勰《文心雕龍．時序》：「魏武以相王之尊，雅愛詩章。」繪畫亦藝事之一，故云「文采風流猶尚存」。蓋謂操之文采風流後繼有人。今，《全唐詩》原作「猶」，據宋本改。今，貼曹霸而言。⑥書，書法。衛夫人，衛鑠（西元 272 ～ 349 年），晉代女書法家，字茂漪，汝陰太守李矩妻，世稱衛夫人。師蔡邕、鍾繇，參以衛氏家學之精髓，融會貫通之。張懷瓘《書斷》稱其隸書尤善，如「碎玉壺之冰，爛瑤臺之月，婉然芳樹，穆若清風」，王羲之早年曾從其學書法。⑦無過，未能超越。王右軍，王羲之，東晉大書法家，官至右軍將軍、會稽內史，世稱「王右軍」。草書、楷書、行書兼擅，在書法史上有繼往開來之重大貢獻，被後世推為「書聖」。張懷瓘《書斷》：「篆、籀、八分、隸書、章草、飛白、行書、草書，通謂之八體，唯王右軍兼工。」⑧《論語．述而》：「發憤忘食，樂以忘憂，不知老之將至。」句意謂曹霸專精繪畫，熱愛藝術，不知老之將至。⑨《論語．述而》：「不義而富且貴，於我如浮雲。」句意謂霸淡泊功名富貴。⑩引見，指皇帝接見臣下或賓客時由有關大臣引見。《漢書．

兩龔傳》:「徵為諫大夫，引見。」《後漢書·儒林傳上·戴憑》:「自繫廷尉，有詔敕出，後復引見。」⑪南薰殿，在唐南內興慶宮中。⑫淩煙功臣，《大唐新語》卷十一:「貞觀十七年(西元643年)，太宗圖畫太原倡義及秦府功臣趙公長孫無忌、河間王孝恭、蔡公杜如晦、鄭公魏徵、梁公房玄齡、申公高士廉、鄂公尉遲敬德、鄖公張亮、陳公侯君集、盧公程知節、永興公虞世南、渝公劉政會、莒公唐儉、英公李勣、胡公秦叔寶等二十四人於淩煙閣。太宗親為之贊，褚遂良題閣，閻立本畫。」少顏色，指因年代已久，故畫上的顏色褪色。⑬開生面，指重新畫像，使之面目如生。《左傳·僖公三十年》:「狄杜人歸其(先軫)元，面如生。」⑭良相，二十四位功臣中如長孫無忌、房玄齡、杜如晦、魏徵等均一代名相。進賢冠，古時朝見皇帝的一種禮帽。原為儒者所戴，唐時文官皆戴用。《後漢書·輿服志下》:「進賢冠，古緇布冠也，文儒者之服也。前高七寸，後高三寸，長八寸。公侯三梁，中二千石以下至博士兩梁，自博士以下至小史私學弟子，皆一梁。」《新唐書·車服志》:「進賢冠者，文官朝參，三老五更之服也。」⑮猛將，二十四功臣中，如尉遲敬德、程知節、李勣、秦叔寶等皆為著名武將。大羽箭，《酉陽雜俎》稱唐太宗好用四羽大桿長箭，當是一種長箭。⑯褒公，褒國公段志玄(二十四功臣中第十人)。鄂公，鄂國公尉遲敬德(第七人)。二人均為猛將。兩《唐書》有傳。毛髮動，鬚眉頭髮開張貌。⑰颯爽，豪邁英俊貌。酣戰，痛快淋漓地厮殺。⑱先帝，指唐玄宗。玄宗於代宗寶應元年（西元 762 年）四月逝世。玉花驄，唐玄宗所乘駿馬。《歷代名畫記》卷九：「時主好藝，韓君間生。遂命悉圖其駿，則有玉花驄、照夜白等。」玉花驄，以其面白，又稱玉面花驄。⑲畫工如山，形容畫工人數之眾多。貌不同，畫得不像真馬。貌，作動詞用。⑳赤墀，宮殿的赤色臺階。亦稱「丹墀」。㉑迥立，昂首挺立。閶闔，天子宮門。生長風，形容駿馬飛動駿邁的神采氣勢，如有長風生於腳下。㉒拂絹素，在白色絹上畫馬。「拂」字形容其下筆之熟練輕巧。㉓意匠，構思。慘淡經營，形容作畫時先用淺淡顏色勾勒輪廓，苦心構思，經營位置。六朝齊謝赫《古畫品錄》以經營位置為繪畫六法之一。㉔斯須，沒過多久。九重，指皇宮。天子之門九重，故稱。真龍，馬高八尺為龍，真龍指曹霸畫的馬猶如真馬那樣生動傳神。㉕一洗，猶一掃。句意謂曹霸所畫之馬神駿無比，使萬古之凡馬均為之一掃而空。㉖玉花，指玉花驄。所畫之馬置於皇帝的坐榻之旁，栩栩如生；而御榻邊本不應有真馬，故云「玉花卻在御榻上」。㉗榻上的畫馬與庭前的真馬屹然兀立，兩者相對，真假莫辨，故云。㉘至尊，指玄宗。㉙圉人，養馬的人。太僕，太僕寺（掌管皇帝車馬的機構）的官員。惆悵，感慨驚嘆之狀。㉚韓幹（西元？～ 780 年），唐代著名畫家，工人物、鞍馬。《歷代名畫記》卷九：「韓幹，大梁人（《唐朝名畫錄》

謂其京兆人)。喜寫貌人物，尤工鞍馬。初師曹霸，後自獨擅……遂為古今獨步。」早入室，早已成為曹霸的入室弟子，得其嫡傳。《論語‧先進》:「由也升堂矣，未入於室也。」邢昺疏:「言子路之學識深淺，譬如自外之內，得其門者。入室為深，顏淵是也，升堂次之，子路是也。」㉛窮殊相，窮盡馬的各種不同形貌。㉜畫肉，幹所畫之馬，體形肥碩，故云。畫骨，畫出馬之骨骼神駿。韓幹作畫重寫生，主張以自然實物為師，嘗為玄宗宮中駿馬一一圖之，故所作皆窮形極相。㉝驊騮，泛稱駿馬。氣凋喪，神采氣骨喪失。㉞畫善蓋有神，繪畫之善，蓋在於能傳物的精神氣韻。畫，宋本作「盡」。盡善，盡善盡美之省。二字形近易混。今從蔡本作「畫」。㉟必，《全唐詩》校:「一作偶。」寫真，畫肖像畫。㊱漂泊干戈際，因避戰亂而四處漂泊之時。㊲貌，畫。尋常行路人，普通的百姓。㊳魏阮籍因心情苦悶，「率意獨駕，不由徑路，車跡所窮，輒慟哭而返」(《世說新語‧棲逸》劉孝標注引《魏氏春秋》)。「能為青白眼，見禮俗之士，以白眼對之」(《晉書‧阮籍傳》)。「途窮」、「眼白」用此。句意則謂曹霸因晚年處境困窘而遭到世俗之士蔑視。㊴《全唐詩》校:「一作他富至今我徒貧。」㊵坎壈，困頓不得志。

📖［鑑賞］

在杜甫後期的七言歌行中，〈丹青引贈曹將軍霸〉是具有代表性成就的作品。歷代注家評論家對此詩雖讚譽交並，好評如潮，但對此詩的深層意涵卻少有發掘，「百年歌自苦，未見有知音」，詩人的這種感慨，殆非虛發。

詩共四十句，分五段，每段八句，平仄韻交押。首段敘其家世門第、學書工畫，在全篇中作為總敘或提綱。這種起法，在帶有敘事色彩的作品中，似乎是常調，但讀來卻讓人感到其中別有寓慨。「將軍魏武之子孫」，陡然而起，遠處取勢，彷彿著意上揚；「於今為庶為清門」，陡然而落，收到當前，卻似重重一抑。揚抑之間，昔盛今衰之慨自見。「英雄割據雖已矣」，承次句，謂祖上英雄割據的霸業今已風流雲散，彷彿又一抑，而「雖」字著意，卻逼出下句「文采風流今尚存」，又一揚。這層抑揚，透出這一段的主旨，表面上是說魏武之「文采風流」如今正展現在其子孫曹霸的文藝成就上，而與前幾句對照起來體會，便隱然含有功名富貴有時而盡，文采風流自傳於後的意涵。以此句為樞紐，又自然引出下面四句：「學書初學衛夫人，但恨無過王右軍。丹青不知老將至，富貴於我如浮雲。」未寫學畫，先寫學書，自是其學藝過程的真實反映，也透露出其最後專工繪畫，乃是在實踐過程中選擇最能發揮自己才能和優勢的專業。且書畫藝術型式雖異，藝術規律卻相通，古來善畫者大都工書，由書入畫，亦是常事。「但恨」句既從客觀反映其書法成就，更透露出其藝術追求的高標準。有此高標準的追求，在繪畫上才能達到高超境界。「丹青」二句，正展現出一位純粹的藝術家熱愛藝術，專精獨詣，孜孜不倦，不知老之將至，摒棄一切外在功名富貴的私慾，沉潛於藝術創造之中的高尚品格和忘我境界。古往今來，這正是一切大藝術家成功的關鍵。這兩句，可視為對曹霸人品、藝品的總贊，評論家莫不讚賞它用經語不著痕跡，宛如己出，自是實情，但更值得注意的是，它展現出一種人生價值觀，即將對藝術創造的追求，置於世俗對功名富貴的追求之上，對照李白的詩句「屈平詞賦懸日月，楚王臺榭空山丘」，其義自顯。

「開元」以下八句為一段，敘其承恩奉詔重畫功臣影像。這不是一般的畫人，而是盛世的盛大藝事。凌煙影像，本就是盛世之盛典，當年閻立本為功臣影像，被視為殊榮。如今在「開元」盛世，重新為功臣影像，更是難得的機遇。

「常引見」與「數上」相應，說明曹霸當時在繪畫界的地位。「少顏色」與「開生面」相應，顯示曹霸此次為功臣重新畫像，並非對閻立本舊畫的照樣摹寫，而是別開生面的藝術創造。舊畫因年代久遠，顏色模糊，已經失去人物的神采，曹霸的重畫，使人物精神風貌栩栩如生，其中自然融合畫家對人物的理解。「良相」二句，先概寫一筆，以「頭上進賢冠」與「腰間大羽箭」標明其「良相」、「猛將」身分。「褒公」二句，於「猛將」專挑兩位個性鮮明的人物畫像作特寫。「毛髮動」三字，簡潔而傳神。如果說李頎〈古意〉「鬚如蝟毛磔」雖具體卻仍是靜態描寫，那麼「毛髮動」便是將原本是靜態的畫像寫「活」了，令人感到那畫上的人物頭髮開展、鬚眉皆動，彷彿立時便會從畫中跑出來，而補上一句「英姿颯爽來酣戰」，更織入想像的成分，似乎他們正在氣概豪邁地與敵人進行激烈戰鬥。杜甫當年在長安時，當欣賞過曹霸重繪的功臣影像，事隔多年，當年觀畫時留下的印象還如此鮮明，可見畫的藝術魅力。這一段寫曹霸為功臣重新繪像，用最概括的言辭來形容，就是生動傳神，亦即詩人所說的「開生面」。

「先帝」以下八句，寫曹霸奉詔為御馬畫像。以「先帝」提起，便含有對盛世的追懷之意。先說「玉花驄」早經眾多畫工圖形寫像，卻都「貌不同」未能盡傳其精神。以為下文曹霸畫馬預作襯墊。「是日」二句，先寫御馬玉花驄登場。

「迥立」，即高高地屹立，突現出馬高大偉岸、昂然挺立的風姿。「生長風」三字，正像上文「毛髮動」一樣，以想像之筆，渲染出馬俊邁奔騰的氣勢，彷彿它在赤墀之下、閶闔之中那麼一站，立時宛見四蹄之間長風飆起，是則馬雖「迥立」，而勢欲騰空。如此寫馬，真把馬寫活了。而如此神駿的御馬，也必須有真正的高手方能繪形傳神。這是進一步以真馬的神駿來突出畫馬之不易與傳神的可貴，再墊一筆。

「詔謂」二句，方正式寫到奉詔畫馬。皇帝下詔命其在御前對馬作畫，自是隆重的盛事，「拂絹素」三字，卻說得輕巧，彷彿可以在絹上一拂而就，重與輕之間的對照，顯示出皇帝對曹霸藝術才能的信任和倚重。面對如此重大的盛事和信任，畫家卻不敢掉以輕心，而是精心構思、經營位置，做到成竹在胸、意在筆先，這正是真正的藝術家對待藝術嚴肅認真的態度。等到一切均已爛熟於心之時，方揮毫潑墨，一揮而就：「斯須九重真龍出，一洗萬古凡馬空。」「斯須」極言時間之短，與前之「慘淡經營」恰恰形成鮮明對照。構思時至精至密，下筆時方能縱筆揮灑，落紙雲煙，須臾之間，真龍突現於九重宮闕之上，使古往今來的一切凡馬均一洗而空！「凡馬」或謂指歷代畫工所畫的凡俗之馬，恐非。杜甫這裡是以畫中的真神駿與世上的真凡馬相互對照，強調這雖是畫中之馬，卻比古往今來所有凡俗的真馬都優良百倍，在這樣的「真龍」面前，一切凡俗的真馬都黯然失色。原因就在於它傳出駿馬的神采。「一洗」句句法極犀利遒勁，句末的「空」字尤其勁健。它將對曹霸畫馬藝術成就的讚頌，推向所向無敵的極致。

縱筆至此，對曹霸畫馬的讚頌似乎已無從著手，詩人卻從畫成之後真馬與畫馬的對照，至尊與圉人太僕的反應，以及與韓幹畫馬的對比中層層推衍，盪出另一段文章，使奇峰之外復有奇峰，形成層巒疊嶂的奇觀。先寫御榻旁的畫馬與庭前真馬的對照。玉花馬本不可能出現在御榻之旁，著一「卻」字，點出此景象的奇特乃至反常，亦透出當日在場者那種驚詫不已的神態，而榻上的畫馬與庭前真馬挺然屹立，彼此相對，竟是真假難辨，更渲染出觀賞者眼花撩亂的情景，而曹霸畫馬之筆奪造化亦自現於言外。「至尊」二句，再寫皇帝含笑催促賞賜，圉人太僕感慨稱嘆的情景，固是從不同的觀賞者角度寫畫馬之精采，但二者對照，卻寓含著一層言外之意。圉人和太僕官吏是負責養真玉花驄的，曹霸則是畫玉花驄的，但皇帝卻只顧催促為曹霸的傑出畫技賜與獎賞，而對養真馬的圉人太僕不置一詞，對比之下，養真馬者不免感到自愧不如。「惆悵」一詞，含蘊豐富，除稱賞外，欣羨自愧之意亦存焉。這種藝術效應，正說明藝術雖源於生活，卻高於生活。到這裡，可以發現詩人對曹霸畫馬讚頌分明的三個遞進層次：畫中真龍勝過世上凡馬，這是第一層；畫中玉花與庭前玉花真假莫辨，這是第二層；畫馬的效應與價值超越真馬，這是第三層。真正的藝術品，不僅師法造化、逼真造化，而且要妙奪造化。這正是這段精采描寫所寓含的道理。詩人雖未必自覺意識到這一點，但其中自可引出這個結論。寫到這裡，似乎又山窮水盡，無以為繼，詩人就勢引出同是畫馬名手的韓幹作襯托，說明曹霸畫馬之所以有如此驚人的藝術效果，關鍵在於韓幹只畫肉而不畫骨，致使他筆下的驊騮失去神駿之氣，而曹霸畫馬，則重在畫骨，亦即重在傳神。在杜甫看來，真正的神駿大都神清骨峻，而非痴肥之輩，所謂「胡馬大宛名，鋒稜瘦骨成」即是此意。韓幹所畫皆「廏中萬馬」，而皇家馬廏之馬，多豐滿肥碩，幹之畫馬，又強調寫生，故杜甫有「畫肉不畫骨」之譏。韓幹在繪畫史的地位，自有公論，杜甫之意，蓋在強調畫馬必須畫其骨駿，傳其神采，以突顯曹霸的藝術成就，不必拘泥於他對韓幹的看法與評價。

由畫人到畫馬，二、三、四三段已將曹霸潛心於丹青所達到的成就進行充分描寫，末段開頭一句「將軍畫善蓋有神」總束以上三段，而以「有神」二字對其藝術成就作出高度概括，以下便轉為對其當前困窮境遇的感慨。安史之亂以後，曹霸也像杜甫一樣，漂泊流落到成都。在寫這首詩的同時，杜甫還寫過一首〈韋諷錄事宅觀曹將軍畫馬圖歌〉，對曹霸的〈九馬圖〉備極讚賞。故這一段寫其當前境遇，仍緊扣其畫家的身分。先說「將軍畫善蓋有神，必逢佳士亦寫真」，遙承上畫功臣像一段，謂曹霸過去一定要遇到「佳士」才為之影像寫真；下二句一轉，跌落當前：「即今漂泊干戈際，屢貌尋常行路人。」在干戈離亂之世，曹霸既失去將軍的顯赫身分，淪為庶民，又失去生計來源，只能「屢貌尋常行路人」，以賣畫維持生計。「途窮」二句，便聚焦於描敘其當下的困頓失意，遭受白眼的境遇，其中也隱隱散發詩人對自己類似境遇的悲慨，同病相憐之意自寓其中。「但看古來盛名下，終日坎壈纏其身！」結尾二句，推開一層，彷彿是對曹霸的勸慰，又彷彿是自慰，而悲慨更深。古往今來，負有盛名的傑出才人有哪一個不是終日坎壈、一世坎坷、困頓終身的呢？「千秋萬歲名，寂寞身後事」，傑出才人不但身後寂寞，生前亦如此貧困潦倒，令人悲慨無窮。

末段是全詩的結穴，也是全詩主旨和內在意涵的充分展現。杜甫寫這首詩，並不單純是要表彰曹霸的藝術成就，為一代才人立傳，而是在讚揚「將軍畫善蓋有神」的同時，寫出一代才人的悲劇命運。杜甫的經歷及命運，與曹霸有相似之處，其〈莫相疑行〉說：「憶獻三賦蓬萊宮，自怪一日聲輝赫。集賢學士如堵牆，觀我落筆中書堂。往時文彩動人主，此日飢寒趨路旁。晚將末契託年少，當面輸心背面笑。」昔之烜赫，今之飢寒，正與曹霸相似，故在抒寫曹霸昔盛今衰命運的同時，正深寓著詩人自己的命運感慨。評論家之中，真正看到這一點的是浦起龍，他說：「自來注家只解作題畫，不知詩意卻是感遇也。」但只看到這一點還未真正領會其內在意涵與主旨。蓋曹霸昔盛今衰的命運，與時代的治亂盛衰密切相關。詩中描繪渲染曹霸昔日之盛，著意點明「開元之中」的盛世，標明「先帝」、「至尊」對藝事、才人的重視，顯然是把重繪凌煙功臣、殿前為玉花驄影像作為盛世的藝術盛典來描繪，其中散發著對盛世的無限緬懷追戀。在詩人看來，只有在繁榮昌盛的時代，才能有文藝事業的繁榮，才能有重視文藝事業的君主，才能有才人的殊遇；而干戈離亂的衰世，則只會導致才人困窮漂泊和藝術衰落。因此在悲慨曹霸昔盛今衰命運的同時，正深寓著時代今昔盛衰的感慨。杜甫後期許多的詩，皆在寫自己、寫別人悲劇命運，無不貫串這一深層意涵。無論是〈觀公孫大娘弟子舞劍器行〉、〈江南逢李龜年〉還是本篇，都在這一點上有著共同主旨。

觀公孫大娘弟子舞劍器行並序[1]

大曆二年十月十九日，夔府別駕元持宅[2]，見臨潁李十二娘舞劍器[3]，壯其蔚跂[4]。問其所師，曰：「余公孫大娘弟子也。」開元五載[5]，余尚童稚[6]，記於郾城觀公孫氏舞劍器渾脫[7]，瀏漓頓挫[8]，獨出冠時[9]，自高頭宜春、梨園二伎坊內人[10]。洎外供奉[11]，曉是舞者[12]，聖文神武皇帝初[13]，公孫一人而已。玉貌錦衣[14]，況余白首[15]；今茲弟子，亦匪盛顏[16]。既辨其由來[17]，知波瀾莫二[18]。撫事慷慨[19]，聊為〈劍器行〉[20]。昔者吳人張旭[21]，善草書、書帖[22]，數嘗於鄴縣見公孫大娘舞〈西河劍器〉[23]，自此草書長進，豪蕩感激[24]，即公孫可知矣[25]。昔有佳人公孫氏[26]，一舞劍器動四方[27]。觀者如山色沮喪[28]，天地為之久低昂[29]。㸌如羿射九日落[30]，矯如群帝驂龍翔[31]。來如雷霆收震怒[32]，罷如江海凝清光[33]。絳唇珠袖兩寂寞[34]，晚有弟子傳芬芳[35]。臨潁美人在白帝[36]，妙舞此曲神揚揚。與余問答既有以[37]，感時撫事增惋傷[38]。先帝侍女八千人[39]，公孫劍器初第一[40]。五十年間似反掌[41]，風塵澒洞昏王室[42]。梨園子弟散如煙[43]，女樂餘姿映寒日[44]。金粟堆前木已拱[45]，瞿塘石城草蕭瑟[46]。玳筵急管曲復終[47]，樂極哀來月東出。老夫不知其所往[48]，足繭荒山轉愁疾[49]。

📖 [校注]

①公孫大娘，開元年間著名舞蹈家。劍器，舞蹈名。唐代健舞類舞蹈之一。《明皇雜錄》：「開元中，有公孫大娘善

劍舞。」《樂府雜錄》:「健舞曲有〈稜大〉、〈阿蓮〉、〈柘枝〉、〈劍器〉、〈胡旋〉、〈胡騰〉。」據載，公孫大娘所擅劍器舞有〈西河劍器〉、〈劍器渾脫〉、〈裴將軍滿堂勢〉、〈鄰里曲〉等。《文獻通考・樂考・樂舞》引張爾公《正字通》云:「〈劍器〉，古武舞之曲名，其舞用女妓雄妝空手而舞。」但根據杜甫此詩所描敘的情景及姚合〈劍器詞〉三首、敦煌寫卷〈劍器詩〉三首等作所記敘的情況，舞者當執劍而舞。唐鄭嵎〈津陽門〉詩:「公孫劍伎皆神奇。」自注:「有公孫大娘舞劍，當時號為神妙。」尤可證。據序，詩即作於大曆二年(西元767年)十月十九日觀舞後。②別駕，州郡刺史的佐吏。《新唐書・地理志》:「夔州雲安郡，下都督府。」〈百官志四下〉:「下都督府……別駕一人，從四品下。」持，《全唐詩》校:「一作特。」③臨潁，唐河南道許州有臨潁縣，今屬安徽。李十二娘，公孫大娘弟子。④蔚跂，雄渾多姿。「蔚」有「盛大」義，「跂」有「飛騰」義。「蔚跂」連文，或形容劍器舞之壯盛飛騰的氣勢。⑤五，原作「三」，《全唐詩》校:「一作五。」按:開元三年(西元715年)，杜甫方四歲，似不大可能記得當時情事。五年為六歲，已開始記事，與「余尚童稚」之語亦較合。茲據一作及錢謙益說改。⑥童稚，幼年。⑦郾城，唐河南道許州縣名，今屬河南。渾脫，舞名。《舊唐書・郭山惲傳》:「將作大匠宗晉卿舞渾脫。」《通鑑》卷二百九記其事，胡三省注:「長孫無忌以烏羊毛為渾脫氈帽，人多效之，謂之趙公渾脫，因演以為舞。」劍器渾脫，是劍器與渾脫舞（渾脫舞是一種不斷拋接烏羊毛所製氈帽的舞蹈）的融合。⑧瀏漓頓挫，流利飄逸而抑揚頓挫，富於節奏感。⑨獨出冠時，獨樹一幟，冠絕當時。⑩高頭，上頭、前頭，在皇帝跟前，接受皇帝正面觀賞。《教坊記》：「右教坊在光宅坊，左教坊在延政坊，右多善歌，左多工舞。……妓女入宜春院，謂之內人，亦曰前頭人，常在上前頭也。」宜春院，唐代長安宮內官妓居住的院名，開元二年置，在京城東面東宮內。梨園，唐玄宗時培養宮廷歌舞藝人之處。《雍錄》卷九：「梨園在光化門北，光化門者，禁苑南面西頭第一門，在芳林、景耀門之西也。……開元二年，置教坊於蓬萊宮，上自教法曲，謂之梨園弟子。至天寶中，即東宮置宜春北苑，命宮女數百人為梨園弟子，即是梨園者按樂之地，而預教者名為弟子耳。凡蓬萊宮、宜春院皆不在梨園之內也。」伎坊，唐皇宮內培養歌舞藝人的機構，即教坊。內人，宮人。⑪洎（ㄐㄧˋ），及。外供奉，設在宮外的左右教坊的歌舞藝人。仇注本「外供奉」下有「舞女」二字。⑫曉，通曉。⑬聖文神武皇帝，玄宗尊號，開元二十七年所加。初，初年。⑭玉貌錦衣，謂開元五年自己見到公孫大娘舞劍器渾脫時，她還是容顏青春、衣飾華麗的妙齡女子。⑮況余白首，何況我如今已是白髮老人。此連上句，寓含今昔滄桑之慨。⑯玆弟子，此弟子，指李十二娘。匪，非。盛顏，青春容顏。⑰辨其由來，弄清了李十二娘的師授淵源。⑱波瀾莫二，形況李十二娘的舞蹈，風貌與公孫大娘沒有什麼兩樣，即讚其得公孫大娘之真傳。⑲撫事，追懷往事。慷慨，感慨激動。⑳聊，姑且。〈劍器行〉，即指〈觀公孫大娘弟子舞劍器行〉這首詩。㉑張旭，盛唐著名書法家，號「草聖」。㉒草書、書帖，《全唐詩》原作「草書帖」，據仇注本增補。書帖，書寫簡帖。㉒數，屢次。嘗，原作「常」，據宋本改。鄴縣，唐河北道相州鄴縣，今河北臨漳縣西南。〈西河劍器〉，劍器舞的一種，西河（黃河以西地區），當指用其地樂曲伴奏。㉔豪蕩感激，形容其草書風格奔放激越，不受拘束。按：李肇《唐國史補》卷上：「旭嘗言，吾始見公主擔夫爭路，而得筆法之意；後見公孫氏舞劍器，而得其神。」沈亞之〈敘草書送山人王傳乂〉序亦云：「昔張旭善草書，出見公孫大娘舞劍器渾脫，鼓吹既作，言能使孤蓬自振，驚沙坐飛。而旭歸為之書，則非常矣。」又張彥遠《歷代名畫記》卷九：「開元中，將軍裴旻善舞劍，道玄觀旻舞劍，見出沒神怪，既畢，揮毫益進。時又有公孫大娘，亦善舞劍器。張旭見之，因為草書，杜甫歌行述其事。」而《樂府雜錄》則云：「開元中有公孫大娘善舞劍器，僧懷素見之，草書遂長，蓋準其頓挫之勢也。」此當是傳聞異辭。㉕即，則。㉖佳人公孫氏，指年輕貌美的公孫氏女子，亦即序中所云「玉貌錦衣」。㉗動四方，名動四方，名揚天下。㉘如山，形容觀者之眾，重疊如山。色沮喪，因舞姿之氣勢壯盛、驚心動魄，而色為之變、神為之奪。㉙低昂，上下晃動震盪。㉚㸌，光芒閃爍貌。《淮南子．本經訓》：「堯之時，十日並出，焦禾稼，殺草木……堯乃使羿……上射十日。」高誘注：「十日並出，羿射去九。」此句形容劍光閃爍，如后羿射九日落時的情景。㉛矯，夭矯。群帝，諸天神。驂龍翔，駕著龍車飛翔。夏侯玄賦：「又如東方群帝兮，驂龍駕而翱翔。」㉜雷霆收震怒，蕭滌非曰：「劍器舞有聲樂（主要是鼓）伴奏，大概舞者趁鼓聲將落時登場，故其來也如雷霆之收震怒，寫出舞容之嚴肅。」㉝江海凝清光，形容劍舞罷時劍光如江海清光之凝結。舞劍時如翻江倒海，故舞罷如江海之凝。㉞絳唇，猶朱唇，此借指公孫大娘其人。珠袖，綴珠的衣袖，此借指公孫大娘之舞姿。句意謂如今公孫大娘的容顏舞姿均已寂然不見。㉟晚，《全唐詩》原作「況」，校：「一作晚。」茲據改。晚，晚年。傳芬芳，傳承公孫大娘的技藝。㊱臨潁美人，指李十二娘。白帝，指夔州。㊲既有以，既有由來，指序中所述師承之事。㊳感時撫事，有感於時代之盛衰，追緬往日所歷舊事。㊴先帝，指唐玄宗。㊵初，本。㊶五十年間，自開元五年（西元 717 年）至大曆二年（西元 767 年），首尾五十一年。反掌，猶轉瞬。喻時間之短暫。《舊唐書．僖宗紀》：「亦有方從叛亂，能自迴翔，移吉凶於反掌之間，變福禍於立談之際。」㊷風塵，喻戰亂。澒洞（ㄏㄨㄥˋ ㄊㄨㄥˊ），瀰漫。風塵澒洞，指安史之亂及其後的內亂外患綿延不絕。澒洞，宋本作「傾動」。㊸此句謂安史亂起，京師樂工伶人，多四散流落，如李龜年流落江南。「梨園子弟」見注⑩。㊹女樂餘姿，指李十二娘的容顏姿貌不再年輕。映寒日，時已十月入冬，故云。㊺金粟堆，即金粟山，在蒲城縣東北，玄宗陵墓所在。《舊唐書．玄宗紀》：「上元二年四月甲寅，崩於神龍殿，時年七十八……初，上皇親拜五陵，至橋陵，見金粟山岡有龍盤鳳翥之勢，復近先塋，謂侍臣曰：『吾千秋後宜葬此地，得奉先陵，不忘孝敬矣。』至是追奉先旨，以創寢園，以廣德元年三月辛酉葬於泰陵。」按：自廣德元年（西元 763 年）三月至大曆二年（西元 767 年）十月，已歷時四年半，故陵墓上的樹木已可兩手合圍。㊻瞿塘石城，指夔州白帝城，城在白帝山上。草蕭瑟，切合初冬之候。㊼玳筵，指夔州別駕元持宅所設的盛筵。急管，宴會上節拍急促的管樂。㊽老夫，詩人自指。㊾足繭，腳底長了厚厚的老繭，形容行動遲緩。轉愁疾，更加憂愁。疾，甚。

🕮 [鑑賞]

這是杜甫晚年七古的巔峰之作，感慨的深沉，筆力的豪健，風格的頓宕起伏、抑揚變化，都達到出神入化的程度。

盛唐是一個文化藝術空前繁榮的時期。這一時期的文化藝術，無論詩歌、繪畫、音樂、舞蹈、書法、建築、雕塑，都展現出強烈的時代精神，流露出封建社會臻於巔峰時期特有的時代氣息，從而成為那個充滿健康活力時代的一種象徵。杜甫是在盛唐時代文化藝術土壤上孕育成長的，他對盛唐時代的記憶因此總是與那個時代的文化藝術緊密相連。聽一首盛唐時代流行的歌曲、看一段盛唐時代風行的舞蹈、見到一位盛唐時期著名的藝者，都會情不自禁地聯想到那個繁榮昌盛的時代。這種情感，在他晚年漂泊西南天地間之際，當中興希望瀕於破滅，盛唐已經成為一個遙遠而難以重現的舊夢時，便變得越來越頻繁而強烈，成為他晚年感情世界的重要特徵之一。這首〈觀公孫大娘弟子舞劍器行並序〉便是因觀舞而觸發對盛唐時期的深情追憶，撫今追昔，抒發深沉時代盛衰之慨的傑出詩篇。

詩前一篇長達一百八十字的序，記述創作這首〈觀公孫大娘弟子舞劍器行〉的緣由，大曆二年（西元 767 年）十月十九日，杜甫在夔州別駕元持家見到臨潁李十二娘舞劍器，深為其壯盛飛動的氣勢所吸引，詢問她的師承，答道：「我就是公孫大娘的弟子。」

這使詩人馬上回憶起開元五年（西元 717 年）自己還是幼童時期，在郾城觀看公孫大娘舞劍器渾脫的情景，那可真是流利飄逸而抑揚頓挫，出神入化，冠絕當代。當時無論是皇帝跟前的內教坊歌舞伎人還是宮外左右教坊的藝人，通曉擅長此舞的，也就是公孫一人而已。當年玉貌錦衣、色藝雙絕的公孫如今早已不在人世，連自己這個當年童稚的觀眾也已是皤然白首的老人；如今連她的弟子也不再是青春盛年的容顏。既然知曉李十二娘的師承，才明白她的舞姿確實是得公孫真傳。追懷往事，不禁深有感慨，於是寫下這篇〈劍器行〉。先前吳人張旭善草書、書帖，聽說是由於在鄴縣多次見到公孫大娘舞西河劍器，觸類旁通，從此草書大有長進，風格奔放激越，不受拘束，由此公孫大娘舞技之出神入化，也就可想而知。歷來認為杜甫長於詩而拙於文，但他的這篇序卻寫得既感慨淋漓又含蓄蘊藉，且極饒詩的情韻，完全可以獨立出來成為一篇極有情致的抒情散文。從序中可以看出，李十二娘舞劍器，只是觸發詩人對往日公孫大娘舞劍器記憶的契機和憑藉，而對公孫大娘舞劍器的追懷，又跟對開元時代和玄宗早年盛世的記憶聯結在一起。但對盛世的追緬本身不是目的，追昔之盛乃是和慨今之衰（包括時代之衰和個人之衰）緊密聯結的。

「撫事慷慨」，這「事」既包括昔之盛，也包括今之衰。因此這篇序，不但交代這首詩創作的緣起，點明其「撫事慷慨」的主旨，而且揭示其藝術構思，是理解詩的鑰匙。

詩共二十六句，分四節，前兩節押平聲韻，後兩節押入聲韻。第一節八句撇開題內「弟子舞劍器」而直接從公孫入手，這是因為詩人雖由李十二娘舞劍器而追憶昔之公孫大娘舞劍器，但作為盛世藝術代表、時代精神的，卻是公孫大娘而非李十二娘，故一開頭便以充滿感情的讚嘆追懷口吻，敘說公孫大娘舞劍器之名動四方。這個「昔」，便是詩人一再追懷的「開元全盛日」，也就是序中所說的「聖文神武皇帝初」。從「一舞劍器動四方」的形容中，不但可見其時公孫大娘之名揚天下，而且可以窺見其時人們對藝術的普遍喜好。接下來兩句，先總寫一筆觀者對公孫舞劍器的強烈反應。人山人海的觀眾，因公孫氣勢壯盛的舞姿，感到驚心動魄、色變神駭，「色沮喪」三字，出色地渲染其舞姿對觀者的震撼力使人為之懾服，而「天地為之久低昂」更藉由觀者的幻覺，生動地表現出舞時天旋地轉的情景和觀者目眩神迷的情態，給予人筆未到而氣已吞的感覺。以下四句乃分寫舞姿的閃爍、夭矯、初動、既罷。「㸌如」句，是形容劍光閃爍，自上而下，猶如羿射九日，倏然而落；「矯如」句，是形容舞姿夭矯，猶如天神們駕龍車飛翔；「來如」句，是形容剛起舞時，踩著雷霆般隆隆作響的鼓點登場，鼓聲乍停，舞者現身；「罷如」句，是形容劍舞罷歇時，原來如同翻江倒海的舞姿突然停住，如同江海清光之凝結。作詩不可能像賦那樣盡情鋪排渲染，只能選取最能表現其特徵的幾個特點來著重描寫，前兩句從橫向描寫其閃爍、夭矯，意在突出舞姿之迅疾而富於變化，後兩句從縱向描繪其開始與結束，意在突顯其舞姿的壯盛氣勢和戛然而止時的靜態，目的都是為了以點帶面，以起結見完整過程。筆墨簡省而其舞技之出神入化已灼然可見。特別是「罷如江海凝清光」一句，恰如京劇武打結束時的亮相，極具雕塑美，而此前翻江倒海的動態之美已隱含其中，是非常聰明而實際的寫法。

「絳唇珠袖兩寂寞」一句，突然從五十年前的劍器舞場景，拉回到今夜夔州李十二娘當筵起舞的現場。往昔佳人公孫氏的美好容顏和動人舞姿都已成為過去，所幸晚年有弟子傳承她的舞技。如今在古老的白帝城又看到臨潁美人李十二娘的劍器舞，妙舞一曲，神態昂揚，彷彿可見當年公孫的舞姿。在她和「我」的問答之間，已然了解其師承，「我」卻因此追憶往事，感慨時世，增添無限傷感。這一段六句，主要是敘述「公孫大娘弟子舞劍器」的情形，對李十二娘的舞姿不再作具體描寫，僅以「妙舞此曲神揚揚」一語帶過，因為上段對劍器舞已有筆酣墨飽的描寫，讀者從公孫的舞姿中自可想見。詩人把重點放在敘述中寓感慨上。開頭的「絳唇珠袖兩寂寞」一句，便寓含著對一代舞蹈大師兼絕代佳人逝去的無限追緬，情致蒼涼而纏綿，彷彿在宣告一個舞蹈時代的結束。這句重重一抑，下句「晚有弟子傳芬芳」又稍稍上揚，彷彿給予人些許安慰和慶幸。但觀舞對答之餘，又反增「感時撫事」之悲，感情又再次一抑。在抑揚反覆之間，詩人的感情隨之變化，而詩的頓挫曲折之致也得到生動展現。「感時撫事」一句，是全詩的主句，以此為樞紐，串聯起前二段與後二段，以下便轉入「感時撫事增惋傷」的具體描寫。

「先帝」六句，圍繞公孫及其弟子，抒寫時代盛衰之慨。

前兩句寫昔，追憶當時玄宗有侍女（包括宮女、宮妓）八千人，其中公孫的劍器舞號稱第一。這兩句上承首段。中兩句寫時代鉅變，五十年來，世事滄桑變化，安史之亂和接踵而至的內憂外患，使全國在風塵瀰漫中蒙受長期災難，李唐王室也因此而長期籠罩著昏暗的陰影底下。後兩句寫當今，由於長期戰亂，眾多梨園弟子四散流落，如同雲煙，歌妓舞女的殘餘人員如今正在寒日的照映下淒涼起舞。昔與今之間橫亙著那場改變唐王朝面貌的大變亂。所謂「感時撫事」，正指由極盛到衰的鉅變。表面上，詩人似乎是悲慨梨園弟子、歌妓舞女的聚散盛衰，實際上詩人正是由梨園弟子、歌妓舞女的聚散盛衰而追本溯源，悲慨時代的由盛而衰。寫到這裡，全詩的旨意已經顯露，以下一段便收歸現境，回到自身。

「金粟堆前木已拱」，上承「先帝」句，以泰陵墓木已拱象徵盛唐時代的消逝，下句「瞿塘石城草蕭瑟」立即轉到詩人所在的夔州，以「草蕭瑟」點冬日淒寒景象，也暗寓自身衰世暮年的衰颯淒涼之感。「玳筵」二句，寫曲終舞罷，皓月東升；「樂極哀來」四字，明寫舞罷筵散而哀感油然而生。由此連繫上文「五十年間似反掌，風塵澒洞昏王室」之語，則更大範圍的時代鉅變引發的「樂極哀來」之慨也隱現言外。結尾二句寫曲終筵散的詩人，在荒山寒月的映照下，茫然而行，不知所往，心中的愁緒越來越深重，正顯示出由觀舞而引起的時代盛衰悲慨，已經使衰老的詩人心情十分沉重，不勝負荷。「疾」是急遽猛烈之意，「轉愁疾」是愁緒更加急遽猛烈的意思，或解為「足繭行遲，反愁太疾，惜去而不忍其去」，恐非。

杜甫親歷中國封建社會由繁榮昌盛的巔峰急遽跌落下來，陷於長期戰亂、由盛轉衰的時代。時代今昔盛衰的體會感受特別強烈而深刻。而盛唐樂舞，作為那個繁榮昌盛時代精神文化的象徵，在他心中留下永難磨滅的深刻記憶。在衰頹時世、衰暮之年，漂泊留滯異鄉的境遇中，重睹盛唐時風靡四方的劍器舞，引發的時代盛衰之慨無疑極深沉而強烈。這首詩所抒發的今昔盛衰之慨，客觀上反映出一個巨大時代社會轉折在詩人心靈中留下的深重烙印。從這方面來看，自有它深刻的歷史內涵和思想價值。

房兵曹胡馬詩[1]

胡馬大宛名[2]，鋒稜瘦骨成[3]。竹批雙耳峻[4]，風入四蹄輕[5]。所向無空闊[6]，真堪託死生[7]。驍騰有如此[8]，萬里可橫行[9]。

📖 [校注]

①宋千家本、二蔡本、仇注本題末無「詩」字。兵曹，即兵曹參軍。據《新唐書·百官志》，十六衛、太子府、王府及外州、府均設此職官。此房兵曹具體情況未詳。詩可能作於開元二十九年（西元741年）由齊、趙歸洛陽後。②大宛，漢西域國名，在今中亞烏茲別克共和國境內費爾干納盆地，都貴山城（今中亞卡散賽），產良馬。《史記·大宛列傳》：「大宛在匈奴西南，在漢正西，去漢可萬里。其俗土著，耕田，田稻麥。有蒲陶酒。多善馬，馬汗血，其先天馬子也。」③鋒稜，此指馬的骨骼瘦硬、稜角分明，如物之鋒芒、稜角。④批，削。竹批，斜削之竹筒。峻，尖銳。《齊民要術》謂「馬耳欲得小而促，狀如斬竹筒」。⑤風入四蹄輕，《拾遺記》卷七：「（曹）洪以其所乘馬上帝（魏武帝曹操），其馬號曰白鵠。此馬走時唯覺耳中有風聲，足不踐地……時人謂乘風而行。」劉晝《新論·知人》：「故孔方諲之相馬也，雖未追風逐電，絕塵滅影，而迅足之勢固已見矣。」崔豹《古今注》謂：「秦始皇有駿馬名追風。」⑥無空闊，不知有空闊，視空闊為

無有，形容馬疾馳時所向無前。⑦託死生，以自己的死生相託付。⑧驍騰，驍勇飛騰（的良馬）。⑨橫行，縱橫馳騁。《史記·季布欒布列傳》：「上將軍樊噲曰：『臣願得十萬眾，橫行匈奴中。』」楊素〈出塞二首〉之一：「橫行萬里外，胡運百年窮。」二句謂有如此驍勇飛騰之良馬，自可憑藉其立功於萬里之外，掃蕩胡塵。

📖 [鑑賞]

杜甫雖不專以詠物名家，卻是詩史上傑出的詠物詩大家。在他現存詩中，詠物詩達百首以上，其中以馬為吟詠對象的名篇尤為出色。這首作於其青年時代的詠馬名作，稱得上是不即不離、不黏不脫、借形傳神、形神兼備的典範之作。

首句直接入題，交代馬的產地，指明這是匹產自大宛的千里馬。歷史典籍中有關漢武帝伐大宛以取名馬的記載，特別是它那「汗血」的特徵，使其增添神奇的色彩。故此句雖平起直敘，卻能喚起讀者「此馬非凡馬」的聯想，為下面一系列描寫議論預留充分的空間。

次句即從整體上描繪大宛名馬最突出的特徵：「鋒稜瘦骨成。」它長成一副鋒稜突起的骨架和一身勁瘦結實的肌肉，一望而知是能日行千里的神駿，和那些看上去油光水滑，實經不起長途奔馳的「痴肥」之輩完全不同。會相馬者先審其骨相，看其整體，這句正是房兵曹大宛名馬給詩人的整體印象、第一印象。這最初的印象便捕捉神駿的整體特徵。

第三句從整體轉到局部，對神駿作更細緻的觀察與描繪：「竹批雙耳峻。」《齊民要術》謂「馬耳欲得小而促，狀如斬竹筒」，可見雙耳如斜削的竹筒尖銳勁挺，乃是古人在長期觀察良馬過程中累積的鑑別經驗。「峻」字不但描繪出馬耳尖銳豎起的外形，也呈現出馬的精神抖擻、活力四射之神情，並不單純是靜止的外形描繪。

至此，對大宛名馬的整體特徵、局部特徵都已作出概括而精練的描寫，第四句便轉入對神駿的動態描寫。大宛馬之所以出名，首先在於它奔馳之迅疾，因此這一句也是對其外形鑑識的驗證，是決定其是否為神駿的關鍵。前人或謂前四句均寫其形，不免失之籠統。寫馬奔馳之疾，靠一般性的形容或誇飾都會顯得吃力而呆滯，必須靠適當的對照，使它真正活起來。東漢後期的馬踏龍雀雕塑，馬三足騰起，一足輕點在鳥背上，用飛鳥不及躲閃的回首驚愕之狀，烘托其風馳電掣的奔騰氣勢，構思極為巧妙。杜詩此句則從「追風」一語得到啟發，用「風」作烘托參照，但並不是說「追風逐電」，而是用了一個「入」字、一個「輕」字，將馬疾馳時彷彿騰空飛行，腳不沾地，但聞呼呼風聲，掠過四蹄的態勢描繪得極生動而傳神，不但寫出馬的飛騰，連騎手神奇美妙的感受也傳達出來。

第五句緊承第四句，從大宛馬奔馳之迅疾進一步寫到它一往無前的氣勢。或謂此句指其能日行千里，不管多麼遙遠的路程都不在話下，這樣理解可能有失原意，也與上句犯復。「空闊」非指路程闊遠，而是指征途上遇到的溝澗山壑等通常認為難以踰越的險阻，「無空闊」即無視上述障礙險阻。在「空闊」之上安一「無」字，已顯示出其非凡的氣勢和履險如夷的才能，其前又疊加「所向」二字，則其所向披靡、一往無前的雄邁氣概如在目前。如果說第四句是寫其「騰」，那麼第五句就是寫其「驍」。已經從寫馬的才能推進到寫馬的勇敢精神層面。

第六句由第五句寫馬的勇敢精神進一步，寫到它的忠誠品格「真堪託死生」，讚頌神駿可以將自己生命相託付的忠誠品格。它和上句寫馬之神勇無前有連繫，但不完全相同。良馬之可貴，除了它奔跑迅疾、精神勇敢以外，最可貴的還在它對主人的忠誠。它的才能和精神為「託死生」提供必要的條件，但沒有忠誠的品格，則雖奔馳如飛、所向無前，亦無以「託死生」。「真堪」二字，貫注著詩人對神駿之忠誠品格發自內心的讚賞。寫馬，至此已進入最高境界。它是馬，但又被賦予人的色彩，從馬身上，可以聯想到「託死生」的良朋、義俠、忠臣。其時詩人方當壯歲，此句未必有更深的寄託。但連繫詩人〈贈李白〉的「二年客東都，所歷厭機巧」之句，則「真堪託死生」的感慨當非憑虛而發，其中也包含詩人在交遊中的人生體會。

第七句總束上六句。句即「有如此之驍騰」之意，將「有如此」三字後置，著意強調渲染，也是極力讚嘆，末句就勢得出「萬里可橫行」的結論，筆酣墨飽，神完意足。末聯意凡三層。作泛論說，意謂有如此驍勇奔騰之良馬，則自可橫行萬里，而毫無阻礙，這是表層之意。因題稱「房兵曹胡馬」，兵曹職參軍事，故自寓房兵曹有此神駿，自可橫行敵國，建不朽之功勛，這是切合題面的裡層之意。而杜甫睹此神駿，躍然而起橫行萬里，報效國家之志自蘊其中。這是貼合到自己身上的深層之意、言外之意。上句一筆兜轉，收得攏，下句縱情開放，意涵深厚，一合一開，極具豪縱健舉的氣勢。

此詩在結構章法上先總後分，最後又加以總結發揮，二至六句，先形後神，先整體後局部，先才能次精神後品格，每句之間，既有緊密關聯，又逐層遞進深化，故新意迭現，毫不重複。展現出杜甫早期五律已具法度謹嚴、氣勢飛動、意態沉雄的特徵。其中精字煉句，如「風入四蹄輕」、「所向無空闊」，均為新奇犀利之佳句。

═ 春日憶李白[①] ═

白也詩無敵[②]，飄然思不群[③]。清新庾開府[④]，俊逸鮑參軍[⑤]。渭北春天樹[⑥]，江東日暮雲[⑦]。何時一樽酒，重與細論文[⑧]？

📖 [校注]

①作於天寶六載（西元 747 年）春杜甫到長安後不久。②無敵，無敵手，無與倫比。《禮記·檀弓上》:「為伋也妻者，是為白也母。」或謂語本此。③飄然，形容詩思之高遠飄逸。思不群，詩思卓越不凡。左思〈詠史〉之三：「功成不受賞，高節卓不群。」④庾開府，即庾信。原仕梁，後入北周，為驃騎大將軍、開府儀同三司。生平詳參《周書》及《北史》本傳。⑤俊逸，俊邁瀟脫。鮑參軍，即鮑照。劉宋著名詩人，曾任臨海王子頊前軍參軍。生平詳參《宋書》及《南史》本傳。⑥渭北，渭水北岸。此借指詩人所在的長安。⑦江東，長江以東的吳越地區。此指李白當時所在的浙江一帶。李白詩中曾稱越州會稽為「江東」。如〈重憶一首〉:「欲向江東去，定將誰舉杯？稽山無賀老，卻棹酒船回。」⑧論文，即論詩。

📖 [鑑賞]

自從天寶三載（西元 744 年）初遇李白到寫這首詩時，杜甫已經陸續寫下〈贈李白〉五古、七絕各一首，又有〈與李十二白同尋范十隱居〉、〈冬日有懷李白〉各一首。

這首作於天寶六載春的〈春日憶李白〉，是杜甫天寶年間贈李諸詩中，流傳最為廣泛的一首。它本是一首充滿深摯情誼、思念遠方詩友的作品，卻因李、杜在後世的齊名並稱，再加上評論者抑揚軒輊，而引發對詩意的誤解，這恐怕是李、杜當時根本就沒有料想到的。

對杜甫來說，李白最使他傾倒的無疑是其傑出的詩才，數載同遊生活中，登臨懷古並飲酒賦詩，是相當重要的活動。因此，這首懷想李白的詩，首先便從讚其詩寫起。首聯讚其詩名與詩思。李白年長杜甫近一紀，稱得上是杜甫的前輩詩人，但杜甫卻直以「白也」開端，直呼其名，顯示出兩人之間情同手足的親切關係。仇注說「白也」是用《禮記．檀弓上》「是為白也母」的句法，把本來是朋友間親切稱呼「白也」(相當於李白啊) 變成掉書袋，未免有些殺風景。作此詩時，李白的一大批代表性作品雖已問世，但其後還有相當長的一段創作歷程，詩歌的內容和風格都還有重要發展，杜甫卻已發下斷語，稱其「詩無敵」。杜甫一生中稱美過諸多前代和當世詩人，但從來沒有用「詩無敵」來稱揚他人。即此三字，就可掃卻歷代一切妄加猜測的評論。仔細想來，這「詩無敵」的讚語又十分中肯，即使僅以李白當時已經取得的創作成就而論，確實已超越同時代的所有詩人，而居於「無敵」的地位。

第二句「飄然思不群」是極讚其詩思。詩思所包含的內容甚廣，既包括詩歌所表現的思想情趣、風采個性，也包括詩的構思和表現，甚至可以包括對自然社會人生一切具有詩意的景象的感受、捕捉能力。對這種傑出的詩思，杜甫除了用「不群」來突出其卓越不同凡響和富有個性以外，又用「飄然」來形容其高遠飄逸，具有「詩仙」的色彩。這種詩思，既有別於一切苦詠之輩，也有別於杜甫之沉鬱頓挫。這兩句可能存在著因果關係（前果後因），但讀來卻似一氣呵成。妙在對偶工整，尤妙在以「白也」對「飄然」，虛字句中為對，卻極富詩趣而無酸腐之氣，可稱創舉。

頷聯盛讚其詩風。庾信與鮑照，是六朝詩人當中杜甫經常提到並給予很高評價者。庾信對杜甫詩歌創作的影響尤其深遠。但杜甫對庾信的繼承，主要在其「老成」的一面，此處卻標舉其「清新」的一面來盛讚李白。李白詩歌，既豪放而又飄逸，但都具有「清水出芙蓉，天然去雕飾」的共同風格，以「清新」讚李白之基本詩風，可謂具眼。鮑照詩歌對李白七言歌行的影響亦同樣深遠，此處以「俊逸」稱其詩，當指其詩風俊邁灑脫、超群拔俗。喬億《劍溪說詩》卷上：「鮑明遠五言輕俊處似三謝，至其筆力矯捷，直欲與左太沖、劉越石中原逐鹿矣。七言歌行，寓廉悍於藻麗中，江東三百年，允稱獨步。」又云：「杜詩『俊逸鮑參軍』，『逸』字作『奔逸』之逸，才托出明遠精神，即是太白精神。」既提到其「俊」，又提及其「逸」。他所理解的「逸」實與今稱李白的詩風既豪放又飄逸相近。由此，這一聯可以說正概括李白詩篇既豪放飄逸又清新自然的特徵。一千三百年前同時代的杜甫，對李白詩風的掌握如此精到，不得不令人嘆服。或以為杜甫僅以庾、鮑許李白，是小看李白，這是對詩意的誤解。杜甫的原意是讚李詩清新處似庾，俊逸處似鮑，並沒有說李白之詩才及成就如庾、鮑。而且杜甫即使再極讚李白，也不大可能對在世的詩友蓋棺論定地評價其歷史地位。後世的評論者在李、杜的歷史地位已定之後，責怪杜甫止以庾、鮑許李，沒有肯定其在唐代乃至詩史上的地位，未免太缺乏歷史觀念。何況如前所說，單憑「白也詩無敵」一語，就可看出杜甫對李白在當世詩壇崇高地位的認知，是何等明確而堅定。更何況，懷念詩友的詩，即便有讚揚評論其詩歌的內容，也非論詩之詩，更非學術論文。這首詩的前兩聯，讚李白之詩才、詩思、詩風，實際上都是「憶」的內容，是在對往昔同遊論交的美好回憶中，浮現其「飄然思不群」的詩人風貌和「清新」、「俊逸」的詩風。今之讀者覺得似乎是抽象評讚的詩句，在詩人構思和表現過程中，卻伴隨著鮮活的形象。這兩聯對李白的評論固然精緻，但在一氣貫注中流露出對李白傾倒羨慕和親切熱烈的感情，同樣使人受到強烈感染。

如果說前兩聯是回憶作為詩人的李白，那麼腹聯便是懷念作為友人的李白，儘管這兩方面密不可分，但詩人在抒寫時自然可以有所側重。這兩句中「江東」、「渭北」分別點李、杜二人所在之地，「春天」點季候，「日暮」點時間，「雲」、「樹」

點兩地景物，分開來看，可以說每一個都極平常，但當詩人將它們組成沒有任何動詞，只有名詞和方位詞的對句之後，卻創造出情寓景中、興在象外、含蓄無窮的藝術意境。不但顯示出兩位昔日詩友如今一處渭北、一在江東，天各一方的情景，且表現出彼此面對眼前的雲樹（「春天樹」與「日暮雲」，係互文），默默思念對方的同時，遙想對方此時也正默默思念自己。妙在無一「憶」、「思」之語，而無限思念之情溢於言表，以致「雲樹之思」成為朋友闊別之後互相思念的成語，「雲樹」也成為朋友闊別遠隔的典型意象，白居易的「雲樹三分隔，煙波恨一津」（〈早春西湖閒遊悵然興懷寄微之〉），李商隱的「嵩雲秦樹久離居，雙鯉迢迢一紙書」（〈寄令狐郎中〉），均從杜詩化出，後者更是可與杜甫此詩相媲美的名作。

尾聯雙綰以上兩層意思作收：什麼時候，才能重逢把酒，細論詩文呢？唐代是一個詩的時代，朋友之間作別贈詩，重逢談詩，是唐人詩意生活的重要內容，更何況是詩友兼知音的重逢和把酒論詩呢？只有設身處地去想像那個浸透濃郁詩歌氛圍的時代，才能真正體會到這兩句詩中所充溢著的濃郁詩情和深摯友情。

在杜甫的五律中，這大概是寫得最不著力、最自然流麗的作品，通篇看不到任何錘鍊的痕跡，但卻在一片神行中充滿深濃情思，具有令人神遠的意境。應該說，這仍然是典型的盛唐之音。

＝ 月夜① ＝

今夜鄜州月②，閨中只獨看。遙憐小兒女，未解憶長安③。香霧雲鬟溼④，清輝玉臂寒。何時倚虛幌⑤，雙照淚痕乾？

📖 [校注]

①天寶十五載（西元 756 年）六月，潼關失守，杜甫攜家逃難至鄜州之羌村。八月，聞肅宗在靈武（治今寧夏靈武西南）即位，隻身奔赴，途中為叛軍所俘，押送至已淪陷之長安。此詩即是年八月對月思念妻子兒女之作。②鄜（ㄈㄨ）州，關內道鄜州洛交郡，治所在今陝西富縣，南距長安四百七十七里。③未解，不懂得。「憶長安」意可兼指小兒女與妻子之憶。憶，思念。④香霧，形容妻子雲鬟上塗抹的膏沐，使籠罩著她的霧似乎也帶上香氣。⑤時，《全唐詩》校：「一作當。」虛幌，薄而透明的窗帷。

📖 [鑑賞]

讀這首詩，要避免兩個失誤：一是將詩人發於自然的深摯感情理解為刻意追求用意與筆法的深曲；二是將詩人的感情神聖化，不敢面對詩中已經明顯表現出來的綺思柔情。不走出這兩個失誤，都不可能真正了解真實的杜甫。

這是一首在戰亂年代的大背景下，身處淪陷區的詩人在京城長安對月思家的詩。題為「月夜」，這月便是詩中所有思緒的觸發物和寄託物。但詩的一開頭卻似完全撇開身處長安、對月思家這層詩人原就存在的感情意緒，而直書「今夜鄜州月，閨中只獨看」，於是便有種種「從對面寫來」一類的分析。其實，詩人這樣寫，完全是長安對月時自然產生的聯想。由於自己身處長安，對月思家，便自然聯想起在鄜州的妻子，此刻也正在對月懷想自己。在詩人來說，這原是於長安對月的瞬間，自然引發的感情，並非有意要運用「從對面寫來」的藝術手法，來表達自己思家的感情，而這種感情已自然包含其中。感情深摯的夫妻之間這種由己及人的推想，完全發自內心，想到的首先是對方的處境與心情，這正是所謂深情體貼。這一聯雖說直抒詩人對月時所想，但每一個詞語都值得細加體會。說「今夜鄜州月，閨中只獨看」，則意中自有往日在鄜州乃至長安時兩人共對明月的情景作為參照。當時雖或舉家逃難，或生計艱難，但總能夫妻團聚，相濡以沫，而「今夜」之鄜州月，妻子卻只能一人獨看。說「閨中只獨看」，而己之獨對長安月之意亦包於內。「獨」字明寫對方，實綰雙方。而「看」字則「看」中含思，而思亦不單純是思念，還包含著對對方處境及安危的想像與焦慮。「只」與「獨」似重而非重，「獨」強調的是一人獨處的客觀處境，「只」強調的是主觀感情，是對這種處境的同情與體貼。「只獨看」三字，直貫前三聯，並暗引結聯。

「遙憐小兒女，未解憶長安。」這一聯似又撇開「閨中」而另提「兒女」，其實，說小兒女不懂得思念在長安的父親，正暗透妻子的「憶長安」。「憶長安」正是對第二句「獨看」之「看」字內涵的揭示。但這一聯除暗透妻子思念自己這層意思外，還直接流露出對小兒女的無限憐愛關切之情。小兒女不懂事，還不懂得思念處於危境中的父親，這好像是慶幸他們的無憂無慮，實際上更流露出內心的悲憫，「憐」字中含有深刻的意涵。「未解」句還可以有另一層意思，即小兒女不理解母親對遠在長安的父親的思念，這同樣襯托出閨中妻子「獨看」的孤寂和思念之苦。

「香霧雲鬟溼，清輝玉臂寒。」這是詩人對遠在鄜州的妻子今夜「獨看」明月時情景的想像。由於久久凝望，思念在危城中的丈夫，不知不覺中夜已深，飄渺而似乎散發著香氣的薄霧沾溼了如雲的發鬟，月亮的清輝映照著潔白的手臂，似帶寒意。「溼」、「寒」二字，透露出凝望馳思時間之長，不言思憶而思憶之情自深，更展現出詩人對妻子的深情體貼，雖遠隔卻能細緻入微地體察對方的感受，「寒」字還顯示出對方淒寒孤寂的處境與心境。這一聯詞語相當綺豔，尤其是「香霧」、「雲鬟」、「玉臂」等語，幾近後世香豔詞中的用語，以致有的評論家誤以為這是詩人「初年始解言情之作」，而有的評論家則囿於詩莊詞媚的傳統觀念或出於對杜甫聖賢形象的固定觀點，而「不喜之」，或認為此聯非寫其妻。其實，此聯緊承「只獨看」與「憶長安」，其所指對象極明顯。關鍵是對杜甫其人，腦袋裡已經形成嚴肅而稍帶迂腐的印象，覺得如此綺豔的字眼用在年過四十的妻子身上，未免過於浪漫而不符合腦子裡的杜甫形象罷了。其實，真正的杜甫是個感情極真摯、極深厚、極豐富的詩人，無論對國家、人民、君主、朋友、妻子兒女乃至自然界的一切美好事物，都懷有至深至濃的感情。杜詩感染力之強烈而恆久，這是至關重要的因素。梁啟超說杜甫是「情聖」，這是獨到而深刻的見解。既如此，在思念妻子的詩裡，既表現出自己的深情體貼，又表現出想像中妻子的美麗，就完全合乎情理，也符合現實中的杜甫。王嗣奭說這一聯「語麗而情更悲」，固然不錯，但情悲與對妻子的憐愛並不矛盾，與寫妻子容貌的美麗也並不衝突。相反地，這倒是為思念之深之苦，增添一點溫婉清麗的色彩，使詩情詩境變得更加豐富動人。

末聯即由深長的思念引出，由「獨看」思憶之苦之深引出對「雙照」的熱烈期盼。「倚虛幌」，即倚簾望月之省，但這回不再是「獨看」，而是闔家團圓，夫妻重聚，在明月清輝的映照下，雙雙拭去悲喜交集的淚痕。說「雙照淚痕乾」，則今夜長安、鄜州兩地對月，因思念而淚不乾的情景自在言外。「倚虛幌」、「雙照」之語，想像中帶有溫煦的期盼；而「何時」一語，又在熱烈期盼中帶有渺茫無期的嘆息。感情複雜，情味雋永。

全篇沒有一字直接寫到戰亂背景，但這絕非一般情況下的夫妻離別和相互思念。透過「只獨看」、「憶長安」、「淚痕乾」等詞語，可以感受到在長安、鄜州的阻隔中，隱現出戰亂的特殊氛圍，連繫杜甫在淪陷的長安城中所目睹耳聞之一系列戰亂造成的殘破景象和令人怵目驚心的事物（像〈春望〉、〈哀江頭〉、〈哀王孫〉、〈悲青坂〉、〈悲陳陶〉諸詩中所描繪的那般），便可以體會出在「獨看」、「憶長安」中包含著干戈離亂裡特有的擔心與焦慮、惶恐與不安。這正是此詩比一般描寫夫妻離別思念的詩，更深摯動人的原因。

═ 春望[1] ═

國破山河在[2]，城春草木深[3]。感時花濺淚，恨別鳥驚心[4]。烽火連三月[5]，家書抵萬金。白頭搔更短[6]，渾欲不勝簪[7]。

📖 [校注]

①春望，此指春天登高眺望（長安城）。作於唐肅宗至德二載（西元 757 年）三月，杜甫在淪陷的京城長安期間。②國破，國家殘破。或謂「國」指京城長安，疑非。當時的中國北方大部分地區已在安史叛軍鐵蹄蹂躪之下，不僅是國都淪陷而已。如解為國都，與「山河在」搭配不上。③春，城春的「春」與上句「破」字對文，帶有動詞用法。「城春」指春天又來到長安城。草木深，形容草木因無人修整，雜亂荒蕪。④時，指時局、時事。二句謂因有感於國家殘破的艱難時局而看花濺淚，因懷家人離散之恨而聽鳥驚心。⑤連三月，有二解：一謂從去年三月到今年三月，一謂春天中接連的三個月。似以後解為優。因為從去年三月到八月，杜甫一直和家人在一起，不存在「家書抵萬金」的想法。⑥搔，指因憂愁焦慮而下意識地用手搔頭。⑦渾，簡直。不勝，不能承受。鮑照〈擬行路難〉：「白髮零落不勝冠（按：《草堂詩箋》作『簪』）。」

📖 [鑑賞]

這是杜甫在已淪陷的京城長安寫下的感時恨別五律。從第一年八月身陷長安到寫這首詩時，已經過了八個月。因為詩是寫春天登高眺望長安時的所見所感，故題為「春望」。

「國破山河在，城春草木深。」起聯正面點明題目「春望」，「山河」、「草木」都是望中所見。「國破」點明特定的時代背景，「春」點明時令。國家殘破了，山河還依然在目；春天又來到長安城，眼前所見卻是草木叢生，一片荒蕪景象。兩句感情深沉凝重，表現凝練含蓄。「國破」二字當頭喝起，概括了天寶十四載（西元 755 年）十一月安祿山從范陽起兵反叛，長驅南下，連續攻陷洛陽、潼關、長安，玄宗倉皇奔蜀，北中國的大片國土淪於叛軍鐵蹄之下的慘狀和人民遭遇的巨大災難，為全詩抒情寫景提供巨大的時代背景。「山河在」，表面上是說，山河還存在，還依然如故，但這裡面卻蘊含深厚豐富、感慨深沉凝重，關鍵就在句末看來很平常的「在」字，當它和「國破」一連繫起來，就具有特殊含義：山河雖然還在，但詩人所熟悉和熱愛的某些最寶貴之物卻已經消逝；山河雖然似乎沒有變化，但社會面貌卻發生滄桑鉅變。杜甫親身經歷的「開元全盛日」，已經隨著「國破」而「不在」了。山河不改，而江山易主。淪陷的長安城，看到的是「群胡歸來血洗箭，仍唱胡歌飲都市」的景象；放眼河山，則「青是烽煙白是骨」。因此這「在」正透露出另一面的「不在」，曲折含蓄而又沉痛，表達出詩人對國家人民所遭受之歷史災難的深沉感慨。

春天的長安城，本來是一片花團錦簇般的繁華景象。而現在呢？登高眺望，唯見「草木深」而已。這一「深」字同樣看似平易而實則十分錘鍊。草木繁茂蔥鬱，本是春天特有的景象，平常它給人的感受是生機蓬勃，但著一「深」字，卻將繁茂蔥鬱化為雜亂叢生，將生機蓬勃變為荒蕪淒涼。滿目春光，反而成為長安城蕭條冷落的顯著象徵。從這裡可以聯想到遭受安史叛軍洗劫焚燒後的長安城，到處是一片廢墟，杳無人跡，寂無人煙，幾乎變成一座死寂的空城。而詩人目接此景時今昔盛衰的深沉感慨、怵目驚心的強烈感受，也通通熔鑄在這個「深」字當中。

「感時花濺淚，恨別鳥驚心。」「感時」的「時」特指時局，即國家殘破的局面；「恨別」，即因長期與家人離別而抱恨。杜甫當時獨自困居於已淪陷的長安，一家老小則在鄜州，存亡未卜。「花」、「鳥」二字之前實際上分別省略了「看」字與「聞」字。兩句互文，意謂由於感慨國事，深悲別離，因此看到花開反而迸淚，聽到鳥鳴反而心驚。「感時」承上二句，「恨別」啟下二句。花、鳥，緊扣題內「春」字，花開、鳥鳴，正春天登眺所見所聞。這本是使人心情愉悅的景象，但在國破、家散的情況下，反而引起內心的強烈悲痛。因為它和整個時代環境（國破），和眼前長安城一片荒蕪蕭條的景象（草木深），和自己因感時恨別而陷於無限傷痛的感情太不協調。它不但沒有為整個環境增添一點明朗歡樂的色彩，反而因為與環境的不協調，而使詩人在感情上受到強烈刺激。因而情不自禁地「濺淚」、「驚心」。

「濺」字、「驚」字，正顯示出花開鳥鳴給予詩人的刺激何等強烈！有一種理解認為「花濺淚」、「鳥驚心」是擬人化的寫法，雖說帶露的花好像在流淚似乎可以理解，但說鳥鳴聲表現出心驚就難以想像。這一聯和上一聯，從創作過程來說，都是觸景生情，但在表現手法上卻並不雷同。首聯是寓情於景，這一聯是借景抒情。

「烽火連三月，家書抵萬金。」「烽火」亦登望所見，即前引「青是烽煙白是骨」的景象，「連三月」則正緊扣題內「春」字，此句承「國破」、「感時」。「家書」句承「恨別」。杜甫〈述懷〉中說：「去年潼關破，妻子隔絕久……自寄一封書，今已十月後。反畏消息來，寸心亦何有！」這首詩寫於至德二載（西元 757 年）初夏，可證杜甫困居長安淪陷區時，確實曾寫信寄往鄜州，但一直得不到回信，故有「家書抵萬金」的感慨。這一聯用流水對，上句「感時」，下句「恨別」，上句是因，下句為果。兩句一意貫串，著重寫「恨別」，國事、家事緊密相連。「連」字、「抵」字，都是錘鍊而不露痕跡的字眼，前者突出戰火的連綿不斷，並給予人烽火滿目的視覺形象；

後者突顯切盼家書的感情多麼強烈和家書的可貴。只有像杜甫這樣，經歷過國破家散的痛苦磨難，才能深切理解其感情的深沉厚重。

「白頭搔更短，渾欲不勝簪。」杜甫這一年才四十六歲，正值壯歲。由於長期在淪陷的長安城困居，目睹時艱，憂傷國事，思念家人，存亡未卜，精神痛苦，頭髮幾乎全白了。(〈北征〉詩云:「況我墮胡塵，及歸盡華髮。」)由於心情憂鬱愁悶，不斷搔頭，原本就逐漸稀疏的白髮越來越短、越少，簡直連髮簪都快承受不住。從「白頭搔更短」的描繪中，正呈現出詩人面對國難家離，憂心如焚的情態。這裡雖未明寫「望」字，但出現在我們面前的，卻是一個在凝望中帶著深沉憂鬱神情搔首踟躕的詩人形象，用杜甫自己的詩句來形容，那就是「白頭吟望苦低垂」。

這首詩是杜甫傷時感亂之作的優秀代表。它在內容方面的顯著特點之一，就是對國家前途命運的悲慨和對個人命運的悲嘆，水乳交融般地合為一體。正因為「國破」，所以詩人不僅深刻體會到國土淪亡的悲痛、山河易主的悲憤，體會到這場戰亂對和平繁榮局面的巨大破壞，而且飽嘗顛沛流離、妻離子散的痛苦。他的「感時」之痛既為國家的災難而發，同時也為千千萬萬像他一樣飽受戰亂之苦的人民而發;他的「恨別」之情既是個人的，同時也代表廣大遭受戰亂之苦的普通人情感，是屬於整個時代的。由於二者的水乳交融，詩裡所抒寫的「感時」之痛就有深厚的生活基礎，所抒寫的「恨別」之情也就具有普遍的時代意義。「烽火連三月，家書抵萬金」，明明是寫詩人自己在戰亂中切盼家書的感情，但讀者從中卻感受到所有和杜甫有類似遭遇處境的人們之共同心聲。之所以將它作為內容的特點而不是表現手法的特點，是因為並非杜甫刻意用什麼手法將二者雜糅在一起，而是生活本身使詩人深切感受到國難與家愁之密不可分，因此很自然地將國破的感時之痛與家離的恨別之情融為一體。

詩的情調雖然深沉凝重，但並不絕望。「國破山河在，城春草木深。」儘管深痛國家殘破、山河蒙難、京城荒涼，但中國大地仍然存在，恢復仍存希望，「神堯舊天下，會見出腥臊」的企望同樣蘊含在字裡行間。最深刻的痛苦總是緣於最深摯的愛。杜甫對國家、對生活、對家人的熱愛，使他在最艱困的情況下也永不絕望。從感時恨別的憂憤中正透露出對勝利、對和平團聚生活的渴望。

這首詩所寫的是「國破」這個特定的時代背景，「春」天這個特定季節中詩人的感時恨別之情。「國破」與「春」二者之間就構成對立，為反襯手法的成功運用創造條件。具體來說，就表現為在春天這樣富於生機的季節，詩人面對的卻是國家和山河的破碎、長安城的荒涼、連綿不斷的烽火，從而構成極尖銳的對立；花、鳥作為春天的象徵，本當使人愉悅，但因「感時」、「恨別」卻反而增悲添恨。總之，「國破」的時代大背景使「春望」所見之景成為「感時」、「恨別」之情的有力反襯，這正是「以樂景寫哀，以哀景寫樂，一倍增其哀樂」的藝術辯證法。而「國破」所包含、所引發種種令人傷痛悲慨的情事，又使詩的情、景和事既矛盾對立，又融合統一，構成鮮活的整體。

══ 秦州雜詩二十首（其七）① ══

莽莽萬重山②，孤城山谷間③。無風雲出塞，不夜月臨關④。屬國歸何晚⑤，樓蘭斬未還⑥。煙塵獨長望⑦，衰颯正摧顏⑧。

[校注]

①秦州，唐隴右道州名。天寶元年（西元 742 年）改為天水郡，乾元元年（西元 758 年）復為秦州，治上邽縣。今甘肅天水市。因關中饑饉，加上對朝政的失望，杜甫於乾元二年七月，棄去華州司功參軍的官職，攜家遠赴秦州，在秦州居住了三個月左右。〈秦州雜詩二十首〉是他在秦州期間創作的大型五律組詩，本篇是組詩的第七首。②萬重山，指秦州周圍的山。《元和郡縣圖志》載：「嶓塚山，在（上邽）縣西南五十八里。」其西南有朱圉山，東北有大隴山、小隴山。隴山高約二千餘公尺，山勢陡峻。③孤城，指秦州州治上邽縣。城北瀕渭水，四周均山，故云「孤城山谷間」，秦州向為西邊軍事重鎮。④關，泛稱秦州城的城門，非指隴關。⑤屬國，用漢蘇武出使匈奴被囚困十九年始歸漢，拜為典屬國（主管外交事務的官）之事。事見《漢書．蘇武傳》。此以「屬國」借指唐廷出使吐蕃的使臣。⑥此句用傅介子斬樓蘭王首而歸事，事見《漢書．傅介子傳》。參王昌齡〈從軍行〉（青海

長雲）注③。⑦長望，（向西）極望。⑧衰颯，景象衰敗蕭索貌。摧顏，使人面容憂愁。

🕮［鑑賞］

「莽莽萬重山，孤城山谷間。」首聯陡起壁立，大處落墨，概寫秦州險要的地理形勢。秦州坐落在隴東山地的渭河上遊河谷中，北面和東面，是高峻綿延的六盤山和它的支脈隴山；南面和西面，有嶓塚山、朱圉山，更西有鳥鼠山。四周山嶺重疊，群峰環繞，是當時邊防上的重鎮。「莽莽」二字，寫出山嶺的綿延遠大和雄奇莽蒼的氣勢；「萬重」則描繪出它的復沓和深廣。在「莽莽萬重山」的狹窄山谷間矗立著的一座「孤城」，由於四周環境的襯托，更加顯出它那獨扼咽喉要道的險要地位。同是寫高山孤城，王之渙的〈涼州詞〉「黃河遠上白雲間，一片孤城萬仞山」，雄渾闊大中帶有閒遠的意態，而「莽莽萬重山，孤城山谷間」則隱約流露出嚴峻緊張的氣氛。沈德潛說「起手壁立萬仞」，這個評語不僅道出這首詩發端雄峻的特點，也表達這兩句詩所給予人的感受。

「無風雲出塞，不夜月臨關。」首聯托出雄渾莽蒼的全景，次聯縮小範圍，專從「孤城」著筆。雲動必因風，這是常識；但有時地面無風，高空則氣流運動而雲層飄移，從地面上的人看來，就雲無風而動的感覺。不夜，就是未入夜。上弦月升起得很早，天還未黑月就高懸天上，所以有不夜而月已照臨的直接感受。雲無風而動，月不夜而臨，一屬於錯覺，一屬於特定時間的景象，單獨描寫它們，幾乎沒有任何意義。但當詩人將它們和「關」、「塞」組合在一起時，便立即構成新奇犀利的藝術境界，表達出特有的時代感和詩人的獨特感受。在唐代全盛時期，秦州雖處交通要道，卻不屬邊防前線。安史亂起，吐蕃乘機奪取河西、隴右之地，地處隴東的秦州才成為邊防軍事重鎮。生活在這樣充滿戰爭烽火氣息的邊城中，即使是本來平常的景物，也往往敏感地覺察到其中彷彿蘊含著不平常的氣息。在心繫邊防形勢的詩人感覺中，孤城的雲，似乎離邊塞特別近，即使無風，也轉瞬間就飄出邊境；孤城的月，也好像特別關注防關戍守，還未入夜就早早照臨險要的雄關。兩句賦中有興，景中含情，不但扼要地表現邊城特有的緊張警戒氣氛，而且表達出詩人對邊防形勢的深切關注，正如浦起龍《讀杜心解》所評：「三、四警絕，一片憂邊心事，隨風飄去，隨月照著矣。」

三、四兩句在景物描寫中已經寓含邊愁，因而五、六兩句便自然引出對邊事的直接描寫：「屬國歸何晚，樓蘭斬未還。」蘇武出使匈奴，被扣留十九年，歸國後，任典屬國。第五句的「屬國」即「典屬國」之省，指唐朝使節。大概這時唐朝有出使吐蕃的使臣遲留未歸，故說「屬國歸何晚」。第六句反用傅介子斬樓蘭王首還闕之事，說吐蕃侵擾的威脅未能解除。兩句用典，同賦一事，而用語錯綜，故不覺復沓，反增感愴。蘇武歸國、傅介子斬樓蘭，都發生在漢王朝強盛的時代，他們後面有強大的國家實力作後盾，故能取得外交與軍事上的勝利。而現在的唐王朝，已經從繁榮昌盛的巔峰跌落下來，急遽趨於衰落，像蘇武、傅介子那樣的故事已經不可能重演。同樣是用後一個典故，在盛唐時代，是「黃沙百戰穿金甲，不破樓蘭終不還」（王昌齡〈從軍行〉）的豪語，而現在，卻只能是「屬國歸何晚，樓蘭斬未還」的深沉慨嘆。對比之下，不難體會出這一聯中所寓含的今昔盛衰之感和詩人對於國家衰弱局勢的深切憂慮。

「煙塵獨長望，衰颯正摧顏。」遙望關塞以外，彷彿到處戰塵瀰漫、烽煙滾滾，整個西北邊地的局勢，正十分令人憂慮。目接衰颯的邊地景象，聯想起唐王朝的衰颯趨勢，不禁使自己疾首蹙額，悵恨不已。「煙塵」、「衰颯」均從五、六生出。

「獨」、「正」兩字，開合相應，顯示出這種衰颯的局勢正在繼續發展，而自己為國事憂傷的心情也正未有盡期。全詩在雄奇闊大的境界中，寓含著時代的悲涼，表現為悲壯的藝術美。這也是整個〈秦州雜詩〉的共同藝術特徵。

蜀相[1]

丞相祠堂何處尋[2]？錦官城外柏森森[3]。映階碧草自春色[4]，隔葉黃鸝空好音[5]。三顧頻煩天下計[6]，兩朝開濟老臣心[7]。出師未捷身先死[8]，長使英雄淚滿襟[9]！

[校注]

①上元元年（西元 760 年）春作。蜀相，指三國蜀漢丞相諸葛亮。建安二十六年（西元 221 年）四月丙午，劉備在蜀即帝位，以諸葛亮為丞相，此詩為杜甫初到成都後不久，遊武侯祠後所作。②丞相祠堂，即武侯祠。在今四川成都市南郊，一稱昭烈廟、蜀相祠，係祭祀蜀漢先主劉備與丞相諸葛亮的合廟。本為劉備陵廟，稱惠陵祠、昭烈廟。孔明廟始建於西晉末成漢時，在成都舊城內。唐初在昭烈廟側建武侯祠（因諸葛亮生前封武鄉侯，死後謚忠武侯）。李商隱〈武侯廟古柏〉有「蜀相階前柏，龍蛇捧閟宮。陰成外江畔，老向惠陵東」之句。③錦官城，成都的別稱。成都舊有大城、少城。少城古為掌織錦官員之官署，故稱錦官城，後用作成都之別稱。《華陽國志．蜀志》:「州奪郡文學為州學，郡更於夷里橋南岸道東邊起文學，有女牆，其道西城，故錦官也。錦工織錦，濯其中則鮮明，他江則不好，故命曰錦里也。」柏森森，指武侯祠前的古柏。顧宸注引《儒林公議》曰：「成都先主廟側有諸葛武侯祠，祠前有大柏，係孔明手植，圍數丈，

唐相段文昌有詩刻存焉。」森森，枝葉繁茂貌。④映，掩。自春色，空自呈現出一片春色。「自」字與下句「空」字對文義近。⑤隔葉黃鸝，指藏在樹葉茂密處的黃鶯。空好音，空自發出悅耳的鳴叫聲。⑥三顧，指諸葛亮初隱於隆中時，劉備曾三次前往拜訪，懇請其出山相助。《三國志·蜀書·諸葛亮傳》:「時先主屯新野，徐庶見先主，先主器之，謂先主曰:『諸葛孔明者，臥龍也，將軍豈願見之乎？』先主曰:『君與俱來。』庶曰:『此人可就見，不可屈致也。將軍宜枉駕顧之。』由是先主遂詣亮，凡三往，乃見。」諸葛亮〈出師表〉有「先帝不以臣卑鄙，猥自枉屈，三顧臣於草廬之中，諮臣以當世之事」之語。頻煩，殷勤，情誼深厚，或云頻繁，一而再，再而三之意。或謂「頻煩」指多次煩勞，與下句「開濟」不對，疑非。天下計，統一天下的策略方針，即諸葛亮在〈隆中對〉中提出的「東連孫權，北抗曹操，西取劉璋」，進而奪取中原，統一中國的方針。⑦兩朝，指先主劉備、後主劉禪兩朝。開濟，開創基業、匡救危局。或解：指開創基業，濟美守成。老臣心，即諸葛亮在〈出師表〉中所稱的「鞠躬盡瘁，死而後已」的精神。⑧出師，指諸葛亮於後主建興五年（西元 227 年）開始的多次出兵伐魏戰爭。《三國志·諸葛亮傳》:「（建興）十二年春，亮悉大眾由斜谷出，以流馬運，據武功五丈原，與司馬宣王（懿）對於渭南……相持百餘日。其年八月，亮疾病，卒於軍，時年五十四。」⑨英雄，指後世和諸葛亮一樣有遠大抱負的英雄豪傑、志士才人。「英雄」可以包括詩人自己，但不局限於此。

📖 [鑑賞]

在憑弔追思諸葛亮的詩作中，〈蜀相〉無疑是最出色的篇章。除了藝術方面的完美之外，與將諸葛亮作為一個既具有傑出才能，更具有高尚精神品格；既建立不朽功績，又未能完成終極目標的悲劇人物來歌詠，同時又寄寓深沉的現實感慨和身世遭逢之感有密切關係。

題稱「蜀相」，而不稱「謁武侯祠」，說明詩的主旨在人而不在祠。但詩人對蜀相的追思憑弔，卻是由謁武侯祠所引發。詩的首聯，用自問自答的敘述方式交代武侯祠的所在地和環境特點。森森古柏，既是諸葛亮堅貞忠誠的不朽精神品格的象徵，又是後人睹樹思人、追思憑弔的寄託（李商隱〈武侯廟古柏〉說：「大樹思馮異，甘棠憶召公。」即可為參證），同時它又渲染出莊嚴肅穆的氣氛，與上句的「何處尋」相呼應，傳達出鄭重專程尋訪、追思憑弔的氣氛。律詩講究精練，這個起聯卻寫得相當疏朗，如果目的只在交代武侯祠所在，則「錦官城外武侯祠」一句即可。現在這樣寫，正是為了用這種音情搖曳、頓挫生姿、富有抒情詠嘆意涵的詩句，傳達出特定的情調氣氛，為讚頌、悲悼埋下伏筆。

「映階碧草自春色，隔葉黃鸝空好音。」頷聯正面寫進入武侯祠所見所聞春天景物。祠堂前的臺階旁，碧草萋萋，呈現出一片春色；祠前的柏樹中，黃鶯在茂密的樹葉後面歡快地鳴叫，傳出美好的歌聲。這景色在通常情況下，原能給予人悅目、娛耳的美好感受，但它既與武侯祠莊嚴肅穆的整體環境氣氛不協調，又和詩人此時崇敬追思、哀輓悲悼的感情有衝突，因而感到它們只是空自呈現春色、空自傳出好音而已。「自」、「空」互文見義，詩人將這兩個虛字放在關鍵字的位置上，頓時使原來悅目娛耳的景物成為崇敬追思、悲悼哀輓之情的有力反襯，從而更突出莊嚴肅穆的整體氛圍和詩人的追思悲悼之情。這正是以樂景寫哀，倍增悲感的典範，「自」、「空」二字就是發揮轉化作用的關鍵字眼。

在正面渲染、反面襯托，釀足莊嚴肅穆、哀輓悲悼氣氛的基礎上，腹聯便自然過渡到對諸葛亮的讚頌追思上來。「三顧頻煩天下計，兩朝開濟老臣心。」上句寫諸葛亮在先主劉備屢次拜謁求教的情況下，為他定下統一天下的策略方針，亦即〈隆中對〉提出的「跨有荊、益，保其巖阻，西和諸戎，南撫夷越，外結好孫權，內修政理；天下有變，則命一上將將荊州之軍以向宛洛，將軍身率益州之眾出於秦川」先圖三分鼎立之霸業，後進而統一中國、興復漢室的整體方針。這一句寫出諸葛亮的卓越見識才略和宏偉遠大的抱負，大有未出茅廬而天下之事已成竹在胸的氣度。下句讚其輔佐蜀漢兩代皇帝，開創鼎足三分的霸業，匡濟劉禪在位時蜀漢的危局，充分表現老臣忠貞報國的品格。「開濟」的「濟」，或引《晉書·劉琨傳》「琨忠亮開濟」之語，謂指「濟美」，但按實際情形，劉禪昏庸，孌暱小人，信任宦官，其在位時蜀漢的局勢正如諸葛亮在〈出師表〉一開頭所明白揭示的，是「益州疲弊，此誠危急存亡之秋也」。也正由於是匡濟危局，才越發顯示出「老臣」的忠貞亮節，亦即〈後出師表〉所說的「鞠躬盡瘁，死而後已」的精神。諸葛亮輔佐劉備，是「受任於敗軍之際，奉命於危難之間」；輔佐劉禪，更是「五月渡瀘，深入不毛」，六出祁山，北伐曹魏，殫精竭慮，身殲軍務，知其不可為而為之。這就是所謂「老臣心」。諸葛亮一生的事蹟很多，如果不從大處著眼、大處落墨，就很難在一聯之中概括他一生的才能抱負、品格；沒有對描寫對象透澈的了解，沒有對其作出準確歷史評價的能力，就無法作出這樣的藝術概括。

「出師未捷身先死，長使英雄淚滿襟。」五、六兩句，極讚其「天下計」、「老臣心」，第七句卻突作轉筆，痛悼其「出師未捷身先死」的悲劇結局，表面上，似乎硬轉突接，實則在匡濟危局的「老臣心」中，已經暗藏「天下計」之難為甚至不可為，因此這句的大開仍顯得很自然。作為一個著名的政治家、軍事家，諸葛亮確實是「功蓋三分國」，建立三足鼎立的霸業，但由於客觀條件的限制，最終未能成就興復漢室、統一中國的王業，又是一生最大的憾事。這種因客觀條件限制未能完成終極目標的遺恨，在歷代志士仁人中具有很廣泛的普遍性，詩人抓住這一點，寫出諸葛亮的悲劇結局在後世志士仁人中所引起的深沉感慨和強烈共鳴，從而使這首詩在五、六兩句的基礎上另闢新境，更出警策，結束得極為圓滿、有力而富有餘韻。

杜甫入蜀以後，寫下一系列詠諸葛亮的詩篇，除本篇外，像〈詠懷古蹟〉之五（諸葛大名垂宇宙）、〈八陣圖〉、〈古柏行〉等都是膾炙人口的篇章。這些詩篇不但表現出諸葛亮的才略事功、精神品格，而且揭示諸葛亮的悲劇結局和遺恨；不但具有歷史的真實性，而且寓含深沉的現實感慨和人生感慨。這和他後期活動的地區在巴蜀夔巫之地有關，更與時代環境與個人境遇有關。國家的危難和個人漂泊的境遇，都使他對諸葛亮這樣的歷史人物懷有特殊情感，希望當世有這樣富於才略的人物出來整頓乾坤、匡救危局。同時，他自己自許稷契、致君堯舜的抱負，不得伸展、才大難為用的遺恨，在諸葛亮「出師未捷身先死」的悲劇結局面前，也極易引發共鳴。因此，這首詩在歌頌諸葛亮才略事功、精神品格的同時，散發出詩人對現實中出現類似人物的渴望；在悲悼哀輓諸葛亮悲劇結局的同時，又寄寓著詩人自己抱負難伸、才而不遇的悲慨。正是由於這種現實感慨和人生感慨，才使詩人在歌詠諸葛亮時傾注深沉的感情，所謂「長使英雄淚滿襟」的「英雄」之中，就包含詩人自己在內。

古來賢相代不乏人，而杜甫獨鍾情於諸葛亮，主要不是因為他的才略事功高出其他賢相，而是因為諸葛亮是一個遭遇亂世、拯救危局、支撐局面的宰相，一個具有鞠躬盡瘁、死而後已精神的宰相，一個因悲劇結局而更加彰顯其崇高精神的宰相。杜甫的〈蜀相〉在構思立意上，正是將諸葛亮作為一個才德兼備、建立光輝功績但又未完成其終極目標的悲劇性人物，來追思憑弔、哀悼悲慨。「出師未捷身先死」的悲劇結局，使此前一切「受任於敗軍之際，奉命於危難之中」的努力，以及艱難創立的霸業最後盡付東流，從這個意義上來說，無論是雄圖大略的「天下計」，還是「兩朝開濟」的光輝功績，都成為悲劇結局的有力鋪陳，使「出師未捷身先死」的悲劇更顯強烈而具悲壯感。另一方面，諸葛亮的鞠躬盡瘁、死而後已的精神品格，知其不可為而為之地拯救危局的努力，又使「出師未捷身先死」的悲劇結局更顯出其崇高感。因此，詩的結尾，既使人無限低迴，也使人在心靈上得到陶冶、得到淨化。

杜甫以前的七律，主要是抒情寫景，從杜甫開始，大量引入議論。但他不是讓抒情、寫景、議論等元素各自孤立，而是以抒情貫串記敘描寫和議論。這首詩從表面來看，前兩聯是記敘描寫，後兩聯是議論，但實際上從頭到尾，都貫串著抒情的主線，貫串著詩人追尋憑弔、哀輓悲慨的感情。由於抒情貫串了寫景和議論，就使我們感到那古柏森森的祠堂，那映階碧草、隔葉鸝音，那「天下計」、「老臣心」、「英雄淚」，通通互相關聯、互相映帶，進而融為一個整體。這種以抒情貫串敘述、描寫和議論的寫法，也為後來很多詠懷古蹟的詩開創不二法門。

這首詩在結構方面，還有一點值得注意，就是全篇在高潮中結束。律詩的通病，是頷、腹兩聯比較用力，經常出現警句，而末聯往往疲弱，顯得倉促、敷衍，甚至草率，成為強弩之末，甚至蛇足。即使是杜甫這樣的七律大家，也有相當一部分優秀作品顯得後勁不足，像我們熟悉的〈登樓〉、〈宿府〉、〈登高〉都不免此病，這首詩不但前幾聯精采，末聯更以前幾聯為基礎，將詩境昇華到具有崇高悲劇美的境界，這一點和它的構思立意密切相關。

═ 春夜喜雨[1] ═

好雨知時節，當春乃發生[2]。隨風潛入夜[3]，潤物細無聲。野徑雲俱黑[4]，江船火獨明。曉看紅溼處，花重錦官城[5]。

[校注]

①約上元二年（西元 761 年）春作於成都浣花草堂。②發生，猶出現，指春雨。或謂指萬物發生。③潛，暗暗、悄悄。④句意謂田野上的小路籠罩在一片帶著濃濃雨意的黑雲之下。⑤花重，花經雨而沾溼，故加重。梁簡文帝〈賦得入階雨〉:「漬花枝覺重。」錦官城，成都城，參詳〈蜀相〉注③。

[鑑賞]

古代詠雨的詩汗牛充棟，其中不乏名篇佳製，但像杜甫的〈春夜喜雨〉這樣，既傳春天夜雨之靈性與神韻，又傳詩人對春天夜雨美好境界的喜悅賞愛之情的，卻不多見。

首聯直接而起，一「好」字籠蓋全篇。「知時節」三字，是對「好雨」的詮釋，而「當春乃發生」又是對「知時節」的進一步說明。「知」字將春雨擬人化，將它描寫得彷彿極具靈性，正當春天萬物萌發生長的季節，亟須雨水的滋潤時，它就飄然而至。「當」字、「乃」字，是「知」的具體展現，說明它不遲不早，來得正值其時。而詩人對雨的喜悅賞愛之情，也融入在「好」、「知」、「當」、「乃」等一系列詞語之中。這兩句是敘述議論，卻寫得富饒情韻，關鍵就在寫出春雨體貼人們需要的那份溫情與靈性。

讚賞春雨之「知時節」，是因為它能潤澤滋養萬物。頷聯便進而從「潤物」的角度寫春夜細雨的特徵和神韻。出句明點「夜」字，說它隨著春天的和風悄悄地在夜間降臨。「潛」字極富神韻，說明這雨是暗中地、安靜地隨風飄然而至，是在人們不知不覺中忽然降臨，這正傳達出春天夜雨輕柔幽細的特徵，可以說是傳「細」字之神。那麼，詩人又如何感知到這「潛入夜」的春雨呢？或謂是憑聽覺，但對句明說「無聲」，可見這雨已經細到落地悄無聲息的程度。其實從「隨風」二字中可以揣知，詩人是憑藉風吹細雨飄灑而下時帶來絲絲涼意溼意，而感知到它「潛入夜」。這種細緻入微的描寫，不但寫出春夜細雨看不到、聽不見的特徵，而且表現出詩人在敏銳感知其「潛入夜」時的那份驚喜。正因為「細」，它才能最有效地潤澤滋養花草樹木、田間作物，對句「潤物細無聲」便充分顯示春雨的這種特徵、功能乃至品格。「細」字既是對「無聲」的說明，又是對「潤物」功能的強調。這兩句描摹春夜細雨確實到達出神入化的程度。人們在吟味玩賞其風神氣韻的同時，可能會引發對生活中類似人物精神風貌的聯想，這是具有典型特徵的藝術具象的客觀作用，卻未必是詩人有意寄興。如果拘泥認定其中的寓意，反失詩情與詩趣。

前四句用流水對寫雨當春而生、隨風入夜、潤物無聲的過程，一氣直下，略無停頓，格調輕快，充分表現出詩人的喜悅之情，腹聯乃略作頓宕，轉寫望中雨夜景物情境，但意脈則仍承「春夜喜雨」而一意貫串。「野徑雲俱黑」，即「野徑與雲俱黑」之意。在平常無雨的暗夜，田野上的小徑雖隱約模糊，但總有一點白色反光與周圍田野區分開來，而此刻卻因濃密的黑雲遮掩，全然不見蹤影。而寫雲之黑，正所以顯示雨意之濃，暗示這細無聲的春雨將綿綿脈脈地一直飄灑下去。「江船火獨明」，放眼江上，只有漁船上的燈火獨自在暗夜中閃爍明亮。這一句與上句正形成一明一暗的鮮明對照，相互反襯，使「黑」者愈顯其黑，明者愈顯其明。一方面，周圍一片濃密的黑暗，愈加突顯江船上一星燈光的明亮；另一方面，這獨明的江船燈火又反過來愈益襯出整個暗夜的黑暗。從詩人的用意來看，自然是以「江船火獨明」反襯「野徑雲俱黑」，以渲染雨意之濃、雨勢之霖淫未已；但從所描繪的意境看，則這在濃密黑暗中的江船燈火，又極具詩情畫意，給人詩意的遐想和美感。這兩方面的意涵，均為此聯所有，不可只強調「江船」句對「野徑」句的襯托作用。寫黑雲籠罩下的暗夜，很難寫得富於美感，杜甫這一聯卻將它特有的美感寫得極其出色，這正是因為詩人從內心深處對春天的雨夜懷有深深的喜愛，因而能發現它特殊的美。這一聯表面上沒有一字寫到雨，但讀者從中卻可想像出，那濃黑的雨雲正綿延不絕地飄灑出如絲的細雨，灑遍田地、野徑、春江，滲透土地使其浸潤，使草木莊稼得到充分的滋潤，甚至似乎可以聽到它們拔節生長的聲響，不言喜而喜悅之情自含其中。

尾聯寫曉來所見錦官城花團錦簇的美景，以反托春夜細雨潤物之功。這兩句或理解為詩人夜間想像之詞，這樣理解自有動人遐想之處，但理解為目見曉來，似乎更能淋漓盡致地表達對春夜好雨的讚美和喜悅。在脈脈綿綿、悄無聲息的一夜春雨中悄然入睡，一覺醒來，但見千枝萬樹，一片「紅溼」，枝頭的花苞花朵，浸透水分，洗出奪目的鮮紅，掛著晶瑩的水珠，分外飽滿，變得沉甸甸，整個錦官城似乎變成一座花的城市。兩句中的「紅溼」和「重」，都是著意渲染的傳神寫照之筆，它們不但寫出一夜春雨滋潤後，花朵分外鮮豔、明潔、潤澤、飽滿，而且寫出春雨作為城市彩妝師的角色。「錦官城」這個詞語在這裡作為成都的別稱加以運用，也恰到好處地發揮點染情境的作用，使整座城市花團錦簇的面貌得以充分展示。

詩在時間上由暮至夜，由夜至曉，隨著時間的流逝，所寫的景物不斷變化，詩人喜悅的感情也隨之不斷加強，至尾聯而「喜」雨之情達到極致，詩也就在感情的高潮中悠然收束，結得極為圓滿而富有餘韻。

水檻遣心二首（其一）①

去郭軒楹敞②，無村眺望賒③。澄江平少岸，幽樹晚多花。細雨魚兒出，微風燕子斜。城中十萬戶④，此地兩三家。

[校注]

①水檻，傍水的有欄杆的亭軒類建築。杜甫在上元元年（西元760年）修建浣花草堂的同時，修建了供觀賞垂釣的水檻（水亭）。其〈江上值水如海勢聊短述〉云：「新添水檻供垂釣。」即指此。心，《全唐詩》校：「一作興。」約作於上元二年。②郭，指成都城郭。軒楹，廊柱。敞，寬。③賒，闊遠。④十萬戶，《新唐書．地理志》：成都府，「戶十六萬九百五十，口九十二萬八千一百九十九」。

[鑑賞]

〈水檻遣心二首〉，抒寫詩人水亭晚眺晨賞的感受，在杜甫的五律中是別具一格之作。這裡選的是第一首。

起聯從水檻所在之處落筆。「去郭」二字，一篇之根。由於遠離城市，這一帶住家稀少，周圍沒有成片的村落，憑軒覽眺，視野顯得非常闊遠。「軒楹」（廊柱）本未必寬，因所眺者遠，故覺其「敞」。「軒楹敞」即因「眺望賒」而來，兩句對仗，而意則互補。不僅勾畫出一片遠離塵囂的空曠境界，而且表現出詩人憑軒極目之際寬舒閒適的心境。「敞」字、「賒」字，即隱含「遣心」之意。

頷聯分寫眺望中的遠景、近景。春夏之交，錦江水漲，遠遠望去，江水幾乎與對岸齊平，往日水淺時的高岸已不復見；近處，草堂內外，幽樹叢生，在這寂靜的黃昏，盛開著各色各樣的花朵。江岸與江面齊平，益添闊遠之感；繁花與黃昏相伴，愈增幽寂之趣。兩句遠近相映，闊遠幽靜相襯，使兩個方面都顯得更為突出。而無論遠眺近觀，又都融於閒適之境。「少」字、「多」字，似乎易而實精工。

腹聯分寫俯視、仰望所見景物。檻外江面上，正下著濛濛細雨，形成一個個小水塘。水底的魚兒時時浮出水面，在水塘間歡快地遊動；在微風中，輕盈的燕子正藉著風勢傾斜著身子掠過江天，準備歸巢。這一聯向為評論家所賞，葉夢得的評語「緣情體物……自然工妙，雖巧而不見刻削之痕」一段，更每為鑑賞此詩者所稱引。不過，葉氏只說到詩人體物入微的一面，而忽略隱藏在這後面的詩人那悠閒從容、欣喜輕快的心情。在細緻入微地觀賞景物的同時，詩人那久經喪亂、滿是創傷的心，似乎也得到撫慰熨帖，「遣心」的意涵也就得到進一步的表現。

尾聯回抱首聯。「城中十萬戶」，極言成都之繁盛，用意卻在反跌下句「此地兩三家」，以見草堂這一帶的閒遠清曠。

而這曠遠的「去郭」之地，正是詩人得以縱目遣心的地方。浦起龍說：「偏說有『家』，正使『無村』益顯。」可謂善體作者之意。

這一首每聯都用工整的對仗，但讀來卻毫無板重之感。詩中既有首尾兩聯大處落墨、疏宕有致的筆法，又有頷腹兩聯細處著眼、精工刻劃的筆法。濃密疏淡相間，對法又靈活多變，遂顯得不單調、不平板。而且精細處能傳神寫意，不流於纖巧；疏宕處亦不廢錘鍊，無淺率之弊。尾聯出句先重筆放開，對句卻淡淡著筆，徐徐收住，益見搖曳不盡之致與蕭散自得之趣。

聞官軍收河南河北[1]

劍外忽傳收薊北[2]，初聞涕淚滿衣裳。卻看妻子愁何在[3]，漫卷詩書喜欲狂[4]。白日放歌須縱酒[5]，青春作伴好還鄉[6]。即從巴峽穿巫峽[7]，便下襄陽向洛陽[8]。

[校注]

①唐代宗寶應元年（西元 762 年）十月，唐王朝各路大軍由陝州發動反攻，再次收復洛陽，並相繼平定河南各郡縣。十一月，進軍河北。叛軍將領薛嵩、李抱玉、李寶臣、田承嗣、李懷仙等紛紛納地投降。第二年（廣德元年，西元 763 年）春正月，叛軍首領史朝義（史思明之子）兵敗自殺。延續七年零三個月的安史之亂，終於宣告平定。這年春天，杜甫因為避軍閥徐知道作亂，流寓在梓州（今四川三臺），聽到勝利的喜訊，寫下這首詩。②劍外，劍門關以南的蜀中地區。薊北，指安史叛軍的老巢幽薊地區，今京津地區及河北北部地區。③卻看，回看。妻子，妻子兒女，與下句「詩書」對文，均為複合名詞。但實際上偏義於指妻。④漫卷，胡亂地收捲。⑤白日，陽光普照的晴朗日子。放歌，放聲高歌。縱酒，縱情痛飲。日，百家本、千家本作「首」。⑥青春，指春天。⑦巴峽，《太平御覽》卷六五引《三巴記》云：「閬、白二水合流，自漢中至始寧城下，入武陵，曲折三曲，有如巴字，亦曰巴江，經峻峽中，謂之巴峽。」閬、白二水即今嘉

陵江之上遊，杜甫從梓州出發東歸，當經此巴峽。巫峽，長江三峽之一，在湖北巴東縣西，與重慶市巫山縣接界。⑧詩人自注：「余田園在東京。」襄陽，今湖北襄陽市。襄陽縣是杜甫祖籍。洛陽附近的鞏縣（今鞏義）是杜甫的家鄉。

📖 [鑑賞]

延續八年的安史之亂，終於在代宗廣德元年（西元 763 年）春平定，這是當時的軍事政治大事，也是杜甫一生中所經歷的大事。具有「詩史」稱號的杜詩，反映這件大事時，卻沒有用長篇五古或七古這種便於詳盡敘事的詩歌體裁，而是用格律極為精嚴的七律形式，來淋漓盡致地抒情。這個事實，似乎有些出人意料，卻非常符合杜甫當時的心境。剛聽到勝利的消息，他第一個創作衝動就是要盡情釋放壓抑多年的情感，而不是記錄這一大段歷史。而他之所以採取七律這種形式，則又說明他對這種形式的掌握，已經達到隨心所欲而不踰矩的程度。

「劍外忽傳收薊北，初聞涕淚滿衣裳。」第一句敘事，點明題目，注意那個「忽」字。平定安史之亂，恢復國家的統一，是杜甫多年以來的長久盼望。但唐王朝統治集團政治上的腐敗、軍事上的失策，使這場叛亂年復一年地延續，杜甫也就一次又一次地失望。現在，這突然傳來的天大喜訊，既是想望已久的，又是出乎意料的，所以說「忽聞」。聽到這天大的喜訊，應該歡天喜地，怎麼反會「涕淚滿衣裳」呢？評論家均以為這是喜極而悲，是因為驚喜而掉淚。這恐怕未必。喜極不一定就悲。如果所喜的那件事本身和生活經歷中的悲傷情事沒有連繫，喜極也無非就是狂喜而已，並不會「涕淚滿衣裳」。這一句必須結合杜甫的生活經歷，才能體會到它的真切與強烈。杜甫是個憂國憂民而又飽經喪亂的詩人，多年來一直為國家的殘破而感到極度沉痛，為國家的命運而擔心、流淚。「不眠憂戰伐，無力正乾坤。」他自己在這場曠日持久的戰爭中也吃盡了苦頭。乍一聽到安史之亂終於平定的消息，在意外驚喜的同時，過去長時間親身經歷目睹的國家災難、百姓痛苦和個人顛沛流離、艱難困苦，通通化為強烈的感情潮流，一下子湧上心頭，熱淚不禁奪眶而出，灑滿衣裳。杜詩中類似的描寫，像「妻孥怪我在，驚定還拭淚」、「喜心翻倒極，嗚咽淚沾巾」，都和生活經歷中悲傷情事密切相關，喜極而悲，必定是在喜的瞬間喚起對過去悲苦經歷情事的追憶而悲從中來，儘管這種反應十分迅疾，有時連當事者自己都未必明確意識到。唯其如此，更加真切。不說「沾衣裳」而說「滿衣裳」，也正見感情衝擊力之強烈。

「卻看妻子愁何在，漫卷詩書喜欲狂。」這一聯緊承第二句，寫悲痛過後接著產生的狂喜。運用兩個生活細節（卻看妻子、漫卷詩書）來渲染「愁何在」、「喜欲狂」的感情，極其真切傳神。這兩個細節都是在極度喜悅、興奮的情況下，情不自禁、近乎下意識的舉動。在聽到天大喜訊、心情極度興奮時，總是抑制不住地想和別人交流一下內心的喜悅，正好朝夕相處的妻子就在旁邊，於是情不自禁地回過頭，就要與她交流內心的激動喜悅，由於對方是對自己的思想感情、生活經歷瞭若指掌的老伴，所以連「勝利了」、「終於等到這一天了」這樣的話都無須說，只要迅速看上一眼，交換一個欣喜的目光，彼此的心情便迅速交流。雙方都立即感到歷年來鬱積的一切憂愁苦悶、精神上的所有重壓，在一剎那間都煙消雲散。「愁何在」三字，正道出精神上大解放的快感。「漫卷詩書」也同樣是在極度興奮的情況下，不自覺做出來的下意識動作。人在這種場合，往往會控制不住地手舞足蹈或者手足無措。因為喜欲狂，不知不覺地將攤開的書卷胡亂地捲成一團。或謂「漫卷詩書」是因為杜甫想到立刻回家，忙不迭地收卷詩書，這恐怕是將無意識的舉動理解為目的性非常明確的歸家準備，反失詩趣。上一聯寫初聞消息後的驚喜與悲從中來，這一聯寫悲傷過後的欣喜若狂，感情發展完全符合現實邏輯。

「白日放歌須縱酒，青春作伴好還鄉。」這一聯承上啟下。上句承「喜欲狂」，用「放歌」、「縱酒」來渲染內心的興奮喜悅；下句由狂喜進一步發展為「還鄉」的渴望。同樣是春天，在國破家散的情況下，是「感時花濺淚，恨別鳥驚心」，而在平叛戰爭勝利的情況下，卻感到陽光也變得特別燦爛明亮，春天也變得特別多情。「白日」不只是寫出豔陽高照的天氣，也表現出人的心理感受；「青春作伴」，不只是趁著春天還鄉的意思，而且把春天擬人化，彷彿春天有意為勝利還鄉的詩人做伴，可以說同時寫出詩人心裡的春天。兩句中「須」、「好」兩個虛字強調含意很強、很傳神。「須」者，應該也。大有此時不飲，更待何時的味道，充分表達出詩人興會淋漓的情狀。如果改成「兼」字，便興味索然。「好」者，正好也，著一「好」字，便有天從人願、天助人興之感。若改成「可」字，同樣情味頓失。放歌縱酒，似乎和我們印象中杜甫那種迂夫子的形象不大相符，但這的的確確是當時彼地的杜甫。有長期積鬱的憂愁苦悶，才會有勝利消息傳來後抑制不住的豪情狂態。

「即從巴峽穿巫峽，便下襄陽向洛陽。」「巴峽」，指從梓州到渝州（今重慶）這一帶的巴江江峽。舊解「巴峽」為巴東三峽中的巴峽，並不是旅程的起點，不能說「從」。峽險而窄，故日「穿」，同時也寫出舟行如箭、一穿而過的迅疾感、輕快感。穿過巫峽以後，就抵達今湖北境內的江陵，出峽順水而迅速，故說「下」。由江陵到洛陽，要由水路改成陸路，先到襄陽，再到洛陽，這裡不說「下江陵」，而說「下襄陽」，主要是與上句兩「峽」字疊字對應，同時也因襄陽是詩人的祖籍，而「洛陽」是詩人的家鄉，對於「還鄉」而言，「襄陽」與「洛陽」二地具有代表性意義。「向」字具有「直指」的含意。這一聯緊承第六句「還鄉」，預想還鄉時所取的路線和目的地。這一段路程約有三千多里，在古代交通不便的情況下，要花幾個月時間，但杜甫因為極度興奮，歸心似箭，巴不得一步就跨到家，所以在暢想中竟把這三千餘里的水陸行程描敘得似乎可以朝發夕至。兩句中連用四個帶有疊字的地名（巴峽、巫峽、襄陽、洛陽），又接連用了「即從」、「穿」、「便下」、「向」四個詞語，將它們組合在一起，就好像在讀者面前接連閃過幾個迅速變換的疊印鏡頭，使人眼花撩亂，目不暇接。空間的距離似乎根本不存在，一轉眼就抵達洛陽。就描寫來說，這是高度誇飾;但就表現杜甫當時的心情來說，卻是極度真實。在句式上，這一聯採用流水對這種一意貫串的句式，更加強其疾如飛的氣勢，詩也就在這種神馳天外的淋漓興會中結束。

與〈春望〉並讀，會更明顯地感受到杜甫的喜怒哀樂和國家安危息息相關。儘管這兩首詩，一悲一喜，感情上屬於兩個極端，但思想感情基礎卻同是對祖國深沉、強烈的愛。儘管這首詩除第一句敘事外，其他七句全是抒情，抒情詩句當中也沒有任何政治術語，沒有一處直接涉及時事，但它的確是典型的政治抒情詩，關鍵就在於詩裡蘊含的感情與時代政治、國家命運緊密相連。

浦起龍稱這首詩為杜甫「生平第一快詩」，可以說抓住它的突出特點。首先是感情的痛快淋漓。從初聞消息時的「涕淚滿衣裳」，到「愁何在」、「喜欲狂」，到「放歌」、「縱酒」，到渴望還鄉，最後發展成對還鄉行程的暢想，可以說整首詩的感情都處在大悲大喜、完全放縱的狀態。故讀來倍感痛快淋漓，無復往日那種迂迴曲折、抑揚吞吐的情味。但在痛快淋漓之中，又蘊含著內在的沉鬱，這就是詩人對國家命運的深切關注和對祖國深沉強烈的愛，同時還包含詩人多年來顛沛流離、艱難困苦的生活經歷所造成的深沉積鬱。沒有這點，就不可能有「涕淚滿衣裳」的感情表現和「喜欲狂」的感情爆發，就不可能產生這種「潑血如水」式的詩。這種詩，可以說不是做出來的，而是噴湧出來的。但不能只看到它噴湧而出時的淋漓痛快，還應想想它何以有這樣巨大的噴湧力量。生活基礎的深厚、思想感情的深沉，是這首詩感情痛快淋漓的基礎。因此這種「痛快」，是沉著痛快，而不是輕快或輕飄。方東樹說此詩「通篇一氣，而沉著激壯……與流利輕滑者不同」，可謂知言。

其次，是藝術風格上的「快」。讀這首詩，八句詩句句緊接，迫使讀者非一口氣讀完不可，確實給予人一氣直下，其疾如飛之感。思想感情的「快」又和藝術風格的「快」和諧統一。但只看到這一點還比較表面，還應看到在「快」之中有遞出發展。儘管這首詩整體來說，都是抒寫剛聽到勝利消息後，短時間內產生的感情，而且這種感情又具有爆發性、奔迸式，但卻是一個合乎邏輯的遞進發展過程，即「初聞」而

「悲」(涕淚滿衣裳),繼之而「愁何在」、「喜欲狂」,再接著是「放歌縱酒」的狂態,和「還鄉」的渴望,最後發展成為對歸程的「暢想」。這樣的感情發展過程,可以說是瞬息萬變,卻被詩人非常準確細緻地、有層次地表現出來。去掉其中一個層次或改變層次的次序都不行。可以說是在充滿浪漫主義熱情的感情發展描寫中,展現出嚴謹的現實主義精神。

「快」之中有生動細緻的細節描寫。「快」與「細」是矛盾的。感情的痛快、發展的迅疾,容易產生粗放的毛病。而粗放,沒有生動的細節描繪,抒情就會流於空泛,缺乏生活氣息。這首詩的優點之一,就是快中有細。像「卻看妻子」和「漫卷詩書」這兩個細節,就完全是來自生活的傳神寫照之筆。如果沒有它,「愁何在」、「喜欲狂」的感情就得不到真切而富有感染力的表達。

「快」之中有言辭的精心錘鍊。這首詩抒發的感情是奔瀉而出的痛快淋漓,發展又非常迅疾多變,按理說應該用七古這種體裁來抒寫。七律這種形式,字句、格律都有嚴格限制,很少迴旋餘地,似乎不大適合表現這種狀態的感情。杜甫卻出奇制勝,創造性地在每一句都用一個經過精心錘鍊的虛字,即「忽」、「初」、「卻」、「漫」、「須」、「好」、「即」、「便」。八個虛字就像一條紐帶,把全詩連成一個不可分割的整體。它們既在各自句子中有獨立表情達意的作用,又互相配合、呼應(「忽」與「初」、「卻」與「漫」、「須」與「好」、「即」與

「便」），把詩人當時那種興會淋漓的情狀傳神地表達出來，而且使全詩顯得一氣貫注、一氣呵成。一般來說，七律不宜多用虛字，否則容易缺乏遒勁的骨格。這首詩卻好像故意觸犯這個忌諱，句句都用，而且都用得非常精采。這在具體分析每一句時已經涉及。這裡不妨從反面作個假設，即把這些傳神的虛字去掉或換掉，削成一首五言八句的詩：

人傳收薊北，涕淚滿衣裳。看妻愁何在，卷書喜欲狂。放歌兼縱酒，春日可還鄉。巴峽穿巫峽，襄陽向洛陽。

不管通不通，似乎還是詩，但那種火山爆發式的感情卻大大減弱，神采也消失不見。可見此詩對虛字的運用下足功夫。因此雖是「快詩」，看來寫得卻未必「快」，甚至還可能是「新詩改罷自長吟」。總之，這首詩在杜甫的七律中雖為變格，但變中仍不失其沉鬱頓挫的本色。

── 登高① ──

風急天高猿嘯哀②，渚清沙白鳥飛迴③。無邊落木蕭蕭下④，不盡長江滾滾來⑤。萬里悲秋常作客⑥，百年多病獨登臺⑦。艱難苦恨繁霜鬢⑧，潦倒新停濁酒杯⑨。

[校注]

①朱鶴齡注：舊編成都詩內。按：詩有「猿嘯哀」句，定為夔州作。詩作於大曆二年（西元 767 年）深秋。②天高，秋高氣爽，秋空高遠明淨，故云。三峽多猿，民謠有「巴東三峽巫峽長，猿鳴三聲淚沾裳」之句，《水經注．江水》謂：「每至晴初霜旦，林寒澗肅，常有高猿長嘯，屬引淒異，空谷傳響，哀囀久絕。」故云「猿嘯哀」。③渚，江中小洲。也可指江邊沙洲。迴，迴旋。④落木，落葉。《楚辭．九歌．湘夫人》：「裊裊兮秋風，洞庭波兮木葉下。」蕭蕭，狀聲詞，此處狀草木搖落聲。⑤滾滾，《全唐詩》原作「袞袞」，通。此據宋本改。⑥句意即萬里作客常悲秋。⑦百年，猶一生。⑧苦恨，猶憂愁、愁恨。繁霜鬢，白髮日繁。⑨潦倒，指身體衰弱多病。濁酒，品質差的酒。杜甫因肺疾戒酒，故云「新停濁酒杯」。

[鑑賞]

這是杜甫單篇七律中最著名的一首。同時所作的〈九日五首〉，今存四首，或以此首足之，雖未能定，但前四首（特別是第一首七律）與此首辭、意多同，則是顯著的事實。在解說鑑賞這首詩時，不妨連繫比較，相互印證。

詩係大曆二年（西元 767 年）客居夔州時，於重陽節登高而作。「萬里悲秋常作客」一句，即全詩之主句，亦全詩主旨所在。而「悲秋」之意緒，即因登高時所聞見的秋景而觸發，故開頭即寫登高所見秋景。

「風急天高猿嘯哀，渚清沙白鳥飛迴。」發端兩句意象密集，十四個字寫下六種具有夔峽地域特徵的深秋景象。其中「風急」、「天高」四字是貫串前兩聯的主要意象。時值寒秋，又立足於高臺之上，故益感風之急疾猛烈，所謂「高臺多悲風」。「急」字即含有「悲」意。由於「風急」，故掃蕩浮雲萬里，益見秋空之高遠明淨，故日「天高」。巴東三峽多猿，晴初霜旦、林寒澗肅的寒秋季節，猿聲顯得特別淒異，加上疾風的傳送，哀囀的猿聲彷彿被放大許多倍，故日「猿嘯哀」。這一句寫登高仰望平視所見所聞所觸所感（「天高」寫所見，「猿嘯」寫所聞，「風急」則既寫聽覺又寫觸覺，「哀」寫感覺）。下一句則全從視覺角度寫俯視所見景象。由於天高氣爽，雲霧散盡，故江中的沙洲和岸邊的沙地顯得特別清朗明淨、潔白無垢。由於「風急」，故鳥只能在低空盤旋來回。如果說上句所寫景象，流露出騷屑峻疾、凜寒悲哀的意緒，那麼下句所寫景象，則多少具有幽潔明淨中略帶悽清的色彩。兩句所寫均為秋景的特徵，而格調則一疾一徐，顯得張弛有致。

頷聯寫登高遠視所見，一則寫山，一則寫水。時值深秋，三峽兩岸的山巒上，層層疊疊的樹林在經霜後，樹葉凋黃，在疾風的吹拂下，紛紛隕落，耳畔似聞一片蕭蕭的落葉之聲。這句所寫景象，顯然與《楚辭．九歌．湘夫人》的「裊裊兮秋風，洞庭波兮木葉下」有淵源關係，但情調卻有顯著差異。《九歌．湘夫人》中的「秋風」，是「裊裊」的輕盈舒徐之風，故所掀起的洞庭之波亦是微波動盪，而「木葉」之「下」也自然是一片、兩片地往下掉落。整個意境是闊大明淨中具輕盈柔美之致，適宜於表現湘夫人的柔美情思。而〈登高〉中的秋風則是急疾猛烈的風，在它的強勁吹送下，千山萬壑，叢林高樹，木葉盡脫。著「無邊」二字，既充分展示出境界之闊遠，更渲染出在廣闊深遠的空間中疾風席捲落葉的氣勢；而「蕭蕭」這一狀聲的疊字加在「下」字之上，更使讀者如親歷其境，聽到風捲無邊落葉的聲音，從而將「悲哉秋之為氣也，草木搖落而變衰」的悲秋意涵渲染到極致。整個情調是闊大悲壯，具有強烈的動盪感，適合表達詩人「萬里悲秋」的意緒。下一句寫長江之水東流，著「不盡」、「滾滾」四字，不僅展現出萬里長江，自西向東，綿延伸展的廣闊深遠空間，而且渲染出長江波濤洶湧，奔騰咆哮，一瀉千里的氣勢。而上句無邊落葉蕭蕭而下的景象，又使人自然聯想起在廣闊宇宙中生命凋衰的壯大悲涼；萬里長江滾滾東流的景象，同樣極易喚起在悠悠不盡的歷史長河中時間與生命消逝的聯想，從而為詩的後幅抒寫「悲秋」之情作好充分的鋪陳。這一聯與上一聯之意象密集正好相反，只描寫「落木」與「長江」兩個意象，以它為中心，分別用「無邊」與「不盡」、「蕭蕭」與「滾滾」、「下」與「來」加以盡情渲染，創造出極為闊遠悲壯的境界，筆意顯得非常疏宕。與上聯正形成一密一疏的鮮明對照。

腹聯轉而抒寫登高之情，「萬里」、「百年」即從上聯「無邊」、「不盡」的廣闊深遠之境中自然引出，故絲毫不顯突兀。從敘事的角度來看，這一聯只不過述說客中登高而悲秋這樣一件事（「多病」也可包括於「悲秋」之意中）。但由於用「萬里」、「百年」、「常」、「獨」等詞語分別加以形容渲染，加上意象之間的互相映襯滲透，遂使讀者感到其中包含的感情意緒極其復沓多重，極具抑揚頓挫的情致。前代評論家對這一聯十四個字中所包含的多重意涵，已有細緻入微的分析，不必重複。妙在雖意涵多重，卻具鮮明的整體感，似乎詩人於此並未著意地經營琢煉，只是隨口說出。而上句概括詩人安史之亂以來悲劇性的處境與心境，下句則緊貼詩題「登高」，著重強調「悲秋」意涵中所包含的生命衰颯悲慨，從而自然轉到尾聯。這種化繁複於單純明快的藝術功力，也許更值得稱讚。

尾聯直承「多病」、「悲秋」，說自己由於歷盡艱難困苦，嘗盡愁苦惱恨，白髮日繁；又因身體衰病，最近不得不戒酒，連借酒澆愁的機會也沒有了。或據〈九日五首〉之一的首兩句「重陽獨酌杯中酒，抱病起登江上臺」，認為杜甫因病停杯之說為曲說。單看「獨酌」之語，似乎有理，但詩人此下緊接著說「竹葉於人既無分，菊花從此不再開」（竹葉、菊花，指竹葉酒、菊花酒），則因病戒飲之說仍可成立，否則就無法解釋「既無分」與「不再開」。作為全篇感情的結穴，這個結尾確實有點「黯然而收」。就杜甫的實際處境而言，這樣的結尾自然無可厚非，但就詩的藝術意境而言，尾聯（特別是末句）只是順勢敷衍腹聯的意涵，缺乏新意，也是事實，儘管並不至於影響詩的整體。

詩所抒寫的雖是「悲秋」意緒，但正如〈秋興八首〉的「秋興」蘊含極為豐富深厚一樣，這裡所抒的「悲秋」意涵亦絕不僅僅是對自然界秋景的感受，而包含身世之悲、家國之憂的豐富內涵。因此，所謂「艱難苦恨」也不僅僅屬於詩人一人之境遇，這正是整首詩雖抒悲秋之意，而境界卻極高遠闊大、雄渾悲壯的深層原因。

絕句二首(其一)[1]

遲日江山麗[2]，春風花草香。泥融飛燕子[3]，沙暖睡鴛鴦[4]。

[校注]

①作於廣德二年（西元 764 年）春重歸成都草堂時。②遲日，形容春天的太陽陽光溫暖、光線充足的樣子。《詩·豳風·七月》:「春日遲遲。」朱熹集傳:「遲遲，日長而暄也。」③因泥融化溼潤，燕子啣泥作巢，故飛來飛去。④因陽光照射，晴沙溫暖，故鴛鴦貪睡。

[鑑賞]

絕句主風神，貴含蓄，尚疏宕，杜甫此類對起對結，全篇寫景，一句一景，且均為實景的寫法，時常遭到詩評家所詬病，或譏為半律，或譏為兒童屬對。但杜甫現存的三十一首五絕中，這種對起對結的體式達二十二首，可見他是有意為之，將它作為主要體式進行實驗。在這二十多首詩中，本篇是藝術上比較成功的例證。它的優點是體物細緻入微，描繪工整秀美，色彩穠豔絢麗，用字精工錘鍊，而全篇仍能構成渾融完整的意境，傳達出春日特有的氣氛和詩人觀賞景物時的感受。

詩雖兩聯皆對，一句一景，但並非平列四景，首句「遲日江山麗」實為一篇之主，其中「遲日」尤為具有關鍵作用的核心意象，是全篇景物、境界的總根本。

「遲日」雖本《詩·豳風·七月》之「春日遲遲」，但並不能徑解為「春日」，其中自含對暮春時節陽光溫暖、明亮的形容乃至光照時間久長的意思。這樣的「遲日」才能使「江山麗」、「花草香」、「泥融」、「沙暖」，才能出現一系列令人悅目娛情、令人心醉神怡的境界。而首句「遲日江山麗」乃是全景鏡頭，展現出在春日燦爛陽光的映照下，視線所及的江山闊遠之境，無不呈現出一片明麗的景象。

「江山」既包下三句所寫的地上花草、空中飛燕、沙上鴛鴦，而一「麗」字則盡括以下三句所描繪境界的總特點。以下三句，便緊扣「遲日」特點從各個方面具體描繪江山麗景。

次句「春風花草香」，寫駘蕩的春風吹拂下，繁花似錦，碧草如茵，散發出陣陣醉人的香氣。花紅草碧，是最富春日特徵的景象，這裡卻主要突顯其襲人的芳香，以傳達詩人對濃郁春意的嗅覺感受，較之寫花草的顏色形狀更能表現人的心理感受，一種微醺的醉意。表面上，這香氣似乎是「春風」傳送而來，但究其實，如果不是春天晴日的照映，則花草也不大可能傳出襲人的香氣。江淹〈別賦〉：「閨中風暖，陌上草薰。」「草薰」須「風暖」，「風暖」須晴日，故此句所寫景象的真正主角仍是「遲日」。

三、四兩句，轉從視覺感受角度描寫春日江山麗景，而一寫仰望所見空中景象，一寫俯視所見沙上景象，一為動景，一為靜景。燕子飛翔，春、夏、秋三季均常見，而啣泥築巢則是春燕的特徵。日暄天暖，泥土融化溼潤，燕子正可銜以築巢，著一「飛」字，寫出春燕往返飛翔、穿梭而行的繁忙身影和春天的熱鬧氣氛。而作為關鍵字的「融」字，則不僅傳達出溫煦的春天氣息，而且具有表現「遲日」的關鍵效果。由於晴日照耀，江邊的沙洲被陽光晒得非常溫暖，成對的鴛鴦便愜意地在晴沙上安然入睡。寫鴛鴦，不寫其撇波戲水的動態，而寫其酣臥晴沙的睡態，卻更能生動地表現出溫煦的春意，點睛處正在那個「暖」字。夏日炎炎，則晴沙燙熱，自不宜眠沙，唯有春陽溫煦，不冷不熱，才營造出催眠的環境。這句雖寫靜態景象，卻把春天的溫煦暖意和鴛鴦在這種環境中的舒適感和甜蜜意態，描繪得非常生動傳神。而詩人在仰視、俯視之際，喜悅安閒的意緒也被生動地表現出來。

全篇不用一個虛字，也沒有承接連結的字眼，意象密集，色彩穠豔。但圍繞「遲日江山麗」這個主句所描繪的三個場景，卻把春天的溫煦和生機、春天的色彩和氣息，組成一個渾融完整、令人陶醉的意境。實中寓虛，這「虛」便是那股濃郁的春意和詩人對它的愉悅微妙感受。

登樓[1]

花近高樓傷客心，萬方多難此登臨[2]。錦江春色來天地[3]，玉壘浮雲變古今[4]。北極朝廷終不改[5]，西山寇盜莫相侵[6]。可憐後主還祠廟[7]，日暮聊為梁甫吟[8]。

[校注]

①作於代宗廣德二年（西元764年）春自閬州初回成都時。②首二句倒裝，謂自己在萬方多難時登此高樓，故雖目睹近樓之春花而傷心。客，詩人自指。③句意謂：錦江春色，彌天蓋地而來。④玉壘，山名。在四川汶川縣東北。《元和郡縣圖志．劍南道》：茂州汶川縣：「玉壘山，在縣東北四里。」又：彭州導江縣：「玉壘山，在縣西北二十九里。」導江縣即今四川都江堰市。汶川縣與都江堰市，一在玉壘山之西，一在玉壘山之東。這一帶是唐與吐蕃交界處，常發生戰爭。作此詩之前數月（廣德元年冬十二月），吐蕃陷松、維、保三州。杜甫有五律〈歲暮〉詩記其事，云：「歲暮遠為客，邊隅還用兵。煙塵犯雪嶺，鼓角動江城。」⑤北極，北極星，喻朝廷。《晉書．天文志上》：「北極，北辰最尊者也……天遠無窮，三光迭耀，而極星不移，故曰『居其所而眾星共之』。」故以喻帝王或朝廷。廣德元年七月，吐蕃陷長安，立廣武王李承宏為帝，改元，置百官，留十五日而退。十二月，代宗由陝州返長安，故曰「北極朝廷終不改」。⑥西山，

即西嶺、雪嶺，岷山主峰。西山寇盜，指廣德元年十二月吐蕃陷松、維、保三州事。《通鑑》卷二百二十三：廣德元年十二月，「吐蕃陷松、維、保三州及雲山新築二城，西川節度使高適不能救，於是劍南西山諸州亦入於吐蕃矣」。⑦後主，指蜀後主劉禪。還，仍。成都城南有昭烈帝祠，祀蜀先主劉備，附祀後主，故云「還祠廟」。⑧〈梁甫吟〉，古歌曲名。《三國志·蜀書·諸葛亮傳》:「亮躬耕隴畝，好為〈梁甫吟〉。」此句以〈梁甫吟〉借指所吟之〈登樓〉詩。

[鑑賞]

錢鍾書先生在《談藝錄·七律杜樣》中指出:「少陵七律兼眾妙，衍其一緒，胥足名家。」並謂世人之所謂「杜樣」者，乃指雄闊高渾、實大聲弘一類，此外另有細筋健骨、瘦硬通神一類。〈登樓〉正是杜甫七律「雄闊高渾、實大聲弘」一類的傑出代表，這也是其七律的主要類型，具有典範價值。

七言律不難在頷腹二聯，難在發端與結句，這首詩可謂工於發端的正規化。詩評家大都推崇此詩首聯因倒裝而造成的突兀之勢，詩人所登之樓附近當有花木扶疏，值此三春時節，更是花團錦簇，一片明豔景象。這本是賞心悅目之景，但詩人卻在「花近高樓」四字之下突接「傷客心」三字。這一出乎常情的轉折，造成巨大的落差和衝擊力，也設下疑問和懸念。下句「萬方多難此登臨」七字，便以極大的概括力揭示出此次登樓的特殊時代背景，從而回答何以「花近高樓」而「傷心」的原因。「萬方多難」四字，概括甚廣，舉凡藩鎮割據、吐蕃入侵、蜀中戰亂、浙右「盜賊」、民生凋敝等均可包蘊其中。這四個字，感情沉重而聲調洪亮，本身就給予人悲壯之感，下接「此登臨」三字，「此」字重重向下一抑，著重強調在這樣令人悲慨的時間點登樓的意涵，讀來具有強烈的沉重感，彷彿可以聽見詩人不勝心理的重壓，而緩慢艱難登樓的腳步聲。這一聯起勢突兀，境界高遠，萬方多難的時局和花近高樓的春景形成強烈對比，逼出「傷客心」這一全篇感情的主調，具有籠罩整體的氣勢。

「錦江春色來天地，玉壘浮雲變古今。」頷聯寫登樓覽眺所見景色，而情寓景中，興在象外。錦江源出都江堰市，流經郫縣、成都而入岷江。「春色來天地」，上承「花近高樓」，著一「來」字，使本來處於靜態的春色具有鮮明的動態感，彷彿隨著錦江流水，彌天蓋地，撲面而來。而「錦江」的字面與「春色」配搭，更使眼前無邊的春色顯得特別壯麗，給予人天地山河一片錦繡之感，稱得上是詠天府之國春天麗景的名句，其中既蘊含詩人對它的熱愛，也隱寓自然界的春色終古常新的意涵，暗引腹聯的「終不改」，意脈上下貫通。下句明寫望中所見遠景，而其深層意涵則更為深微。玉壘山一帶，是唐與吐蕃接壤地區，自初唐直到晚唐，唐蕃之間一直在這裡進行爭奪。因此，這玉壘山浮雲變化不定的景象，便不是單純的自然景物描繪，而是帶有對人事的象喻含意，使人從中聯想到邊境形勢的變幻不定，暗引腹聯的「西山寇盜」。而「變古今」三字，織入對悠遠歷史的想像，使詩人的視野和思緒更加悠遠。這一聯目極天地，思接古今，具有極廣闊的空間感和悠遠的時間感，境界壯闊雄渾，能引發讀者深廣悠遠的聯想，是杜甫詩中詠登臨的名聯。

「北極朝廷終不改，西山寇盜莫相侵。」腹聯上承「萬方多難」與「玉壘浮雲」，正面揭示出詩人心中最憂念的時局形勢。寫這首詩的前一年，長達八年的安史之亂剛告平定，藩鎮割據的局面尚未結束，卻接連發生兩起吐蕃入侵的嚴重事件。第一年十月，吐蕃攻陷長安，立廣武王李承宏為帝，代宗倉皇出奔陝州，後經郭子儀收復長安，代宗方還京，故說「北極朝廷終不改」，「終」字著意，既表明對唐廷統治地位鞏固的信念，表示對戰爭結局的慶幸，也含蓄地流露出詩人對這種局面的憂慮擔心。就在代宗還京的同時，吐蕃又連續攻陷松、維、保三州及雲山新築二城，「劍南西山諸州亦入於吐蕃」、「西山寇盜相侵」正指此近事。著一「莫」字，在意脈上自是緊承上句之「北極朝廷終不改」，表明這次入侵並不會動搖唐廷整體統治，但其中也同樣隱寓對其再次相侵的憂慮。細加吟味，還不難感到幾分無奈。

「可憐後主還祠廟，日暮聊為梁甫吟。」蜀後主祠廟，亦為登高所見。但詩人於連為一體的蜀先主廟、武侯祠、後主祠中獨拈出後主祠來，當是有感而發。「可憐」與「還」著意。可嘆的是像劉禪這樣昏庸無能的皇帝，至今仍然保留著他的祠廟，與諸葛武侯一起配祀先主劉備，不由得令人感慨萬端，自己雖欲像武侯那樣，開創基業，匡濟危局，卻有志難伸，只能在暮色蒼茫中，聊為〈梁甫〉之吟，來寄託自己的悲慨。這裡所說的〈梁甫吟〉，實借指正在吟誦的〈登樓〉詩。詩人雖未必將當今的皇帝代宗比作蜀後主劉禪，但在覽眺抒慨中，寓含對自己遭逢衰頹時世的感受，則不難體會。詩人之所以「傷心」，不但由於「萬方多難」，更因遭逢衰世、有志難伸、無力拯救危局。因此尾聯實際上是詩意涵的深化。

絕句四首（其三）①

兩個黃鸝鳴翠柳，一行白鷺上青天。窗含西嶺千秋雪②，門泊東吳萬里船③。

[校注]

①代宗廣德二年（西元 764 年）三月，因友人嚴武再任成都尹兼劍南節度使，有信邀杜甫入幕，乃攜家自閬州復回成都。這組七絕是杜甫剛回成都草堂後不久所作。所選的是第三首。②西嶺，即岷山雪嶺，係岷山主峰。其上終年積雪，歷時久遠，故云「千秋雪」。③萬里，范成大《吳船錄》:「蜀人入吳者，皆從合江亭登舟，其西則萬里橋。」杜甫的草堂在萬里橋西，瀕江，故云。東吳萬里船，駛向萬里之外長江下游吳地的船。

[鑑賞]

〈絕句四首〉，均詠草堂景物。這一首寫草堂近觀遠眺所見景物，每句一景，對起對結，乍讀似各自獨立，不相連屬，實則都貫注著詩人瀏覽景物時的喜悅感情和廣闊深遠襟懷。

前幅寫草堂附近景物，時值春末夏初，草堂周圍的柳樹，一片翠綠，兩隻黃鸝在柳樹叢中歡快地鳴囀歌唱，草堂近處的江天上，一行白鷺正振翅直上雲霄。這本是春夏之交郊野常見的景物，但經詩人著意點染，卻顯得色彩鮮明，生機盎然。

「黃」和「翠」、「白」與「青」的色彩配搭組合，使前者更加鮮妍明麗，充滿生機，使後者更加對比鮮明，境界高遠。而數量詞「兩個」和動詞「鳴」之間的配搭，不但傳達出黃鸝鳴聲的歡快清脆，而且創造出成雙成對、物遂其性的和悅氣氛；「一行」與「上」之間的配搭，則不僅使江天寥廓的境界藉以顯現，而且使整個畫面充滿動態感，彷彿可見白鷺凌波而起，整齊排成一行，直上青天的態勢。而詩人在目接耳聞之際，對自然界鮮妍明麗、高遠寥廓情境的愉悅感受，也自然流露於筆端。

後幅分寫草堂遠眺近觀之景。「窗含西嶺千秋雪」，是在窗前向西北遠眺所見。

「含」字極富創意，向為評論家所賞。西山雪嶺，高遠巍峨，廣大磅礴，而方廣不過數尺的「窗」卻可將它盡收眼底，故曰「含」。或謂詩人將窗框想像成畫框，而「西嶺千秋雪」則像是窗框中的一幅畫；或謂此係運用透視學原理來觀察、描繪景物，所言皆是。但我更欣賞這「含」字中所透露的那份納須彌於芥子的怡然自得之趣。「雪」而曰「千秋」，自是由於岷山主峰上的積雪終年不化之故，但不說「終年雪」而曰

「千秋雪」，則已在直觀景物的同時融入想像成分，遼遠的空間又疊加上悠遠的時間，則此「窗」所「含」者，不僅有廣闊的空間，且有悠遠的時間，其中所蘊含的情趣又不單是怡然自得，且具有對廣闊深遠時空的悠然神往之情。

「門泊東吳萬里船」：草堂的門前就是錦江的支流浣花溪，東邊不遠處則是「萬里之行始於此」的萬里橋。〈野老〉詩前幅說：「野老籬邊江岸回，柴門不正逐江開。漁人網集澄潭下，賈客船隨返照來。」可見草堂的門外就能見到賈客的商船，著一「泊」字，說明這艘船此刻正停泊在門外，寫的是近景，但特意標出「東吳萬里船」，則在目接之際同樣包含想像和神馳的成分。這一方面是出於「萬里橋」的名稱和掌故的觸發，另一方面則是基於詩人在日常生活中的觀察了解。但更重要的是，詩人對青年時代曾遊歷的吳越之地，始終懷有強烈嚮往。其〈壯遊〉詩追憶吳越之遊時說：「東下姑蘇臺，已具浮海航。到今有遺恨，不得窮扶桑。王謝風流遠，闔廬丘墓荒。劍池石壁仄，長洲荷芰香。嵯峨閶門北，清廟映回塘。每趨吳太伯，撫事淚浪浪。枕戈憶勾踐，渡浙想秦皇。蒸魚聞匕首，除道哂要章。越女天下白，鑑湖五月涼。剡溪蘊秀異，欲罷不能忘。」在夔州時所作的〈夔州歌十絕句〉（其七）云：「蜀麻吳鹽自古通，萬斛之舟行若風。長年三老長歌裡，白晝攤錢高浪中。」〈解悶十二首〉（其二）云：「商胡離別下揚州，憶上西陵故驛樓。為問淮南米貴賤，老夫乘興欲東遊。」連繫上述詩作，可以體會出「門泊東吳萬里船」之句中蘊含著對往昔壯遊經歷的回憶，以及今日在戰亂平定後重遊東吳的祈望。所見者雖為門前停泊的船隻，所思者卻是萬里之外的東吳和壯歲時的漫遊經歷。「東吳萬里船」的意象，由於融入想像，使詩歌境界在空間、時間上都極大地延展。而「窗含西嶺千秋雪」與「門泊東吳萬里船」的工整對仗，更使整個詩境在空間上西起岷山雪嶺，東極東吳大地，橫貫華夏大地，時間上由幾十年前的壯遊上溯到「千秋」萬代。這廣闊深遠的時空境界，不但使短小的絕句展現出前所未有的闊大悠遠之境，而且表現詩人身在草堂，而思接千載、視通萬里的胸襟。

═ 旅夜書懷① ═

細草微風岸，危檣獨夜舟②。星垂平野闊③，月湧大江流④。名豈文章著⑤，官應老病休⑥。飄飄何所似？天地一沙鷗⑦！

📖 [校注]

①此詩舊編代宗永泰元年（西元765年），杜甫離成都乘舟東下至忠州之旅途中，與頷聯描繪之壯闊景象不符。今依陳尚君說，繫年於晚年客居江陵前舟行之際，時約在大曆三年（西元768年）春。②危檣，高高的桅桿。③「星垂」與「平野闊」互相關聯：因見繁星點點，高垂天宇，而益感平野之闊；因平野寬闊，而見廣闊的天空中繁星如垂。④「月湧」與「大江流」亦互相關聯：因見月光之隨波湧動而益感大江東流滾滾的氣勢；因大江之波濤湧動，故見月影隨波而湧的景象。⑤這句的表面意思是說，自己豈因工詩能文而著名？似自負語，實則深寓壯志不遂、空以文章著名的感慨。⑥應，《全唐詩》原作「因」，校「一作應」。宋本作「應」，茲據改。杜甫因疏救房琯而獲罪，由左拾遺貶華州司功參軍，後又棄官遠遊。但這是貶官棄官，而非休官。且係十年前的舊事。此處所說的「官」，當指永泰元年杜甫辭嚴武幕職後，嚴武奏請朝廷任命他為檢校工部員外郎這一官職。杜甫本擬去蜀入朝為官，但在夔峽、江陵一帶羈留漂泊日久，始終得不到朝

廷任用的消息，故云「官應老病休」，「應」是揣測之辭，也是憤懣牢騷之語。⑦以天地之間一沙鷗形容自己飄蕩無依和渺小孤獨。

📖 [鑑賞]

這首著名的五律寫出雄渾壯闊境界中的孤獨感和漂泊感，在杜甫「漂泊西南天地間」時期的詩作中具有代表性。

首聯寫旅夜泊舟江岸。大江岸邊，春天的微風吹拂著細草，詩人所乘的船，桅桿高豎，正孤獨地停泊著。細草、微風，透露出時令正值春天。如果說首句所寫的景象還多少帶有春天傍晚和煦安閒的氣息，那麼次句的「危」、「獨」二字就明顯傳出孤獨、不安的感受。兩種不同景象所形成的對照，正顯示出在這個和煦的春夜，孤舟泊岸的詩人內心那份孤獨不寧的心緒。

頷聯寫詩人舟上仰觀俯視所見壯闊雄渾景象。仰望天穹，繁星密布，遙接天際，平原曠野，廣闊無邊；俯視大江，但見月影隨波湧動，粼粼波光，閃爍不定，滔滔江水，洶湧奔流。這一聯境界極壯闊雄渾，兩句中的「垂」字、「闊」字、「湧」字、「流」字，則是構成此種境界的關鍵字。特別是「垂」字尤為新奇犀利而貼切。廣闊無垠的江漢大平原上，四望無阻，天似圓蓋，籠蓋四野。這種天地相接、渾然一體的景象，使人產生天似乎低垂於人頭頂的視覺感受。這正是

「星垂」二字所描繪的情境。而星之低垂，正襯托出天穹的闊遠；而天穹的闊遠，又正顯示出它所籠蓋的平野之廣闊。一「垂」字而天之廣、野之闊畢現。或謂這兩句均為「下因句」即下三字為因，上二字為果，其實，詩人雖字烹句煉，但兩句均為渾淪一體、直書即目所見。即使景象之間有因果關聯，也是互為因果。正因為所寫為渾淪的整體，故雖錘鍊而仍具渾成之致。上句所寫本為靜景，因「垂」字而使其帶有動態感，下句更是動態感強烈的景象，不僅具有奔騰的氣勢，而且因「大江」之「流」而展示出更為闊遠的境界。評論家總以此聯與李白「山隨平野盡，江入大荒流」一聯作比較，正說明李、杜這兩聯所寫的景象，在地理方面相當接近。舊說杜甫此詩作於自成都至忠州的旅途中，陳尚君已提出：「江水流至戎、瀘諸州，多在群山中穿行。至渝、忠二州，已漸入峽谷，兩岸山勢更為險峻。舟中很難見到『星垂平野闊』這樣開闊的平原景色。」甚是。而李白〈渡荊門送別〉「山隨」一聯則明顯是寫荊門以外的江漢平原景象。李、杜此二聯雖有晝景、夜景之別，但所描繪的開闊景象同屬江漢平原一帶，則灼然可見。且杜甫永泰元年（西元 765 年）春夏之交由成都動身，中途在嘉州、戎州、瀘州、渝州均有停留，作有紀行詩，據陳貽焮《杜甫評傳》所考，端陽節前抵嘉州，與族兄杜某相聚，稍作盤桓，五月十五月圓前後過青溪驛，五月底六月初舟次戎州，受到楊刺史接待，至渝州又因候嚴六侍御而有耽擱。按其時令，早就過了春天，無復此詩首句所寫「細草微風岸」之春日景象。而大曆三年（西元 768 年）三月，由夔州抵達江陵，此詩如作於抵江陵前，時令正合。

腹聯由前幅旅途夜泊所見之景轉而書懷。「名豈文章著，官應老病休。」「豈」、「應」二虛字，開合相應，是這一聯中傳情達意的關鍵字。「豈」字在這裡含有「豈應」的含意，意思是說，聲名豈能因文章而著稱於世呢？這是帶有反問語氣的話。杜甫的理想抱負是「致君堯舜上，再使風俗淳」、「竊比稷與契」，並不以「文章驚海內」為自己的人生追求，但由於政治腐敗、時局動亂，使自己的夙志落空，徒以詩名著稱於世，這實在是極大的悲哀。故「名豈文章著」之句，從彷彿是自負的口吻中正流露出志業不遂的深沉悲慨。名本不應因文章而著，卻竟因文章而著，「豈」字中所寓含的正是這種事與願違的悲哀。與「豈」字相應，「官應老病休」的「應」字，則含有理所應當的含意。杜甫當時的境況是「老病有孤舟」，朝廷雖然給予他檢校尚書工部員外郎的官職，卻一直沒有實授，如今自己既老且病，看來理所應當成為「聖朝」的「棄物」了。而杜甫的實際想法卻是「落日心猶壯，秋風病欲蘇。古來存老馬，不必取長途」，雖然老病，卻壯心不已，仍希求為國效力。因此，這句詩表面上是說，官理應因老病而休，而實際上對此既心有不甘，又對朝廷的冷漠心懷牢騷憤懣，感到自己雖老而壯心猶在，卻被朝廷視為無用的「棄物」。

「飄飄何所似？天地一沙鷗。」既因老病而為朝廷所棄，又貧困無依，只能隨孤舟到處漂泊，自己的境況就像是廣闊天地之間一隻渺小的沙鷗，飄飄然無所依傍止宿。時值夜間，沙鷗飄飛的景象自非目接，但不妨因日間所見而引發聯想。沙鷗的意象，在杜甫詩中經常出現，但在不同的詩作中，具有不同的寓含。天寶七載（西元 748 年）所作的〈奉贈韋左丞丈二十二韻〉結尾說：「白鷗沒浩蕩，萬里誰能馴？」

這裡出現的「白鷗」，是自由無拘、不受馴服意態的象徵，表達當時杜甫雖困頓失意，卻仍保持著傲岸不羈的性格和心態。而這首詩中出現的「沙鷗」，卻因廣闊天地的襯托而愈顯其孤單、渺小，它那「飄飄」的身影也成為漂泊者的象徵。比起「殘生隨白鷗」的詩句，感情雖沒有那麼沉痛，但在彷彿是超曠的口吻中，仍可品味出無奈的淒涼。

就詩人的處境而言，這首詩所反映的，無疑是晚年杜甫老病交加、漂泊無依、孤獨寂寞的困境，但全詩的意境卻並不局促、感情也不頹唐，而是雄渾壯闊、氣象萬千，顯示出詩人雖窮困老病卻仍具闊大的胸襟氣魄。這當中，頷聯所描繪的境界具有至關重要的作用。它雖非直接書懷，卻展現出詩人闊大的胸懷。

閣夜[1]

歲暮陰陽催短景[2]，天涯霜雪霽寒宵[3]。五更鼓角聲悲壯[4]，三峽星河影動搖[5]。野哭幾家聞戰伐[6]，夷歌數處起漁樵[7]。臥龍躍馬終黃土[8]，人事依依漫寂寥[9]。

[校注]

①閣，指詩人在夔州所居之西閣。據首聯，詩當作於大曆元年（西元 766 年）冬。②陰陽，指日月交替運行。短景，猶短日。冬日晝短，故云。③天涯，指僻遠的夔州。雨過天晴曰霽，此處形容霜雪映照寒宵有如晴霽。兼寫曉霽之景。④《通典》卷一百四十九：「行軍在外，日出日入，撾鼓千捶。三百三十三捶為一通。鼓聲止，角聲動，吹十二聲為一疊。角音止，鼓音動。如此三角三鼓，而昏明畢之。」又見《李衛公兵法》。⑤星河，指天上的銀河。影，指江中銀河倒影。⑥幾，《全唐詩》校：「一作千。」⑦夷歌，彝人之歌，指巴東一帶少數民族之歌。數，《全唐詩》校：「一作是。」仇注本作「幾」。起漁樵，起於漁人樵夫之口。左思〈蜀都賦〉：「陪以白狼，夷歌成章。」李善注：「白狼夷在漢壽西界，漢明帝時作詩三章以頌漢德。」⑧臥龍，指諸葛亮。《三國志．蜀書．諸葛亮傳》：「諸葛孔明者，臥龍也。」躍馬，指公孫述。西漢末恃蜀中地險，時局動亂，據益州自稱白帝，又述曾改魚腹縣為白帝，建武十二年（西元 36 年）為漢軍所滅。《後漢

書》卷十三有傳。左思〈蜀都賦〉:「公孫躍馬而稱帝。」諸葛亮、公孫述在夔州均有活動及遺跡。有白帝廟、孔明廟。⑨人事，人間世事。依依漫，《全唐詩》校:「一作音塵日，一作音書頗。」仇注本作「音書漫」。依依，依稀隱約貌。漫，空自、徒然。

[鑑賞]

〈閣夜〉是杜甫七律正格的代表作，以風格沉雄悲壯、意境闊大蒼涼著稱。

題曰「閣夜」，首句卻從題前寫起。又是一年將盡的歲暮季節，隆冬日短，太陽和月亮此落彼起，匆匆交替，彷彿在催促短暫的白天趕快消逝。「歲暮」而「短景」，已使人深感歲月易逝，流光難駐，著一「催」字，更突出地渲染時間消逝的迅疾和日月更替催人老的意涵。雖係點時，卻流露出對於生命匆匆消逝的濃烈悲涼。

次句點地。「天涯」指僻處西南一隅的夔州。「寒宵」點題內「夜」字。這是個霜雪初停、分外凜冽的寒夜，著一「霽」字，不僅具體顯示出霜雪交映的寒夜一片銀白的光輝，而且在一片銀白的光影中，更顯出凜冽徹骨的寒意，詩人目接此境時凜然生寒的感受，亦自然寓含在其中。這一聯雖點時、地和題內「夜」字，而詩人的遲暮之感、天涯羈旅之慨和孤寂悲涼之情也都自然融合在「陰陽催短景」、「霜雪霽寒宵」

的環境中。「霽寒宵」三字兼寫寒宵將盡時的晴霽之色。

頷聯描寫寒宵將盡時，閣上所聞所見景物。天陰雨溼導致鼓皮鬆弛而聲音沉濁，天晴雪霽則鼓皮緊繃而聲音響亮，五更將曉之時，四周一片靜寂，城頭上的鼓角之聲顯得分外悲壯。夔州雖是偏僻的山城，但因蜀中連年戰亂，這原本寧靜的山城也染上濃重的戰爭氣息，在飽經戰亂的詩人聽來，這破曉時分的鼓角聲就顯得格外悲壯。上句從聽覺角度書寫，下句從視覺角度描繪。三峽的上空，星河西斜，倒映入江，因江水洶湧澎湃而其影動盪不已。前人或謂星辰動搖係民勞之象，係用事，實過鑿。此雖實寫眼前壯觀之景，但在雄壯闊大中有飛動之勢，且透露出詩人目接此境時動盪起伏的情思，與上句所寫雄渾悲壯之境融合，極沉雄悲壯之致。

「野哭幾家聞戰伐，夷歌數處起漁樵。」腹聯完全從聽覺角度寫閣上所聞。「幾家」或作「千家」，恐非。夔州是個小城，「千家」正是它的大致戶數，〈秋興八首〉之三「千家山郭靜朝暉」可證。如說「千家」，則夔州全城皆聞哭聲，即使是誇張渲染之詞，亦不免太過。仍以「幾家」為是。詩人佇立西閣，遙聞四野傳來哭聲，從哭聲中聯想到蜀中戰亂不斷，民間因征戰或兵亂而死者、而家人離散者不少，故聞野哭幾家而如聞戰伐之聲。這句與頷聯出句之「鼓角聲悲壯」正緊相承接。下句寫在閣上聽到當地各民族百姓的歌謠，聯想到值此寒夜將盡、天已破曉之際，他們一天的漁樵勞動生活又要開始了，點睛處在「夷歌」二字，在天涯羈泊的詩人聽來，這「夷歌」之聲不免使他更增添羈泊異鄉的孤寂感。

「臥龍躍馬終黃土，人事依依漫寂寥。」尾聯多異文，通行本多作「人事音書漫寂寥」，頗具音律宛轉低迴之美，但前代注家評論家對此句的解說，大多稍嫌牽強，蕭滌非謂「朝廷記憶疏」是人事方面的寂寥，「親朋無一字」是音書方面的寂寥，似乎可通。但連繫全詩，總覺得「音書」寂寥之慨有些突然，雖說「天涯」、「夷歌」等字中亦略透羈泊天涯異域之意，但作為總收，仍嫌與上文有些脫節。所謂「人事」，當緊承上句「臥龍躍馬終黃土」而言，指人間世事，亦即賀知章〈回鄉二首〉「近來人事半銷磨」、鹿展扆〈臨江仙〉詞「煙月不知人事改」之「人事」。「依依」，依稀隱約貌，形容歷史上的英雄人物如號稱「臥龍」的諸葛亮和躍馬稱帝的公孫述均已化為黃土，他們的事蹟和音容如今已依稀隱約，只存留於人們的想像中。想到這一點，詩人不免有蕭條異代不同時的寂寞之感，故說「人事依依漫寂寥」。這種感慨，同樣明顯流露在他的〈上白帝城二首〉中，其一云「英雄餘事業，衰邁久風塵」，其二說「白帝空祠廟，孤雲自往來……勇略今何在，當年亦壯哉！」都可旁證此詩「人事依依」，乃指公孫述、諸葛亮的英雄事業如今只依稀地留存在人們的記憶想像中，而自己已經是衰暮之年，又長期羈滯異鄉，雖追慕前代英雄亦不可能有所作為，只能空自寂寥。這是因其地有公孫、諸葛的遺跡及祠廟，而引發的歷史感慨和人生感慨。

整體來看，這首詩的首聯點明時地、題目，帶有總寫的性質，以下三聯，便分別從所聞、所見、所想的角度來下筆，內容既有對戰亂時世、人民苦難的憂憫，也有對自身羈滯天涯、無所作為境遇的悲慨，還有對夔峽寒夜雄渾壯偉景色的描繪。但諸多方面的內容又融合於沉雄悲壯的基調之中。

秋興八首[1]

其一

玉露凋傷楓樹林[2]，巫山巫峽氣蕭森[3]。江間波浪兼天湧[4]，塞上風雲接地陰[5]。叢菊兩開他日淚[6]，孤舟一繫故園心。寒衣處處催刀尺[7]，白帝城高急暮砧[8]。

其二

夔府孤城落日斜，每依北斗望京華[9]。聽猿實下三聲淚[10]，奉使虛隨八月槎[11]。畫省香爐違伏枕[12]，山樓粉堞隱悲笳[13]。請看石上藤蘿月，已映洲前蘆荻花[14]。

其三

千家山郭靜朝暉[15]，日日江樓坐翠微[16]。信宿漁人還泛泛[17]，清秋燕子故飛飛[18]。匡衡抗疏功名薄[19]，劉向傳經心事違[20]。同學少年多不賤，五陵衣馬自輕肥[21]。

其四

聞道長安似弈棋，百年世事不勝悲[22]。王侯第宅皆新主，文武衣冠異昔時[22]。直北關山金鼓振[24]，征西車馬羽書馳[25]。魚龍寂寞秋江冷[26]，故國平居有所思[27]。

其五

蓬萊宮闕對南山[28]，承露金莖霄漢間[29]。西望瑤池降王母，東來紫氣滿函關[30]。雲移雉尾開宮扇，日繞龍鱗識聖顏

[31]。一臥滄江驚歲晚[32]，幾回青瑣點朝班[33]。

其六

瞿塘峽口曲江頭[34]，萬里風煙接素秋[35]。花萼夾城通御氣[36]，芙蓉小苑入邊愁[37]。珠簾繡柱圍黃鵠[38]，錦纜牙檣起白鷗[39]。回首可憐歌舞地[40]，秦中自古帝王州[41]。

其七

昆明池水漢時功[42]，武帝旌旗在眼中。織女機絲虛夜月[43]，石鯨鱗甲動秋風[44]。波漂菰米沉雲黑[45]，露冷蓮房墜粉紅[46]。關塞極天唯鳥道[47]，江湖滿地一漁翁[48]。

[校注]

①秋興，秋日的情懷。西晉潘岳有〈秋興賦〉。〈秋興八首〉是杜甫在夔州創作的一系列組詩中最著名的七律組詩。據「叢菊兩開他日淚」之句，這組詩當作於他來到夔州的第二年秋天，即大曆元年（西元 766 年）秋。與其他組詩中的每一首詩可分開獨立成篇不同，這組詩的八首有嚴密的組織結構，次序很難移易，每首也很難獨立，必須作為一個藝術整體來閱讀吟誦，感受理解。②玉露，晶瑩的露水。凋傷楓樹林，指楓林經霜後顏色變紅，凋衰隕落。李密〈淮陽感秋〉：「金風蕩初節，玉露凋晚林。此夕窮途士，鬱陶傷寸心。」杜詩此句用其語意。③巫山巫峽，《水經注·江水》:「江水歷峽，東徑新崩灘，其下十餘里有大巫山，其間首尾百六十里，謂

之巫峽，蓋因山為名也。自三峽七百里中，兩岸連山，略無闕處，重巖疊嶂，遮天蔽日。自非亭午夜分，不見曦月。」蕭森，蕭瑟陰森。④江間，指這一帶的長江。兼天，連天。⑤塞上，指險峻的巫山。第七首「關塞極天唯鳥道」之「關塞」同此。非指想像中的邊塞。陳廷敬曰：「塞上」指夔州。並舉〈夔府書懷〉詩「絕塞烏蠻北」、〈白帝城樓〉詩「城高絕塞樓」為證。二句所寫均為眼前景象。接地，連地。⑥他日，昔日、往日。去年秋天詩人已在夔州雲安，見叢菊開而思念故鄉，傷心落淚；今年秋天仍滯留夔州，見叢菊再開而再次觸動鄉愁落淚。⑦催刀尺，用剪刀、量尺趕裁衣服。⑧急暮砧，傍晚的搗衣砧杵聲一聲緊接一聲。裁製衣裳之前，先將衣料用砧杵搗軟。⑨北，原作「南」，《全唐詩》校：「一作北。」茲據改。杜甫〈夜〉：「步蟾倚杖看牛斗，銀漢遙應接鳳城。」〈太歲日〉：「西江元下蜀，北斗故臨秦。」均可證。京華，指京城長安。《晉書．天文志上》：「北斗七星在太微北……斗為人君之象，號令之主也。」故後以北斗喻帝王，亦可喻指帝都。仇兆鰲云：「趙、蔡兩注俱云秦城上直北斗。長安在夔州之北，故瞻依北斗而之。」浦起龍云：「蓋紫微垣為天帝座，以象帝京。北斗正列垣旁，又名帝車，故依此以望耳。」⑩三聲淚，《水經注．江水》：「每至晴初霜旦，林寒澗肅，常有高猿長嘯，屬引淒異，空谷傳響，哀轉久絕。故漁者歌曰：『巴東三峽巫峽長，猿鳴三聲淚沾裳。』」⑪八月槎，張華《博物誌》卷十：舊說天河與海通，近世有人居海渚者，年年八月見有浮槎去來，不失期。遂立飛閣於槎上，齎糧乘槎而去，十餘日至天河。又《荊楚歲時記》，漢武帝令張騫使大夏，尋河源，乘槎經月而至一處，見城郭如州府，室內有一女織，又見一丈夫牽牛飲河。此句「奉使」、「八月槎」合用此二書所載，喻指詩人自己參嚴武幕之事。杜甫受嚴武辟署為節度參謀，故日「奉使」。〈奉贈蕭使君〉云：「昔在嚴公幕，俱為蜀使臣。」可證「奉使」正指參幕。杜甫本擬日後隨嚴武還朝，但嚴武於永泰元年（西元 765 年）夏突然去世，這一願望遂落空，故云「虛隨八月槎」。⑫畫省，指尚書省。《漢官儀》：「尚書省中，皆以胡粉塗壁，青紫界之，畫古賢人烈女。尚書郎更直，給女侍史二人，執香爐燒薰，從入護衣服。」伏枕，指臥病。永泰元年春，杜甫離嚴武幕後，嚴武奏請朝廷任命杜甫為檢校尚書省工部員外郎。此句謂自己因為臥病而違離朝廷，不能在尚書省就職寓直。疑另有解，見鑑賞。⑬山樓，指夔州城樓。粉堞，城上塗以白色的女牆。隱悲笳，悲涼的笳聲隱現縈迴。⑭藤蘿月，照映在藤蘿上的月光。洲，江邊沙洲。蘆荻花，即蘆花。二句寫夜間時間的推移，原先照在山石藤蘿上的月光，不知不覺間已經映在沙洲邊的蘆花之上。⑮千家山郭，指夔府山城。⑯日日，原作「一日」，《全唐詩》校：「一作日日。」茲據改。翠微，指青翠的山色。⑰信宿，連宿兩夜。再宿日信。還，仍也。泛泛，漂浮貌。⑱故，仍、還。與上句「還」互文同義。⑲《漢書．匡衡傳》：「薦衡於上，上以為郎中。遷博士、給事中。是時，有日蝕、地震之變，上問以政治得失，衡上疏（略）。上說其言，遷衡為光祿大夫，太子少傅。」抗疏，向皇帝上疏直言。杜甫任左拾遺時，曾上疏救房琯，因此得罪肅宗，遭到貶斥。這句說自己雖然像匡衡那樣，上疏直言，但卻因此遭到貶斥，功名不遂，官位低微。上四字以匡衡抗疏自比，下三字自慨。下句同。⑳《漢書．劉向傳》：「向字子政，本名更生……初立《穀梁春秋》，徵更生受穀梁，講論五經於石渠。……成帝即位……更名向。……詔向領校中五經祕書。」錢謙益曰：「劉向雖數奏封事不用，而猶居近侍，典校五經。公則白頭幕府，深愧平生，故曰心事違也。」傳經，指劉向典校五經，使經書得以流傳。杜甫家世奉儒，故以傳經之劉向自比，但卻連在朝廷典校經書亦不可得，故曰「心事違」。㉑五陵，西漢長安渭北五座皇帝的陵墓（長陵、安陵、陽陵、茂陵、平陵）。元帝之前每建陵墓，輒遷四方富豪及外戚居此，供奉園陵，故五陵之地為豪傑貴戚所聚。《論語．雍也》：「乘肥馬，衣輕裘。」衣馬，即裘馬。㉒似弈棋，形容長安政局如棋局之互相爭鬥、此消彼長、變化不定。百年世事，泛指近百年來所歷之政局變化。㉒二句承上「似弈棋」，極言朝廷政局變化之大，未必有具體所指，是對政局變幻的概括與悲慨。㉔直北，正北。《史記．封禪書》：「漢文帝出長安門，若見五人於道北，遂因其直北立五帝壇，祠以五牢具。」直北關山金鼓振，指北面邊塞一帶，金鼓震天，回紇時常入侵。㉕征西，指征討西面吐蕃入侵。羽書，傳送緊急軍情的文書，插羽其上，以示緊急。馳，原作「遲」，《全唐詩》校：「一作馳。」茲據改。羽書馳，羽書快馬傳送，交馳於途。㉖魚龍寂寞，點秋景。《水經注》：「魚龍以秋日為夜。龍秋分而降，蟄寢於淵，故以秋日為夜也。」㉗故國，指故都長安。平居，平日、平素。杜甫〈贈特進汝陽王二十韻〉：「晚節嬉遊簡，平居孝義稱。」㉘蓬萊宮闕，指唐大明宮。《唐會要》卷三十：「龍朔二年，修舊大明宮，改名蓬萊宮，北據高原，南望爽塏。」南山，即終南山。大明宮建於長安城北龍首原上，正遙對長安城南的終南山。㉙承露，承露盤。金莖，銅柱。班固〈西都賦〉：「抗仙掌以承露，擢雙立之金莖。」漢武帝迷信神仙，於建章宮築神明臺，立銅仙人舒掌捧銅盤承接甘露，冀飲以延年。《史記‧封禪書》：「其後則又作柏梁銅柱承露仙人掌之屬矣。」唐代宮中並無承露盤及銅柱，此借漢事以形容宮殿建築之崔巍宏麗。㉚此二句，或謂借指玄宗寵楊妃、好道術，或謂為帝京設色。《穆天子傳》卷三：「乙丑，天子觴西王母於瑤池之上。」西王母係神話傳說中的人物，瑤池係西王母所居。其地在極西，故云「西望」。降，降臨。西王母降臨事，見《漢武內傳》。東來，《關尹內傳》：「關令尹喜常登樓，望見東極有紫氣西邁，曰：應有聖人經過。果見老君乘青牛東來。」函關，函谷關。老子從洛陽入函谷關，故曰「東來紫氣」。㉛雲移雉尾，雉尾障扇像雲彩一樣移動分開。《唐會要》卷二十四：「開元中，蕭嵩奏：每月朔望，皇帝受朝於宣政殿，宸儀肅穆，升降俯仰，眾人不合得而見之。乃請備羽扇於殿兩廂，上將出，扇合，坐定，乃去扇。」《新唐書·儀衛志》：「唐制，人君舉動必以扇，大駕鹵簿儀物則有曲直華蓋、六寶香燈大傘、雉尾障扇、雉尾扇、方雉尾扇、花蓋子雉尾扇、朱畫圖扇、俾倪之屬。」龍鱗，皇帝所穿袞衣上所繡的龍紋圖案。「雲移」二句，形容朝儀之盛。㉜滄江，指夔州，因其濱江，故云。歲晚，切「秋」，兼指自己年已遲暮。㉝點，原作「照」，《全唐詩》校：「一作點。」（按：宋本作「點」）茲據改。青瑣，指宮門。《漢官儀》卷上：「黃門郎，每日暮，向青瑣門拜，謂之夕郎。」點，傳點。杜甫〈至日遣興奉寄北省舊閣老兩院故人〉（其一）：「去歲茲辰捧御床，五更三點入鵷行。」朝臣早晨上朝時聽到傳報五更三點，依官職大小依序排班入殿，故云「點朝班」。此句當指玄宗朝唐王朝盛時至今，又不知換了幾朝皇帝，幾回朝班。㉞瞿塘峽口，夔州奉節縣東即瞿塘峽之西口。曲江頭，曲江邊。「曲江」見〈哀江頭〉詩注①。㉟風煙，風塵煙霧迷濛的景象。素秋，指秋天。秋當西方，屬金，色白，故曰素秋。㊱花萼，唐長安興慶宮內樓名。《唐六典》：「興慶宮在皇城之東南，宮之南曰通陽門，通陽之西曰花萼樓。」原注：「興慶宮即今上（指唐玄宗）龍潛舊宅也。開元初以為離宮。至十四年，又取永嘉、勝業坊之半以置朝，自大明宮東夾羅城複道，經通化門磴道潛通焉。」《舊唐書·玄宗紀》：「開元二十年六月，遣范安及於長安廣花萼樓，築夾城，至芙蓉園。」芙蓉園在曲江。夾城，兩邊築有高牆的通道。唐代長安東邊的城牆共兩道，中為複道（即夾城），由北至南，直達曲江。供皇帝后妃遊幸專用。御氣，天子之氣。㊲芙蓉小苑，即芙蓉園，見上句注。錢謙益箋：「祿山反報至，帝欲遷幸，登興慶宮花萼樓，置酒，四顧悽愴，此所謂『小苑入邊愁』也。」㊳鵠，《全唐詩》校：「一作鵠。」按：鵠、鵠通。㊴錦纜，遊船上錦製的纜繩。牙檣，以象牙為飾的桅桿。㊵歌舞地，承上指曲江遊賞享樂之地。㊶秦中，指關中地區。《漢書·婁敬傳》：「秦中新破，少民，地肥饒，可益實。」顏師古注：「秦中謂關中，故秦地也。」謝朓〈鼓吹曲〉：「金陵帝王州。」西周、秦、西漢、北周、隋、唐均建都長安。古，宋本作「出」，二蔡本及錢本作「古」。㊷昆明池，在長安西南，漢武帝元狩三年（西元前120年）開鑿以習水戰，池周圍四十里，廣三百三十二頃。《漢書·武帝紀》：「（元狩三年春）發謫吏穿昆明池。」顏師古注引臣瓚曰：「《西南夷傳》有越巂、昆明國，有滇池，方三百里。漢使求身毒國，而為昆明所閉。今欲伐之，故作昆明池象之，以習水戰。在長安西南，周圍四十里。」《史記·平準書》：「大修昆明池，列觀環之。治樓船高十餘丈，旗幟加其上甚壯。」《西京雜記》卷下：「昆明池中有戈船樓船各數百艘，樓船上建樓櫓，戈船上建戈矛，四角悉垂幡旄旍葆麾蓋，照灼涯涘。」杜甫〈寄賈嚴兩閣老〉：「無復雲臺仗，虛修水戰船。」可證唐玄宗曾置船於昆明池。此蓋以漢武喻玄宗。㊸《文選・班固〈西都賦〉》：「集乎豫章之宇，臨乎昆明之池。左牽牛而右織女，似雲漢之無涯。」李善注引《漢宮闕疏》曰：「昆明池有二石人，牽牛織女象。」曹毗《志怪》：「昆明池作二石人，東西相望，象牽牛織女。」虛夜月，空對夜月。㊹《西京雜記》卷上：「昆明池刻玉石為鯨，每至雷雨，魚常鳴吼，鬐尾皆動。漢世祭之以祈雨，往往有驗。」㊺《西京雜記》卷上：「太液池邊皆是雕胡、紫籜、綠節之類，菰之有米者，長安人謂之雕胡。」菰米，茭白所結之實，又稱雕胡米，可以作飯。㊻唐時昆明池中種植蓮藕，白居易、韓愈等人詩中均有提及。韓愈〈曲江荷花行〉云：「問言何處芙蓉多，撐舟昆明渡雲錦。」注云：昆明池周迴四十里，芙蓉之盛如雲錦也。此句寫昆明池中露凝蓮房，粉紅色的蓮花凋落。㊼關塞，指夔州附近的險峻高山。極天，上至於天，極形其高。鳥道，飛鳥才能越過的道路。㊽江湖滿地，指身之所處的夔州，因濱長江，故云。「江湖」多指隱逸者居處。《南史・隱逸傳序》：「或遁跡江湖之上，或藏名巖石之下。」一漁翁，詩人自指。

═ 秋興八首　其八 ═

昆吾御宿自逶迤①，紫閣峰陰入渼陂②。香稻啄餘鸚鵡粒③，碧梧棲老鳳凰枝④。佳人拾翠春相問⑤，仙侶同舟晚更移⑥。綵筆昔遊干氣象⑦，白頭吟望苦低垂⑧。

[校注]

①《漢書．揚雄傳》：「武帝廣開上林，東南至宜春、鼎湖、御宿、昆吾。」晉灼曰：「昆吾，地名也，有亭。」師古曰：「御宿在樊圃西也。」《三秦記》：「樊川一名御宿川。」逶迤，曲折連綿貌。自長安至渼陂，必經昆吾、御宿。②紫閣，長安城南終南山峰名。張禮《遊城南記》：「圭峰、紫閣粲在目前。」注曰：「圭峰、紫閣在終南山祠之西。圭峰下有草堂寺，紫閣之陰即渼陂，杜詩『紫閣峰陰入渼陂』是也。」紫閣峰在圭峰東，旭日照之，爛然而紫，其形上聳，若樓閣然，故名。《長安志》：「渼陂在鄠縣西。」《十道志》：「陂魚甚美，因名之。」渼陂湖水源於終南山，出谷後潛流地下，隱渡十里天橋，復湧成泉，匯流成陂，陂水甘美。杜甫有〈渼陂行〉。③此句倒裝，意即香稻乃鸚鵡啄餘之粒。香稻，《草堂》本作「紅豆」。④此句亦倒裝，意即碧梧乃鳳凰棲老之枝。⑤拾翠，拾翠羽。曹植〈洛神賦〉：「或採明珠，或拾翠羽。」後遂作為婦女遊春的代稱。相問，互相贈送禮物。⑥《後漢書．郭太傳》：「太與李膺同舟而濟，眾賓望之，以

為神仙焉。」仙侶，指志同道合的朋友。杜甫曾與岑參兄弟同遊渼陂。其〈渼陂行〉云「岑參兄弟皆好奇，攜我遠遊來渼陂……船舫暝戛雲際寺，水面月出藍田關。」此即「仙侶同舟晚更移」之例。移，移舟。⑦遊，原作「曾」，據宋本改。昔遊，上承「仙侶同舟」而遊事。干氣象，上沖雲霄天象，形容詩之風格宏偉遒上。明張綖曰：「氣象指山水之氣象。干者，言綵筆所作，氣凌山水也。」（仇注引）⑧吟望，吟詩遙望（京華）。苦低垂，憂傷愁苦地低垂著。

🕮 [鑑賞]

〈秋興八首〉是杜甫晚年詩歌創作的巔峰之作，也是他組詩創作的傑作。歷來的選家、評論家對題內的「興」字所包含的內容意涵都非常關注，實則「興」的內容意涵離不開「秋」字。詩人的情懷和感慨，因蕭瑟的秋色、秋氣而引發，故曰「秋興」。注家或引潘岳〈秋興賦〉以釋詩題「秋興」二字所本，其實從精神實質上來看，它真正的源頭應是宋玉的〈九辯〉。「悲哉秋之為氣也，蕭瑟兮草木搖落而變衰」的悲秋音調，同樣是〈秋興八首〉貫串始終的主旋律。具體地說，詩人的因秋而感發的悲秋意涵主要表現在兩個方面：一是因秋色秋氣引發的個人漂泊異鄉之悲、棲遲不遇之感和人生衰暮之慨，亦即所謂「故園心」；一是秋色秋氣引發的對百年世事、時代盛衰的悲慨，亦即所謂「故國思」。這兩方面的悲秋意涵，在宋玉的〈九辯〉中都有出色的抒寫，而以「貧士失職而志不平」的個人失意困頓之悲作為主軸；而在杜甫的〈秋興八首〉中，則以「故國思」作為組詩的主要內容，而個人失意漂淪的悲劇命運則緊緊連繫著時代的盛衰、國家的命運，這是組詩的基本內容和整體構思。

第一首寫峽中秋色引發的「故園心」，直接點明「秋興」的題目和組詩內容意涵的重要方面之一，可視為前三章的要義。

首聯點明時、地，總寫峽中蕭森的秋景秋氣。「玉露」即白露，晶瑩的露水和經霜後一片火紅的楓樹林，本是絢爛秋色的重要表徵，於二者之間著「凋傷」二字，立即改變景物明麗絢爛的色調，呈現出一片黯淡凋零的景象，透露出詩人面對此景象時淒傷的心情。這句寫的是眼前的近景。次句宕開，從廣闊的視野概寫峽中秋氣，詩人身居夔州，處瞿塘峽的入口，在地理上與巫山、巫峽本有一段距離，這裡不如實地寫夔峽、夔山，而說「巫山巫峽」，實際上是將三峽中最長的巫峽作為三峽的代稱，將巫山作為三峽七百里兩岸連山的代稱，因此這句雖從眼前景出發，卻融入想像成分，成為對三峽地區秋色的總括。「蕭森」，是蕭條森寒的意思。不說「景蕭森」，而說「氣蕭森」，固然因直承宋玉〈九辯〉「悲哉秋之為氣」之語，同時也透露出詩人所感受的，不僅僅是具體的秋景秋色，而且是充溢滲透於天地之間的秋氣，令人凜然生悲的秋之神魂。這種直取其神的虛筆，與從廣闊視野概寫三峽秋色正相吻合。

頷聯承「氣蕭森」，進一步具體描繪峽中秋景。到過夔州一帶的人都會感到，這一聯所描繪的景象不太像是實寫夔州與夔峽的秋景，因為在兩岸連山，重巖疊嶂的三峽地區，江流被緊束在兩岸的高山之間，不太可能出現在廣闊平原地區才有的「江間波浪兼天湧，塞上風雲接地陰」之天地相接的混茫景象。顯然，詩人筆下的景象已經過感情的熔鑄改造，帶有想像誇張的成分。從詩中所寫的情況來看，詩人所面對的是一個陰寒有風的秋日，江間波浪洶湧，那奔騰澎湃的氣勢像是要直上雲霄，與天相接；兩岸的高山絕塞，風雲屯聚，像是與地上的陰寒之氣連成混茫一片。這種描寫，似乎更主要的是抒寫詩人的胸中所感。呈現在讀者面前的這幅圖景，既具壯闊混茫的境界和飛動的氣勢，又隱隱傳出陰寒蕭森、動盪不寧的氣氛。它雖不是詩人有意借景物描寫象徵時代環境，卻是那個動盪不寧、陰寒慘淡的時代環境在詩人心中的投射。故雖非有意用象徵手法，卻具有象徵色彩。從中不但可以聯想到時代的動盪不安、蕭森陰寒，而且隱約可見詩人澎湃起伏的心潮。

以上兩聯，均寫夔峽秋景，腹尾兩聯，轉抒滯留峽中羈旅漂泊之感與思念故園之情。「叢菊」點秋。詩人於去年春夏間離蜀沿江東下，於重陽節前抵達雲安，因肺疾發作而留滯，「叢菊」開放之時正在雲安；至今年（大曆元年，西元 766 年）初夏移居夔州，到寫這組詩時，他已在峽中度過二秋，故云「叢菊兩開」。「他日淚」，指昔日淚，亦即去年叢菊開時因留滯思鄉而流之淚。今年再開，仍復留滯峽中，不禁觸動舊日的記憶而再次流淚。是今年之淚，猶復去年之淚，故云「兩開他日淚」。妙在「兩開」二字，似乎菊開即淚開，淚為因菊之開而流，將觸物傷情的情景表現得新穎別緻。對杜甫來說，菊花不僅是秋天物候的表徵，而且是故園的象徵。長安杜陵，是他的祖籍（十五世祖杜畿，京兆杜陵人），他自己又曾長期居住在這裡，〈九日五首〉之四說：「故里樊川菊，登高素滻源。他時一笑後，今日幾人存。」由眼前的夔州之菊，聯想到故里樊川之菊而勾起懷念故園之情，本來就極自然。故下句即直接點出全詩的核心「故園心」。上下句對照，可知無論是他日之淚、今日之淚，皆為懷念故園而流。妙在將「孤舟一繫」與「故園心」組接，含蘊豐富，韻味無窮。「孤舟」是詩人歸鄉的憑藉，也是其思鄉之情的寄託，更是其晚年漂泊生涯和孤孑身世的象徵（所謂「親朋無一字，老病有孤舟」）。而「繫」既有牽繫之義，又有牢繫之義。停泊在江邊的那一葉孤舟，既無時無刻不牽繫著引起詩人迫切希望歸鄉的心情，卻又一動不動地停靠著，像是牢牢地拴住詩人迫切返鄉的希望，使歸鄉之願無法實現。「繫」字的雙重含義，在這裡發揮奇妙的作用，使本來平常的詩句變得雋永而富有含蘊。

就在詩人因叢菊之開、孤舟之繫而牽動故園之思、流淌思鄉之淚的過程中，天色已經向晚，暮色蒼茫中，佇立在白帝高城上的詩人，耳畔傳來一陣緊接一陣的清亮搗衣砧杵聲，像是催促家家戶戶拿起刀尺，趕製冬衣。「急暮砧」點秋。前三聯寫玉露、楓林、巫山、巫峽、波浪、風雲、叢菊、孤舟，均為目接之景，從視覺角度來寫，末尾改從聽覺角度，寫「急暮砧」所代表的秋聲。又到了一年將暮的寒秋季節，那清亮而悽楚的砧杵聲，使長期漂泊羈留異鄉的詩人倍感孤寂淒涼，使本已縈繞胸間的「故園心」更加深厚強烈。著一「急」字，不僅表達出詩人對砧聲一聲緊接著一聲的明顯感受，而且使人感到這一聲聲悽清的砧聲，似乎都敲在詩人的心上，砧聲和詩人淒傷寂寞的心聲融為一體，砧聲亦即心聲，其中都散發著濃郁的秋意。

這一首寫夔峽秋色秋景秋氣秋聲，意緒沉鬱悲涼而意象華美秀麗、意境壯闊飛動，給予人淒悲而華美、哀傷而激壯的明顯感受。全篇基本上是寫景，「故園心」只總提一筆，而詩人的感情意緒卻融入在所有景物描寫中，可稱寓情於景、情與境偕的典範。如果把整個組詩看成一部大規模交響樂，這一首便像是它的序曲。

第二首緊承前一首「暮砧」，寫夔府孤城從「落日斜」到月映洲前的情景。首句點時、地，唐代的夔州郡城，是一個僅有千家的偏僻山城，它孤零零地處於群山萬壑之中，故曰「孤城」。如此僻遠的山城，又值暮色蒼茫的「落日斜」時分，更加重羈旅漂泊者孤寂淒涼的況味。這一句雖似敘述交代詩人所在之地之時，卻透過「孤城」和「落日斜」的意象，點染出特有的環境氛圍，為次句重筆敘寫作勢。長安在夔州之北，其上正值北斗，而北斗向來又為帝王、帝都的象喻，故有「每依北斗望京華」的詩句。看到北斗星，就聯想到其下的帝京。但雖可「依」北斗而遙望「京華」，而京華實不可望見，故所謂「望」，實即佇望而遙思。「望」中有縈迴纏繞的感情變化、心靈流轉。這一句向為評論家所稱引，謂為八首之主旨。從組詩的主要內容是寫詩人身處夔州，總是思念長安這一點來說，這一句確實是對組詩主旨的提挈。曰「每依」，則月明之夜，夜夜如此，由此可知「望」之頻繁、「思」之執著。對杜甫來說，「京華」既是朝廷所在，亦是家園所在，「故園心」與「故國思」完全融合在同一個「京華」上。故這「望」中之「思」，蘊含原來極豐富，此處亦只總提一筆，渾淪而書，隨著以下的抒寫，自會逐次展開。

頷聯緊承「夔府孤城」與「望京華」，分寫身羈孤城的孤寂淒涼和未能隨嚴武返朝的悲慨。三峽多猿，夜間猿聲響於山谷，在靜寂中尤顯淒涼。民謠素有「巴東三峽巫峽長，猿鳴三聲淚沾裳」之語，今日親歷其境，方覺其語之真實可信，故曰「聽猿實下三聲淚」。「奉使」句兼用《博物誌》與

《荊楚歲時記》乘槎之典，說自己參西川嚴武幕，猶如奉使乘槎，本企日後隨其還朝，不料嚴武遽然去世，還朝之望成空，故曰「奉使虛隨八月槎」。兩句分用「聽猿」、「乘槎」二典，將自己羈留峽中心情的悽苦孤寂和還朝無望的悲慨，表達得曲折有致。「實」與「虛」的鮮明對照，強化現實處境的淒涼和希望成空的悲慨。「聽猿」、「奉使」分別上承「夔府」與「望京」。

腹聯出句「畫省香爐違伏枕」承二、四句，進一步具體抒寫「望京華」的感情。「畫省」即尚書省的代稱。杜甫離嚴武幕後，嚴武奏請朝廷任命其為檢校尚書省工部員外郎，故用「畫省」典。「違伏枕」，舊解均以為指「因臥病而遠違」，固然可通。〈奉贈蕭二十使君〉「曠絕含香舍，稽留伏枕辰」可證。但詳味應劭《漢官儀》「尚書郎給青縑白綾被，以錦被帷帳氈褥通中枕……從直女侍執香爐燒從入臺護衣」的記述，疑「伏枕」非指己臥病峽中，而是指在尚書省直夜住宿，「枕」即所謂「通中枕」，係寓直時所用之臥具。「畫省香爐違伏枕」，是慨嘆自己徒有尚書員外郎的虛銜，卻不能回到長安，真正任職寓直，「違」即違離之意。這樣解釋，既緊扣原典中的「通中枕」，又與「奉使虛隨」句意連貫。

對句「山樓粉堞隱悲笳」承一、三句，寫自己身在夔府城樓，入夜之後，白色的女牆外隱隱傳來陣陣悲涼的胡笳聲，為這座偏僻的山城增添緊張的軍旅氣氛，詩人心憂國事的感情和悲涼心緒也隱現於字裡行間。

尾聯寫深夜景色。隨著時間的推移，一輪明月，已經升至中天，原先照映在石壁藤蘿上的月光，此刻已經移照到江邊沙洲前的蘆荻花。三峽層巖疊嶂，非亭午夜分，不見曦月。月映洲前蘆花，正是中宵之月。兩句用流水對，以「請看」提起，以「已映」照應，從景物的變化中見時間之推移，而詩人佇立「望京華」時間之久、思念之深、心境之孤寂均寓於其中。「蘆荻花」點明深秋季候。「請看」二字，彷彿是詩人的心靈自語。

這一首以時間推移、景物變化為主軸，寫從「落日斜」到月映洲前的時間中，詩人遙望京華而引發縈迴纏繞的思緒和孤寂悲涼的心境。其中「奉使虛隨八月槎」、「畫省香爐違伏枕」的悲慨，正是全篇主旨。與上一首著重從廣闊的空間著筆寫法有別。

第三首緊承第二首尾聯月映洲前，寫夔州江樓朝坐所見所感。「千家山郭」即夔府山城，「江樓」指所居臨江之西閣。清晨時分，獨坐西閣，整個夔州山城都沉浸在一片朝暉之中，四周一片寂靜，自己所居的江樓，正面對連綿的群山，沐浴在青翠蓊鬱的山色之中。「坐翠微」，即坐對翠微之省。不說「對翠微」而說「坐翠微」，彷彿整個人就融化在一片青翠的山色之中。首聯寫夔州山城朝景，極饒畫意，而上句的「靜」字、下句的「坐」字尤具神韻，為畫筆所難到。這景色原極清新優美、寧靜閒遠，字裡行間也不難感受到詩人面對此景時的愉悅與賞愛。但下句開頭的「日日」二字，卻隱隱流露出一絲單調重複、孤寂無聊的況味。

頷聯續寫獨坐江樓所見景物，江上漁人，泛舟而漁；清秋燕子，來往飛翔。這種景色，原亦為優美的生活畫面和自然景象，但上句著一「還」字，下句著一「故」字，便流露出詩人「日日」面對此景時的單調無聊感受。「還」與「故」對文，互文見義，都是「仍舊」、「依舊」之義，或解「故」為「故意」，當非。這種日對佳景而生厭的意緒，正是漂泊者長久羈留異鄉的典型感受。「泛泛」、「飛飛」，運用疊字加強這種厭倦感。

以上兩聯，寫「日日」面對夔州江山景物，久而生厭的情緒，原因自不在自然景物本身，而是詩人的境遇遭際所致。腹聯便分用匡衡、劉向二典，以古人之得意際遇，反託自己「功名薄」、「心事違」。自己雖也像匡衡那樣，抗疏上奏，疏救房琯，卻因此觸忤肅宗，被貶出朝廷。從此名宦不達，坎壈終身。雖也像劉向那樣，以奉儒守道、傳授經書為己任，卻心事乖違，願望落空。這種境遇，正是雖面對美景而意緒無聊的深刻原因。這也是詩人對自己平生困頓際遇的回顧與概括，句末的「薄」、「違」二字，流露出對這種際遇的憤激不平。

尾聯由自己的困頓不遇聯想到昔日的「同學少年」的得意境遇。所謂「同學少年」亦即〈自京赴奉先縣詠懷五百字〉中譏笑自己迂拙守志的「同學翁」們，他們僅是自營其穴，而如今都衣輕裘、乘肥馬，成為達官顯宦，馳騁於五陵之間，得意揚揚，風光無限。「多不賤」、「自輕肥」，以貌似欣羡的口吻，傳達出對此輩的輕蔑與不屑。蕭滌非說：「意極不平，語卻含蓄。」、「一『自』字，婉而多諷。」深得詩意。

以上三首，或寫羈泊夔峽、懷念故園之情，或寫不能回到京華供職寓直的悲慨，或寫自己「功名薄」、「心事違」的困頓境遇，每首中雖均寫到夔州秋景，但都是作為上述情緒的背景和環境，具有或正面渲染烘托，或反面襯托的作用。由眼前秋景發興，目標都在自己的羈泊、困頓境遇上。從下一首起，詩意開始轉向對長安今昔狀況的描寫和對盛衰之慨的抒寫。

第三首尾聯寫到「同學少年多不賤，五陵衣馬自輕肥」，雖是用來和自己羈滯異鄉、困頓棲遲的境遇作對照，卻已涉及長安今日政壇人物和政壇狀況，第四首便自然過渡到對長安政局、國家憂患的描寫與感慨。首聯以「聞道」二字提起，點明以下所述乃是身在夔州山城所聽到的情況，切合當下身分。出語平淡而寓慨自深。用「弈棋」來形容比喻長安政局，既揭示出爭鬥不斷、此消彼長，又表露出其反覆無常、變化多端。如果說盛世的政局常具有穩定、和諧的特徵，則「似弈棋」的政局正是亂世衰世政局的顯著表徵。第二句宕開，從廣闊的視野俯視百餘年來的政局，深感盛衰不常，感慨生悲。這一句寫得很概括虛泛，「百年世事」既包括貞觀、開元的盛世，也包括安史之亂以來的亂世衰世。盛衰的鉅變，正是「百年世事」的明顯特徵，故詩人回顧這一段「世事」，悲慨甚深。論者多以「望京華」或「故園心」、「故國思」為八首之主旨，固然如此；但私意以為「百年世事不勝悲」一句，似更能呈現八首的內在意涵。整個組詩就是抒發詩人對唐王朝由極盛而急遽轉衰之滄桑鉅變的悲慨，以及在這樣的時代中，對個人悲劇命運的感慨。這一點，在後四首詩中展現得更為明顯。

頷聯是對「長安似弈棋」政局的具體敘寫。表面上，「王侯第宅皆新主，文武衣冠異昔時」所描述的似乎是政壇上人事更迭的自然現象和自然規律，但連繫杜甫在夔州期間所作〈八哀詩〉中對賢相張九齡、名將李光弼等人的追緬，〈諸將五首〉諷回紇、吐蕃入侵，諸將不能禦敵，以及肅、代二朝寵信宦官、濫行封爵等情況，不難體會到詩人對當時王侯第宅中的新主人、朝廷上新封的文武衣冠，是明顯帶有譏諷之意的。將這兩句與前一首尾聯與此首腹聯對照著讀，會更感到其諷意深長。

「直北關山金鼓振，征西車馬羽書馳。」如果說前兩聯寫「似弈棋」的政局，是揭示其內部的爭奪紛亂，那麼這一聯便是揭示其外患。出句寫回紇擾邊，長安北邊的關山金鼓震天；對句寫吐蕃入寇，朝廷征西的軍隊車馬交馳、羽書飛傳，呈現危及景象。杜甫在蜀期間，回紇吐蕃多次入寇。廣德二年（西元 764 年）八月僕固懷恩引回紇、吐蕃十萬眾將入寇，京師震駭。十月，復引回紇、吐蕃至邠州。永泰元年（西元 765 年）九月，僕固懷恩復誘回紇、吐蕃、吐谷渾、党項、奴剌數十萬人同時入寇，士民驚駭，宦官魚朝恩欲使代宗去河中避吐蕃，後吐蕃大掠男女數萬而去，所過焚毀廬舍、踐踏禾稼殆盡。十月，吐蕃又聯合回紇入寇，屯兵北原，長安形勢危急。這都是杜甫寫作〈秋興八首〉之前兩年內發生的近事。「直北」二句，正是對外患頻仍、回紇吐蕃交相入侵形勢的藝術概括。這種局面的形成，與當時朝廷上的文武大臣、王侯顯貴的腐敗無能有密切關聯，正如詩人在〈諸將五首〉之二所抨擊的：「獨使至尊憂社稷，諸君何以答升平！」故「似弈棋」的政局和嚴重的外患之間，具有內在連繫，詩的頷、腹二聯之間正是跡斷而神連。

以上三聯，從長安紛爭不已、變化無常的政局寫到唐王朝深重的內憂外患，對百餘年來盛極而衰的「世事」深表悲慨，「聞道」二字直貫到第六句。尾聯突然宕開，收轉現境。時值深秋，魚龍蟄伏，眼前的夔江顯得特別清冷寂寞，這是寫眼前的夔江秋景，也是寫詩人清冷寂寞的處境與心境，從中不難體會出詩人「濟時敢愛死，寂寞壯心驚」的感慨。處在此清冷寂寞之境，對長安故國的思念、對國家命運的思考與對時代盛衰的悲慨，反而變得更加深長執著、強烈深沉，這正是末句「故國平居有所思」所蘊含的內容。

在〈秋興八首〉中，只有這首直接涉及政局時事。在整個組詩中，它居於承前啟後的樞紐地位。前三首寫夔州秋景，興起詩人的故園之心和羈滯異鄉、困頓棲遲之悲，主要抒寫個人的悲劇境遇，而個人的悲劇境遇，又根植於所處時代的政治，故第四首自然聯及長安政局和國家的內亂外患。而政局的紛亂和國家的憂患，又正是唐王朝由盛轉衰的顯著象徵，故下四首即由「故園心」轉為「故國思」，由抒寫個人悲劇境遇轉為描繪國家命運及時代盛衰。「故國平居有所思」一句正是後四首內容的總括和預告。「故園」和「故國」，儘管具體所指均為長安，但作為自己舊居和第二故鄉的長安，以及作為唐王朝政治中樞的長安，其內在含意並不相同。「故園心」主要指長期羈泊異鄉、困頓棲遲的詩人對家園的思念、對個人悲劇境遇的感慨，而「故國思」則主要指對唐王朝由盛轉衰局勢的悲慨與思考。

第五首抒寫對長安宮闕壯盛氣象和早朝景象的追思緬懷，是「故國平居有所思」首先涉及的內容。

「蓬萊宮闕對南山，承露金莖霄漢間。」蓬萊宮闕，指長安城北的大明宮。它建在龍首原上，地勢高敞，天清氣朗之時，可以清楚看到長安城南四十里的終南山。著一「對」字，既顯示出自北而南，縱貫百里的廣闊視野，又展顯出巍峨壯麗的宮闕與氣勢雄壯的終南山遙遙相對、競相比高的態勢，以突出大明宮的宏偉壯麗氣象。次句將視線收到宮前，描繪銅柱矗立霄漢承露的景象。有關唐代的文獻記載，從未提及大明宮或其他宮前立有承露銅柱及金銅仙人像，故此句顯係借漢代故實以喻唐。從它所描繪的景象來看，是要顯示宮中建築的高聳挺拔，與上句的闊遠視野正構成一遠一高的立體畫面。但承露銅柱及金銅仙人之建造緣由，既為企圖求仙長生，而唐玄宗又在好道求仙這一點上與漢武帝神似，則此句中寓有玄宗好道之意，是可以肯定的。只不過它未必寓有明顯的諷刺之意，最多也只是在追憶宮闕的華美壯麗之中，微寓感慨而已。這一點，連繫三、四兩句，會看得更加清楚。

「西望瑤池降王母，東來紫氣滿函關。」三、四一聯，寫在蓬萊宮上東西眺望所見景象。向西極望，居住在瑤池仙境的神仙西王母正降臨人間，與君主相會；向東極望，紫氣東來，正充滿著函谷舊關，預示老子即將入函谷關。兩句分別用西王母降臨及老子入函谷關之典，所言皆神仙之事；瑤池王母之典又曾被詩人用來借喻楊妃，故注家以為此二句寓諷玄宗好女色、寵楊妃、惑神仙。從這兩句全用典故、全用虛筆來看，可以肯定其中有所寓託，否則未免寫得太虛無縹緲、不著邊際。但詩句所流露的感情傾向是追緬中略寓感慨，既渲染皇宮的壯盛氣象，又寓含對玄宗寵楊妃、好道術的輕微感慨。如果理解為明顯的諷刺，則與追緬長安宮闕的壯盛之整體感情傾向就會有所衝突。整體而言，後四首在追思緬懷長安昔日之盛的同時，都寓有盛衰不常之慨，在不同程度上皆具有如何掌握追緬與寓慨關係的問題。就詩人的創作而言，寓慨以不破壞整體的追思緬懷傾向為前提；就讀者的理解而言，亦當適當掌握追緬與寓慨的關係及寓慨的程度。

腹聯仍就「蓬萊宮闕」著筆，正面描繪早朝景象。由於只有一聯十四個字的篇幅，不可能進行鋪敘渲染，只能抓住雉扇乍開、聖顏初現的瞬間著筆，以表達激動喜悅的感受。宮扇之開如雲彩移動，日光照映袞衣如龍鱗閃耀的描寫又傳達出朝儀的隆重與皇帝的威嚴。這類描寫，如出現在普遍早朝詩中並不見出色，但作為對長安宮闕壯盛景象的追思緬懷，筆端自散發出濃厚的感情。此聯或以為寫杜甫自己天寶十載（西元 751 年）獻〈三大禮賦〉，得以覲見玄宗事，或以為寫自己在乾元元年（西元 758 年）任左拾遺時早朝見肅宗事。關於獻賦事，《舊唐書．文苑傳》只說「天寶末，獻〈三大禮賦〉，玄宗奇之，召試文章」。《新唐書．文藝傳》也說：「甫奏賦三篇，帝奇之，使待制集賢院，命宰相試文章。」並未提到因獻賦得見玄宗事。杜甫自己在〈莫相疑行〉也只說「憶獻三賦蓬萊宮，自怪一日聲烜赫。集賢學士如堵牆，觀我落筆中書堂。往時文采動人主」，根本未提及曾因獻賦而得見玄宗，故此事實屬子虛烏有。且詩中所寫明顯為早朝景象，杜甫在玄宗朝既未為京官，自無參加早朝的經歷。至於乾元元年任左拾遺時，則確有早朝經歷，且寫過和賈至的早朝大明宮詩，但此詩前三聯所寫皆唐王朝盛時宮廷景象，而肅宗時已歷安史之亂，急遽衰落，已非亂前景象。從詩的結構來說，同樣不太可能前四句寫玄宗時事，五、六句卻跳到肅宗朝。比較合理的解釋是，詩人根據自己肅宗朝參加早朝的經歷，想像玄宗唐王朝盛時的早朝景象，而詩人自己並不在朝列，「識聖顏」云云，只是泛說群臣，自己並不在內。

「一臥滄江驚歲晚，幾回青瑣點朝班。」尾聯出句從遙想盛時宮闕朝廷的壯盛氣象中突然振轉，回到眼前，「滄江」指夔州；「歲晚」點秋深，亦寓遲暮之感、蹉跎之慨。「一臥」與「驚」相互呼應，顯示出沉淪時間之長與恍如隔世之感。此句筆力蒼勁、感慨深沉，下句卻又再轉回到長安，說從玄宗朝唐王朝極盛時至今，又不知換了幾朝皇帝、幾回朝班？故作搖曳不定之語，而無限盛衰之慨即寓其中。大開之後又復大合，更顯示出千鈞筆力和深沉感慨。

這一首前六句極力渲染唐王朝盛時宮闕之巍峨壯麗與早朝景象之莊嚴華美，表現出對盛世的深情追緬嚮往，而在這追緬之中亦對玄宗之崇道術、求長生、寵楊妃微有寓慨。尾聯大開大合，一轉再轉，在「一臥」、「驚歲晚」和「幾回」、「點朝班」中，寓含深沉的時代盛衰之慨。

第六首追憶昔日曲江遊幸盛況，而發今昔盛衰之慨，也是「故國」之思的內容。緊承前一首之追憶宮闕壯麗早朝氣象而及於池苑。

首聯大處落筆，將身之所在的瞿塘峽口與心之所繫的曲江頭，透過想像組合在一起，展現出清秋萬里，兩地風煙遙遙相接的廣闊畫面。不單單抒發身在夔府的詩人對長安故國的深情思念，而且寓含對萬里江山的深情讚美，具有極廣闊的空間感，境界寥廓壯美，音調爽利瀏亮。

頷聯寫當年遊幸曲江情事。玄宗從所居的興慶宮花萼樓出發，透過專門修築的夾道前往曲江芙蓉樓等地遊幸。頷聯所寫實即此情事，妙在兩句於「花萼夾城」、「芙蓉小苑」之後，各綴以「通御氣」、「入邊愁」，含蓄地顯示二者之間的因果關係，暗寓耽於遊幸享樂所導致的是無盡的「邊愁」。「入邊愁」，實即「漁陽鼙鼓動地來」，卻不用這類顯露的表達方式，僅以輕描淡寫的「邊愁」隱隱帶出，而樂極哀來的感慨自寓其中。

「珠簾繡柱圍黃鶴，錦纜牙檣起白鷗。」腹聯承「通御氣」，渲染曲江遊幸的熱鬧繁華：「珠簾繡柱」與「錦纜牙檣」均指曲江中的豪華遊船，船上有珠簾、畫柱，有錦纜、牙檣，可見其裝飾之華麗。而由於遊船眾多，密密層層，池中的黃鶴像是被遊船所包圍；而遊船如織，來往穿梭，驚起池中悠遊的白鷗。兩句均以「黃鶴」之「圍」及「白鷗」之「起」來渲染昔日遊幸之繁盛。於貌似客觀描繪之中寓含的感情既有追緬嚮往，也有感慨嘆息。

「回首可憐歌舞地，秦中自古帝王州。」尾聯承「入邊愁」，想像今日曲江的荒涼，抒發今昔盛衰的感慨。第七句「回首」二字從昔日繁華一筆兜轉，用「可憐」二字點明今日的悲慨。秦中自古為帝王建都之州，曲江更為帝王歌舞遊樂之地，其形勝與繁華自令人無限追思緬懷，然而經歷過長達八年的安史之亂和吐蕃屢次入侵，今日的帝王州和歌舞地恐怕已是一片荒涼悽清景象。無限今昔盛衰之慨，只用「可憐」二字帶出，不作任何渲染描繪，而讀者自可意會。此聯按自然順序，應為：秦中自古帝王州，（曲江自古）歌舞地，（今日）回首（只感）可憐。改用現在這樣的句法，於「秦中自古帝王州」之後陡然頓住，倍感「回首可憐」四字寓慨的深沉。或解末句為對國家中興的前途抱有希望，恐非詩人本意。與上兩首尾聯陡然轉至所居之「滄江」、「秋江」，寫自己的處境有別，這一首是由憶昔轉到傷今，顯示出其構思的多樣性。

第七首寫對昆明池的思憶，內容同樣是「故國」之「思」。但寫法上與前二首之由盛而衰、以盛託衰不同，反過來主要寫昆明池今日之荒涼冷落，以透露昔日之繁華熱鬧，寄寓今昔盛衰之慨。

首聯從追憶昆明池的開鑿寫起，首句點明昆明池係漢武帝為伐昆明、練水戰而修鑿，故次句即據此而展開想像，說今日想起昆明池，眼前就會出現樓船壯麗、旌旗飄揚、戈矛森列的壯觀景象。據杜甫的〈寄賈嚴兩閣老〉詩，唐時昆明池也修造過水戰船。無論是由昆明池的開鑿追憶漢時昆明池練水軍的壯觀，還是依唐人借漢喻唐的習慣，將這一聯理解為唐代昆明池的景象，都是對壯盛時代昆明池景象的追憶，但詩人對昆明池之盛不作鋪陳渲染，僅以「旌旗在眼中」五字一筆帶過。以下即轉入對其今日衰敗景象的描繪。

「織女機絲虛夜月，石鯨鱗甲動秋風。」頷聯想像昆明池邊景物。昆明池邊有兩石像，東西相望，以象牽牛、織女。刻玉石為鯨，每至雷雨，魚常鳴吼，鬐尾皆動。這兩句化用上述記載，將環境設定為秋天的月夜。想像今日昆明池畔，織女織機上的絲縷，正冷冷清清地空對著夜月，而石鯨身上的鱗甲在秋風的吹拂下，彷彿在歙動開闔。這境界，幽冷悽清、空寂虛幻，透露出昔日昆明池上樓船壯麗、旌旗飄揚的熱鬧景象均已成空，只留下無知的織女石像和石鯨雕像空對著秋風夜月。

「波漂菰米沉雲黑，露冷蓮房墜粉紅。」腹聯轉寫池中景物。池中的波浪漂盪著菰米，逐漸沉落堆積，在湖底堆滿厚厚一層黑雲般的積澱；秋晚露冷，蓮花的粉紅色花瓣正一瓣一瓣地下墜掉落。菰米如沉雲之黑，見久無人收，荒廢之狀可想而知；蓮墜粉紅，任其自開自落，見久無人遊賞，空寂之境如見。兩句中「漂」、「沉」、「冷」、「墜」四字，都是著意錘鍊的關鍵字，流露出濃重的荒涼冷寂氣息。頷、腹二聯，一寫池邊，一寫池中，均著意渲染想像中今日之昆明池荒涼冷寂之境，言外自有無限世事滄桑、盛衰不常之慨，荊棘銅駝之悲、黍離麥秀之感。或解為憶盛時之昆明，不啻南轅北轍。五代鹿虔扆〈臨江仙〉詞中有「藕花相向野塘中，暗傷亡國，清露泣香紅」等句，意境頗似「露冷」句，相互參照，杜詩所寓含的感情昭然可見。不妨說，這兩聯正是對已經逝去的壯盛時代哀輓憑弔。

尾聯由想像故國池苑的荒涼冷寂，回到身之所處的現境。關塞，指夔州四周的高山；江湖，指長江，亦寓身處江湖之上，遠離故國；漁翁自指，寓漂泊之意。眼前所見，唯高峻至天的崇山峻嶺，與外界只有鳥道可通，面對滿地江湖，深感自己就像漂盪無依的漁翁。兩句由「故國」之荒涼冷寂，及於己身之漂泊羈滯，家國之盛衰與個人境遇的沉淪融為一體。

第八首追憶渼陂舊遊，是「故國」之「思」的內容之四。

首聯寫赴渼陂之經歷及到渼陂所見。從長安城內赴渼陂須經昆吾、御宿，「逶迤」形容道路曲折綿延之狀。著一「自」字，透出詩人與朋侶沿著曲折綿延的道路緩緩徐行，顧盼流連，賞玩優美風光的自得情狀。或謂此首係憶昆吾、御宿及渼陂等地，是把所經之處當成目的地。次句接寫到達目的地渼陂後，首先映入眼簾的景色：紫閣峰的倒影映入清澈的渼陂之中。山北曰陰。映入湖中的正是紫閣峰北面的影子，故曰「紫閣峰陰入渼陂」。渼陂之所以成為長安近郊風景名勝，與其靠近終南山、具湖光山影之美有密切關係。杜甫在〈渼陂西南臺〉詩中說：「錯磨終南翠，顛倒白閣影。」〈渼陂行〉亦云：「半陂以南純浸山，動影裊窕沖融間。」均可證。因此這一句正著重強調渼陂給人的第一印象和整體印象，使人彷彿眼前突然一亮。

「香稻啄餘鸚鵡粒，碧梧棲老鳳凰枝。」頷聯寫渼陂周圍物產之豐饒與風景之優美。由於有一大片廣闊水域，故這一帶盛產名貴的香稻，又生長著許多碧梧一類的珍奇美麗樹木。此聯前人評論解說甚多，其句法之老健、色彩之穠豔固然極突出，實則均是為了渲染香稻之美與碧梧之珍，說這裡的香稻乃鸚鵡啄餘之粒，碧梧乃鳳凰棲老之枝。鸚鵡、鳳凰，均非實有，而是詩人因香稻、碧梧之美好珍奇而引發的想像。「香稻」之「餘」、「碧梧」之「老」，均暗寓「秋」字，不過寫的是渼陂秋日的麗景而非衰颯悽清之景，這和其他各首均有別。或因第五句寫到「春相問」，遂以為此首所寫係春景，恐非。

「佳人拾翠春相問，仙侶同舟晚更移。」這一聯轉寫渼陂士女遊賞之樂。上句寫婦女們在美好的三春季節，遊春拾翠，互相贈送禮物；下句寫士人結伴泛舟，流連忘返，到傍晚仍移舟更遊。上一聯「香稻」、「碧梧」寫的是渼陂秋景，這一聯改寫春日遊賞，見春秋佳日，渼陂美好景色都吸引著長安的遊人。「仙侶」句更融進詩人自己與岑參兄弟的遊歷經歷，見注引〈渼陂行〉。「晚更移」，正見遊興之濃與渼陂景色之美不勝收，寫出當時的淋漓興會。

尾聯由渼陂的美好景色追昔慨今。「綵筆昔遊干氣象」，是說自己當年渼陂之遊曾用綵筆描繪過這一帶的美好景色，風格宏偉遒勁，上干雲霄之象，但這一切都已成為永難再現的過去，如今的自己，只能吟詩遙望京華，憶念承平氣象，吟罷而白頭苦苦低垂，心中充滿無限深沉悲慨，哀嘆時代盛衰和個人命運。或解上句「干氣象」為「氣沖星象表，詞感帝王尊」，謂指天寶末獻賦得到玄宗賞識之事，與以上六句寫渼陂遊賞毫不相關，恐非。「綵筆昔遊干氣象」，當指昔年與岑參兄弟遊渼陂而賦〈渼陂行〉，上干山水之氣象，見當時意氣之風發;而「白頭吟望苦低垂」則指今日吟〈秋興〉而望京華，不勝國家命運和個人命運的悲慨而白首低垂，可以視為整個組詩的結尾。

〈秋興八首〉的思想感情內容，可以用兩句話概括，即傷流滯羈泊、坎坷困頓而思故園、憶京華；傷內憂外患、今昔盛衰而思故國、憶長安。夔府秋色，既是引發上述思緒的自然景物、環境氛圍，又是表現個人悲劇命運和國家命運的憑藉或媒介。組詩的前三首，大體上以時間為主軸，描寫由夔峽的秋色秋聲所引發的「故園心」，或將思緒引向自己「抗疏功名薄」、「傳經心事違」的困頓境遇，或將思緒引向「奉使虛隨八月槎」、「畫省香爐違伏枕」之欲歸不能的失落苦悶。

而自身的悲劇境遇和命運又緊緊地連繫到國家的安危盛衰。因此，以第四首為轉關，便由傷流滯羈泊、坎坷困頓的個人悲劇命運，轉向憂念國家命運、感慨時代盛衰，由「故園心」轉為「故國思」，詩所描繪的主要景象也由夔州移向長安。由「故園心」而「故國思」，由個人悲劇命運而國家命運，是詩人思想感情的自然發展，也是其思想感情的深化與昇華。詩人在抒寫「故園心」和個人悲劇境遇時，心中常激盪著對動盪不安時代的感受（如第一首頷聯）；在抒寫「故國思」、感慨時代盛衰時，更常在字裡行間寓含對衰亂原因的思考與歎惋（如第五首前幅，第六首頷、尾二聯），並常與自己沉淪漂泊的身世境遇相連繫（如其四、其五、其七、其八各首的結尾）。因此整個組詩顯示出，個人悲劇命運與國家命運、時代盛衰密不可分。

組詩的後四首，以所憶的對象串聯，從宮闕早朝氣象到池苑風景名勝，選擇詩人認為最能代表盛世氣象的地點景象，進行深情的追思想像，儘管在追思中不無感慨、嘆惋和思考，但基調是深情的追緬而非諷慨。這使得整個組詩充溢著濃重的懷舊情調。這種情調，不但貫串在夔州時期的詩歌創作中，而且貫串在此後的湖湘詩中。從更廣泛深遠的範圍來看，這也是整個中晚唐詩歌的重要基調之一，而杜甫的夔州詩，特別是〈秋興八首〉，則為中晚唐這類感慨時代盛衰的懷古詩、懷舊詩，樹立起創作典範。中國長期的封建社會中出現過幾個著名盛世，但達到巔峰並具有重大轉折的盛世，則無疑是開元盛世。不管其時的詩人在抒寫盛衰之慨時，是否隱約地感受到安史之亂前後時代盛衰的典型意義，但他們對這種盛衰變化的強烈深刻感受和深沉感慨，至少在客觀上顯示出封建社會盛世巔峰的消逝。從這個高度來看，這類抒寫時代盛衰之慨的詩或許有更深遠的思想意涵和審美價值。它留下的是詩人對封建社會巔峰時期的美好追憶和深情追緬。諷世刺時與感慨時代盛衰固然不必絕緣，但畢竟是兩種對時世的感情態度。如果刻意去尋求〈秋興八首〉這類詩中更多的諷時刺世內涵，不免會感到失望，因既非詩人的本意，亦非詩的主要價值。

正由於詩人的「故園心」和「故國思」如此濃重深沉，纏繞不已，因此在表現這種感情時，不但採用組詩的形式，而且運用連章復沓、反覆迴旋的表達方式。具體來說，前三章主要從時間上著眼，描寫夔峽自朝至暮、自暮至夜、自夜至朝的不同秋景，進而引發羈泊異鄉、思念故園的情懷和坎坷困頓的人生境遇；後五首主要從空間著眼，寫身在夔峽、心繫故國的情思，分寫長安政局、蓬萊宮闕、曲江池苑、昆明池水、渼陂勝景，而歸總於對故國魂牽夢繞的深情追憶，對唐王朝盛世的無限追戀和對時代盛衰的無限感愴。在反覆吟詠中將「故園心」、「故國思」逐步深化強化。而前三首當中，或由巫山巫峽而心繫故園，再由高城暮砧而回到眼前；或由夔府落日而遙憶京華，勾起對畫省香爐的思憶，又由山樓聞笳而回到當前的月映洲前蘆荻;或由日日坐對朝暉映照山郭、漁舟泛而燕子飛的景色，而心生留滯異鄉之感，引發「功名薄」、「心事違」的感慨，並順勢憶及衣馬輕肥的達官顯貴，思緒反覆在夔府與長安之間迴旋。後五首則或由長安政局而直北關山、征西車馬，再回到眼前的寂寞秋江；或由蓬萊宮闕、早朝氣象而回到當前的獨臥滄江；或由瞿塘峽口而遙憶盛時曲江遊幸，復由當年之盛跌入當前之衰，慨嘆帝王州、歌舞地之荒亂荒涼；或遙憶昆明池旌旗戰艦之盛，而跌入今日之荒涼，又由遙憶回到當前的關塞極天、江湖滿地，嘆己身之漂泊；或遙憶盛時渼陂之勝與詩興之高，而歸結到當前的「白頭吟望苦低垂」。詩思反覆迴翔於夔府、長安之間，詩情則迴環於時代盛衰的變化之間。這反覆迴旋的情思，組成迴腸蕩氣的交響樂章，使詩人的故園情、故國思得到最充分的展開、最深入的表現。

組詩在表現方式和藝術風格方面，還有一個突出特點，就是以壯闊境界表現悲涼情思，以綺麗言辭描繪悲哀情思、盛衰感慨。像首章的「江間波浪兼天湧，塞上風雲接地陰」，就是以壯闊之境抒悲涼之思的典型例證。而「昆明池水」一首，則是以綺語寫荒涼的顯著例證。這種表達方式，形成相反相成的藝術效果，也使這組詩在整體藝術風格上，呈現出悲而能壯、哀而不傷、華而不靡的可貴特徵。

═ 詠懷古蹟五首（其三）① ═

群山萬壑赴荊門②，生長明妃尚有村③。一去紫臺連朔漠④，獨留青塚向黃昏⑤。畫圖省識春風面⑥，環珮空歸月夜魂⑦。千載琵琶作胡語⑧，分明怨恨曲中論⑨！

[校注]

①〈詠懷古蹟五首〉，分詠夔州轄境內及附近的五處古蹟（庾信宅、宋玉宅、昭君村、永安宮、武侯廟），藉以抒寫自己的情懷，故題曰「詠懷古蹟」。當作於大曆元年（西元766年）居夔州時。昭君村，在唐歸州興山縣北（今湖北興山南），相傳為漢王昭君故里。歸州與夔州接鄰，故詩人居夔時前往尋訪。其〈負薪行〉云：「若道巫山女粗醜，何得此有昭君村？」可見昭君村即在巫山附近。或云昭君村在荊門山附近，恐非杜甫此詩中所指的昭君村。荊門山在湖北宜都市，已出峽。②群山萬壑，指三峽兩岸的連綿高山和深谷，亦即《水經注．江水》所謂「自三峽七百里中，兩岸連山，略無闕處，重巖疊嶂，隱天蔽日，自非亭午夜分，不見曦月」。荊門，山名，在今湖北宜都市西北，長江南岸，隔江與虎門山相對。《水經注．江水》：「江水又東歷荊門、虎牙之間。荊門在南，上合下開，暗徹山南，有門象虎牙，在北……此二山，楚之西塞也。」至荊門，則「山隨平野盡」而「江入大荒流」（李白〈渡荊門送別〉）。此句概寫三峽一帶重巖疊嶂、奔

赴而東下荊門的山勢。③謂王昭君生長的村子今尚存。《太平寰宇記》:「山南東道歸州興山縣，王昭君宅，漢王嬙即此邑之人，故云昭君之村，縣連巫峽，即其地。」④去，離開。紫臺，即紫禁、紫宮，指皇宮。古以紫微垣喻皇帝居處，因稱皇帝所居為紫禁、紫宮、紫臺。《文選·江淹〈恨賦〉》:「若夫明妃去時，仰天太息。紫臺稍遠，關山無極。」李善注:「紫臺，猶紫宮也。」朔漠，北方沙漠之地，指匈奴統治地區。《漢書·匈奴傳》:「竟寧（漢元帝年號）元年，單于（呼韓邪單于）來朝，自言願婿漢。元帝以後宮良家子王嬙字昭君賜單于。單于歡喜，上書，願保塞，請罷邊備，以休天子之民。昭君號寧胡閼氏，生一男伊屠智牙師，為右日逐王。呼韓邪立二十八年，建始（漢成帝年號）二年死。子雕陶莫皋立，為復株累若鞮單于，復妻王昭君（《後漢書·南匈奴傳》謂昭君上書求歸，成帝令從胡俗），生二女，長女為須卜居次，小女為當于居次。」⑤青塚，指王昭君墓，在今內蒙古自治區呼和浩特市城南二十里。《太平寰宇記》:「其上草色常青，故曰青塚。」⑥《西京雜記》卷二:「元帝後宮既多，不得常見，乃使畫工圖形，案圖召幸之。諸宮人皆賂畫工，多者十萬，少者亦不減五萬。獨王嬙不肯，遂不得見。匈奴入朝，求美人為閼氏，於是上案圖，以昭君行。及去，召見，貌為後宮第一，善應對，舉止閒雅。帝悔之，而名籍已定。帝重信於外國，故不復更人。乃窮案其事，畫工皆棄市，籍其家，資皆鉅萬。畫工有杜陵毛延壽，為人形，醜好老少，必得其真。安陵陳敞、新豐劉白、龔寬……下陽杜望……樊育……同日棄市。京師畫工，於是差稀。」省識，曾識。句意謂元帝當年曾因畫圖而見過王昭君的美好容顏，言外之意是竟不辨其美醜而輕嫁於匈奴單于。此「省」字與下句「空」字對文，均為副詞。或解為「解識」，恐非。詳參張相《詩詞曲語辭彙釋》第573頁。亦有解為「約略」、「豈省（知）」音。⑦環珮，指婦女身上佩帶的玉環、玉珮等佩飾。⑧作胡語，猶作胡音。石崇〈王昭君辭並序〉:「王明君者，本是王昭君。以觸文帝諱，故改之。匈奴盛，請婚於漢。元帝以後宮良家子明君配焉。昔公主嫁烏孫，令琵琶馬上作樂，以慰其道路之思，其送明君，亦必爾也。」〈琴操〉:「昭君在匈奴，恨帝始不見遇，心思不樂，心念鄉土，乃作〈怨曠思唯歌〉。」琴曲有〈昭君怨〉。此句糅合以上記載。⑨曲中論，曲中訴說。韋莊〈小重山〉詞:「萬般惆悵向誰論？凝情立，宮殿欲黃昏。」

🕮 [鑑賞]

〈詠懷古蹟五首〉，分詠庾信、宋玉、王昭君、蜀先主劉備、諸葛亮五位在夔州一帶地區留下歷史遺跡的人物，以寄託自己的身世遭遇、抱負情懷。其中詠王昭君的這一首，由於所詠對象的特殊性，寄慨最為深沉，情韻最為深長，堪稱杜甫七律中的傑作。

「群山萬壑赴荊門，生長明妃尚有村。」起句陡健飛動，雄奇闊遠，勾畫出三峽一帶群山萬壑、連綿不絕、奔赴荊門的壯盛氣勢，為次句昭君村展現出闊遠的背景。詩人之所以用這樣的筆墨來寫昭君生長的環境，是因為在他心目中，昭君並不是一般的閨閣女子，而是一位身世遭遇與國家民族緊密相連、怨思愁恨具有深遠意義的特殊人物，詩人所寄寓的情懷也非常深遠的緣故。因此，對於這樣的對象，自不能像歌詠尋常閨閣女子那樣，用清澈的香溪水作為其生長的背景，而必須大筆濡染，以「群山萬壑赴荊門」之闊遠雄奇背景作烘托。「赴」字極富動態感和氣勢。三峽一帶，不但重巖疊嶂、略無闕處，而且山勢落差很大，「赴」字不但將靜止的群山寫得栩栩如生，而且展現出其奔赴東下的連綿態勢，將山態山勢描繪得極富力度。次句點題，「尚有」二字，見事隔千載，遺跡尚存，感懷之情，自寓其中。

「一去紫臺連朔漠，獨留青塚向黃昏。」頷聯由古蹟而過渡到人，對昭君一生的悲劇遭遇作出最精練的概括。用「紫臺」指代漢宮，是因為它具有鮮明的色彩，可以喚起對帝都長安宮闕壯麗及繁華景象的種種聯想，而「朔漠」則給予人廣漠無邊、荒寒蕭索的聯想，它們之間形成鮮明的對比，隔著廣闊遙遠的空間，用一「連」字將它們連結起來，不但展現出昭君離開故國遠赴大漠途中關山迢遞、前路漫漫的情景，流露出內心的迷茫淒傷之感；而且因句首「一去」與「連」的呼應，使原本連接遙遠空間的「連」字，帶著連接長遠時間的含意。一去紫臺，遂連朔漠，此後的悠長歲月，昭君的生命遂和荒寒蕭索的大漠連成一體，直至生命終結，一句話寫盡昭君離京赴胡的大半生，其中「連」字正是綰結廣闊遙遠時空的關鍵字，卻用得自然渾成、不著痕跡。

「獨留青塚向黃昏」，這一句悲慨死葬異域，只留下一座青塚寂寞地對著黃昏。這句詩的意義內涵，如只說死葬異域，則不免質實乏韻，妙處全在情景的渲染。「青塚」與「黃昏」，和上句的「紫臺」與「朔漠」一樣，也有鮮明的色彩對比。「黃昏」的黯淡和周圍一片土黃色的無邊大漠，更加襯托出「青塚」的寂寞和孤獨，使句首的「獨留」二字格外突出而富有形象；而「青塚」的「青」字又透出生命乃至青春的氣息，使人聯想到昭君的「春風面」和她那不死的精魂。「向」字尤具神韻。「向」有「對」義，但卻不是單純的「對」，它具有漸進的動態感，彷彿可以看到在浩瀚無垠的廣漠之中，一座草色常青的孤墳正默默無言地面對著越來越黯淡下去的黃昏。這裡所流露出來的是永恆的孤獨感和寂寞感，以及被「生長」於斯的故國永遠拋棄在異域荒原的深沉怨悵和無窮遺恨。遠韻遠神，令人玩味無盡。

腹聯分承三、四，從昭君一生的遭遇轉而揭示造成悲劇的原因，抒發其魂靈空歸的遺恨。「省識」一語，或解作「略識」，或解作「曾識」，或解作「解識」，但究其實都是感慨皇帝不辨妍媸。靠畫工的影像來取捨召幸對象，畫工為取得賄賂，必然會顛倒妍媸；如此一來，皇帝在畫工顛倒妍媸的畫像中，自然不辨妍媸，不識昭君的「春風面」。浦起龍說：「『省識』只在畫圖，正謂不『省』也。」此語最為通透。因為即使畫像能約略得昭君其形，卻難以傳其神，所謂「意態由來畫不成」是也。正因為元帝按圖「省識春風面」，這才造成昭君被遣異域的悲劇。這一聯揭示造成悲劇的原因，直指皇帝「選美」方式的荒謬。類似的悲劇，又豈止是宮中選美！

下句承「獨留青塚」，想像其魂魄空歸。「月夜」承上「黃昏」。昭君儘管被無知的統治者遣送匈奴、死葬異域，但卻始終懷念生長的故國，在清冷的月夜，千里魂歸，身上的環珮叮咚作響。這月夜環珮歸來的境界，清冷幽寂，而又極具遠神，著一「空」字，悲慨深沉。悲劇已經鑄成，只能留下綿綿不盡的永恆遺恨。

「千載琵琶作胡語，分明怨恨曲中論！」琵琶本為胡樂，而〈琴操〉與石崇〈王明君辭並序〉中，又有昭君心念鄉土作〈怨曠思唯歌〉的記載及昭君入匈奴時彈奏琵琶的傳聞，琴曲中有〈昭君怨〉，故詩人據此想像，千載之下，琵琶中所奏出的胡音，分明是昭君的無窮怨恨藉樂曲而盡情傾訴！點出「怨恨」二字為全篇意旨的點睛之處。

由於所詠對象是一位女子，因此詩人在詩中所寄寓的情懷，便不能像其他四首那樣明顯直接，如詠庾信之「漂泊西南天地間」、「詞客哀時且未還」、「庾信平生最蕭瑟，暮年詩賦動江關」，所詠對象與詩人自身融為一體；詠宋玉之「風流儒雅亦吾師」、「蕭條異代不同時」，和四、五兩首嚮往「君臣一體」亦然。而本篇的託寓則更注重內在的神合。詩人對於昭君的悲劇命運及其原因，著眼於其遭到不辨妍媸的統治者所遠遣、所拋棄的悲慨和寂寞感、孤獨感。從「一去紫臺連朔漠，獨留青塚向黃昏」的悲慨中，自然會聯想起〈秋興八首〉中「魚龍寂寞秋江冷，故國平居有所思」、「關塞極天唯鳥道，江湖滿地一漁翁」一類詩句。從這一點來說，杜甫之於昭君，也是「悵望千秋一灑淚，蕭條異代不同時」。

江漢①

江漢思歸客，乾坤一腐儒②。片雲天共遠，永夜月同孤③。落日心猶壯，秋風病欲蘇④。古來存老馬⑤，不必取長途⑥。

[校注]

①大曆三年（西元768年）正月，杜甫由夔州啟程出峽，三月，抵達江陵。同年秋，移居公安（今屬湖北），詩題為「江漢」，當是大曆三年秋天赴公安途中所作。或編寓居江陵時，或繫大曆四年秋，恐誤。江漢係泛指今湖北南部一帶地區。②腐儒，迂腐不通世務的讀書人。杜甫自稱，帶貶義的稱呼中既含自嘲亦含自負，與〈詠懷五百字〉之「老大意轉拙」的「拙」、「許身一何愚」的「愚」含意接近。③兩句意為自己飄然一身、孤孑無依，與遠天的片雲同樣遙遠，與長夜的孤月同其孤單。④蘇，《全唐詩》原作「疏」，校：「一作蘇。」（宋本作「蘇」）茲據改。蘇，蘇息，恢復，指病體好轉。⑤存，存留，留養。《韓非子．說林上》：「管仲、隰朋從於桓公而伐孤竹，春往而冬反，迷惑失道。管仲曰：『老馬之智可用也。』乃放老馬而隨之，遂得道。」⑥不必取長途，謂留養老馬是為了用其智慧經驗，而非取其能長途跋涉、日行千里。藉以自喻年雖衰邁而尚能為朝廷獻智出謀。

📖 [鑑賞]

這是杜甫晚年離開夔州後，開始新一輪漂泊生活時期所寫的著名五律。寫這首詩的時候，他大約正在由江陵赴公安途中。在離開江陵時寫的〈舟出江陵南浦奉寄鄭少尹審〉詩中說：「更欲投何處？飄然去此都。形骸元土木，舟楫復江湖。社稷纏妖氣，干戈送老儒。百年同棄物，萬國盡窮途。」可以想見他當時的處境與心境。這首詩就是在這種困境中迸發出來的堅毅精神和積極用世態度，煥發著崇高人格美的光輝。

首聯從自己身處的漂泊之地和自身身分寫起。「江漢」指長江、漢水交會處附近一帶地區，也是杜甫乘舟出峽第一個漂泊之地。用「江漢」指稱身處的漂泊之地，自然會引發讀者想像出江漢浩渺的闊遠景象，暗透詩人正在舟行途中。

「思歸客」自指，漂泊巴蜀湖湘間的十年中，「思歸」一直是杜甫詩歌的重要主題，出峽以後，由於漂泊無依，輾轉各地，「思歸」之情更為強烈頻繁。但杜甫的「思歸」卻主要不是盼望回鄉，而是渴望回到朝廷，為多難的國家效綿薄之力，這從腹、尾二聯可以看得很清楚。次句是對「思歸客」的進一步說明。以「腐儒」自稱，貌似自貶自嘲，實則寓含自傷與自負。中國古代詩歌言辭精練而含蓄豐富，同一個詞語，從不同角度體會，可以有很多含義，多種感情色彩。而且在特定情況下，這不同的意義和色彩可以並存甚至結合。這首詩中的「腐儒」，從通常的貶義方面來看，自然是說自己不過是迂腐不通世俗的讀書人罷了。一般缺乏實際經驗的讀書人也確實或多或少有這種毛病，從這方面來說，是自謙和自嘲；但從特定的意義進行解讀，這「腐」又往往是頑強、執著、堅守某種正確理念和人生原則的特殊表達方式，就跟〈自京赴奉先縣詠懷五百字〉中所說的「老大意轉拙」、「許身一何愚」的「拙」和「愚」一樣，則這種「腐」便是自賞自負。這樣堅守正確理念與人生態度的人卻被視為「腐儒」，言外之意又含有對世俗之見的怨憤和對自己的自傷。因此，「腐儒」一語，在詩中是自謙自嘲和自賞自負、怨憤與自傷多種含義及感情的結合。而在「腐儒」之上冠以「乾坤」與「一」，則此一「腐儒」在浩渺天地之間的孤獨感便顯得更加強烈。

「片雲天共遠，永夜月同孤。」上句承「思歸客」，寫自己漂泊異鄉遠方；下句承「一腐儒」，寫自己孤孑清冷處境。這一聯雖全用樸素的言辭進行白描，卻創造出含蓄而富有遠神的意境，關鍵全在於用詩的語言而不是用散文語言來表達。無論是說「片雲與天共遠，永夜與月同孤」或是說「如一片浮雲飄蕩在遠天，如一輪孤月獨處於長夜」，甚至說「流落異鄉，就像跟一片浮雲一起在遙遠的天邊飄蕩，孤獨無依，就像只有與孤月為伴來度過長夜」，都很難表達這兩句所包含的意境和韻味，問題就在於以上這些解說，都將原詩中觸景而生的自然聯想變成借景為喻的有意比喻。詩人在舟行過程中，眺望廣闊的天宇，但見一片浮雲，悠悠飄蕩，隨著逐漸延伸的遠天越飄越遠，忽然聯想到自己也正像這隨天遠去的片雲一樣，飄飄然無所著落。此處，詩人所乘的小舟是移動的，詩人的視線也是移動的，片雲和天隨著視線的延展越來越遠，詩人的情思也隨著這延展的遠天和飄蕩的浮雲越來越遠，因此，聯想的產生既十分自然而又具有遠神，使人宛見詩人思隨雲去、情隨天遠的神情意態，著一「共」字，更將人與物、情與景渾化為一體。這種純屬於詩的遠神遠韻，是上述散文化的解說根本無法傳達的，也為畫筆所難到。下句「永夜月同孤」亦同此。傍晚時分，望見天邊的一彎新月，在廣闊的天宇中顯得分外孤獨，不禁聯想到自己這個「乾坤一腐儒」也正像它一樣孤寂清冷地度過漫漫長夜。說「永夜」，其中已經包含對時間的延伸聯想，也包含對自身在無數個寂寞長夜中孤獨情境的聯想，著一「同」字，同樣展現出眼前景與心中情渾融為一體。

「落日心猶壯，秋風病欲蘇。」腹聯著重抒寫在漂泊遠方、寂寞孤獨境遇中觸發的壯思。這情思仍由眼前景觸發，而在意涵上則是重要的轉折。「落日」的意象，常引發桑榆暮景的聯想，看到行將沉西的落日，自不免聯想起自己年已近暮（這一年杜甫五十七歲，離他生命的終結只剩兩年），但報效國家的壯心仍然沒有消磨。「落日」與壯心，本是相反的兩極，著一「猶」字，便著重強調年雖衰暮而壯心不已的精神。「秋風」的意象，更常與衰颯悽清相連，但詩人迎著撲面吹來的秋風，卻感到自己多病的身體好像正在走向恢復。說「欲蘇」，說明這只是詩人的主觀感覺。這種感覺，固然跟秋涼氣爽的天氣有關，但更重要的是詩人的主觀精神，是詩人永不衰歇的壯心在發揮作用。精神的力量使詩人彷彿感到，常年多病之身正在涼爽秋風中復甦，生命的活力又回到自己身上。

評論家或對頷、腹兩聯連現雲、天、夜、月、落日、秋風等自然意像有微詞，或對夜月、落日並現有看法，並因日月並現而將「落日」解為純粹的比喻（喻衰暮之年）。會產生這種解讀，其實是因為既不了解此詩中間兩聯的情思全由客觀景物觸發而引發，也不了解在特定情況下自然存在日月並現的景觀。農曆月初，西邊的太陽行將沉落之際，上弦月同時孤懸天上的情景是極普通的景象。詩人當然可以在同一時間既看到西沉的落日，又看到孤懸的新月。釐清這一點，對詩的意境韻味至關重要。如果不是由於眼前景象的觸發而產生聯想，詩的臨場感就會大為削弱，詩自然渾成的風格也會大幅失色，更遑論前面已仔細分析過的遠韻遠神。

「古來存老馬，不必取長途。」尾聯是由「心猶壯」、「病欲蘇」引發的願望。因為壯心不已、病體欲蘇，所以想到為國效力；但畢竟年已衰暮，且兼多病，所以自不可能如壯歲之時奔馳千里，故以識途的「老馬」自喻，暗示自己雖不能長途跋涉、馳騁千里，但經驗智慧仍可為朝廷提供借鑑。杜甫詩中多次提及「棄物」，對朝廷的漠視冷遇懷有強烈的被拋棄感，也時露被棄的怨憤，但這首詩卻完全從正面著筆，表達切盼受朝廷任用的意願。這兩句包含的思想感情並不單純。一方面，這裡仍表現出對自己才能的自信，表明自己這個被視為「腐儒」的人，並非真的迂腐不通世務；另一方面，對朝廷的久不任用和漠視也流露出怨意。古來尚且重視老馬的經驗智慧而加以留養，而當今現實中，自己這個「留滯才難盡，艱危氣益增」的舊臣，卻被當作一匹殘廢無用的老馬加以拋棄，滿腔的報國熱情，竟遭到如此冷遇！這層意思，雖表現得很含蓄，但弦外之音，自然還是可以體會出來。

讀這首詩，最突出的感受就是杜甫極其強烈而執著的積極用世精神。尤為可貴的是，他是在極其艱困的境遇中表現出這種基於憂國情懷的用世熱情。杜甫自困守長安的後期開始，除了在京任左拾遺的短暫時間和成都草堂初期生活相對安定，心情較為閒適以外，可以說絕大部分時間都處於困頓流離的境遇中，到了暮年，境況更加蕭瑟淒涼。朝廷除了給他檢校工部員外郎的空職以外，實已視為「棄物」。出峽以後，輾轉漂泊，無所依靠；生活上也極為艱難，過著「飢借家家米，愁徵處處杯」的窘迫日子；加上身體多病，有嚴重的肺疾，右臂麻痺，耳亦半聾。可以說已瀕於絕境。在這種常人難以想像和忍受的艱困境遇中，仍然迸發出如此堅定執著的用世精神，正反映出他憂國情懷的深沉熾熱。這種在逆境、困境甚至是瀕於絕境中，煥發出來的永不衰歇用世精神，在這首詩裡表現得非常深刻而飽滿，昇華到崇高人格美的高度。因此有特別感人的思想藝術力量。

層層深入的反襯，是這首詩表現堅定執著的用世精神格外深刻飽滿的重要藝術手法。整體而言，用艱困之境遇反襯報國用世的壯懷，是這首詩的基本藝術構思。具體來說，首聯是以「江漢」之遠、「乾坤」之大，反襯「一腐儒」之異鄉漂泊、孤子無依。頷聯則進一步以遼闊的遠天反襯「片雲」之「遠」，以悠悠的長夜、廣闊的天宇反襯夜月之「孤」。而「片雲」、「孤月」又透露出詩人自身的「遠」與「孤」。腹聯的「落日」、「秋風」，本是衰暮、蕭颯的意象，它們對「心猶壯」與「病欲蘇」是強烈反襯，而前兩聯所寫的身世境遇之漂泊異鄉、遠離故國、孤子無依，對於「心猶壯」而言，又都是有力反襯。尾聯則是對「落日心猶壯」的進一步發揮。透過這層層反襯，詩人於困境中更顯壯心的用世精神，才得到最飽滿有力的展現。而這一切，又使全詩的境界既蒼涼，又悲壯；既闊大，又深沉。情和景之間，既相反，又相成，達到融合悲壯的藝術美與崇高的人格美。

江南逢李龜年[1]

岐王宅裡尋常見[2]，崔九堂前幾度聞[3]。正是江南好風景，落花時節又逢君[4]。

[校注]

①大曆五年（西元770年）暮春作於潭州（今湖南長沙）。江南，長江以南地區。此處特指江湘一帶地區。《明皇雜錄》卷下：「唐開元中，樂工李龜年、彭年、鶴年兄弟三人，皆有才學盛名。彭年善舞，龜年能歌，尤妙製〈渭州〉，特承顧遇。於東都大起第宅，僭侈之制，逾於公侯。……其後龜年流落江南，每遇良辰勝賞，為人歌數闋，座中聞之，莫不掩泣罷酒，則杜甫嘗贈詩所謂：『岐王宅裡尋常見，崔九堂前幾度聞。正是江南好風景，落花時節又逢君。』崔九堂，殿中監滌、中書令湜之第也。」《雲溪友議》卷中：「李龜年奔迫江潭，杜甫以詩贈之……龜年曾於湘中採訪使筵上唱『紅豆生南國……』，又『清風明月苦相思……』，此詞皆王右丞所製……歌闋，合座莫不望行幸而慘然。」李龜年為盛唐時期著名宮廷樂師，善歌，又善奏羯鼓、篳篥。②岐王，唐睿宗之子、唐玄宗之弟李範。《舊唐書．睿宗諸子傳》：「惠文太子範，睿宗第四子也。睿宗踐阼，封岐王。範好學工書，雅愛文章之士。士無貴賤皆盡禮接待。天寶三載，又以惠宣太

子（名業，睿宗第五子）男略陽公為嗣薛王。」此岐王黃鶴認為當指嗣岐王，見下句注引。《雲仙雜記》卷二引《辨音集》：「李龜年至岐王宅，聞琴聲，曰：『此秦聲。』良久又曰：『此楚聲。』主人入問之，則前彈者隴西沈妍也，後彈者揚州薛滿。二妓大服。乃贈之破紅綃、蟾酥麨。龜年自負，強取妍秦音琵琶、捍撥而去。」此記載可見李龜年以知音自負並常出入岐王第宅。③原注：「（崔九堂，）殿中監崔滌，中書令湜之第。」《舊唐書‧崔仁師傳》：「仁師……子挹，挹子湜，湜弟液、滌並有文翰。滌素與玄宗親密，用為祕書監，後賜名澄。開元十四年卒。」黃鶴曰：「開元十四年，公止十五歲，其時未有梨園弟子，公見李龜年必在天寶十載後。詩云『岐王』當指嗣岐王。」仇兆鰲曰：「據黃說則所云『崔九堂前』者，亦當指崔九舊堂耳。不然，岐王、崔九並卒於開元十四年，安得與龜年同遊耶？」浦起龍曰：「考《明皇雜錄》，梨園弟子之設在天寶中，時有馬仙期、李龜年、賀懷智皆洞知律度者，是則龜年等乃曲師，非弟子也。曲師之得幸，豈在既開梨園後哉！明皇特舉舊時供奉為宜春助教耳。則開元以前李何必不在京師？又公〈壯遊〉詩云：『往者十四五，出遊翰墨場。』開元十三四年間正公十四、五時，恰是少年遊京師之始，於岐宅崔堂，更為暗合。」高步瀛曰：「浦辨龜年開元前何必不在京，其說殆是。至據〈壯遊〉詩『出遊翰墨場』為往來岐宅崔堂，則實傅會不足信。岐王似以嗣王珍為是，崔九亦當指崔氏舊堂。黃、仇說是。浦氏謂杜公十四、五已日遊王公間，謬矣。」按：詩言「岐王」、「崔九」，蓋因其「推愛文章之士」、「有文翰」，故杜甫少年時因遊岐王宅、崔九堂得與聞李龜年之歌唱。如指「嗣岐王」及崔九舊堂，則嗣岐王、崔滌後人從未聞有「推愛文章之士」、「有文翰」者，李龜年未必仍與其交往，且詩前二句所寫皆開元承平年代盛事，以與亂後情景作鮮明對比，寄寓盛衰之慨。如黃等所說在天寶十載（西元 751 年）以後，則其時政治日趨昏暗，亂象漸萌，非復開元承平氣象矣。故仍以指岐王李範、祕書監崔滌為是，浦舉〈壯遊〉詩「往者十四五，出遊翰墨場」為證，正當開元十三、四年（西元 725、726 年），則杜甫之見到李龜年或即在開元十三年（李範、崔滌卒前一年）。④落花時節，指暮春時節。

🕮 [鑑賞]

這是杜甫絕句中最有情韻、最富含蘊的一篇。僅二十八字，卻包含著豐富的時代現實內涵和深沉的歷史感慨、人生感慨。

李龜年是開元、天寶時期「特承顧遇」的著名歌唱家。杜甫初逢李龜年，是在十三、四歲「出遊翰墨場」的少年時期。當時王公貴族普遍愛好文藝，杜甫即因才華早著而受到岐王李範和祕書監崔滌的延接，得以在他們的府邸欣賞李龜年歌唱。而一位傑出的藝術家，既是特定時代孕育的產物，也往往是特定時代的象徵。在杜甫心目中，李龜年正是和鼎盛的開元時代、和他自己充滿浪漫情調的青少年時期生活，緊緊連結在一起。幾十年之後，他們又在江南重逢。這時，遭受八年動亂和其後一系列內憂外患的唐王朝業已從繁榮昌盛的巔峰跌落下來，陷入重重對立之中。杜甫自己，則輾轉漂泊到潭州，「疏布纏枯骨，奔走苦不暖」，晚境極為淒涼；李龜年這位當年紅極一時的歌唱家也流落江南，「每逢良辰勝景，為人歌數闋，座中聞之，莫不掩泣罷酒」（《明皇雜錄》）。這種相逢，自然很容易觸發杜甫胸中原本就鬱積著的無限滄桑之感和時代盛衰之慨。「岐王宅裡尋常見，崔九堂前幾度聞。」詩人雖然是在追憶往昔與李龜年的接觸，流露的卻是對「開元全盛日」的深情懷念。這兩句用流利的對仗起頭，下語似乎很輕，含蘊的感情卻深沉而凝重。「岐王宅裡」、「崔九堂前」，彷彿信口道出，但在當事人心目中，這兩個文藝名流經常雅集之處，無疑是鼎盛開元時期之豐富多彩精神文化的淵藪，它們的名字就足以勾起詩人對「全盛日」的美好回憶。當年詩人出入其間，接觸李龜年這樣的藝文人物，原是「尋常」而不難「幾度」的，現在回想起來，簡直是不可企及和再現的夢境。這裡蘊含著天上人間之隔的感慨，要結合下兩句才能品味出來。兩句詩在疊唱和詠嘆中，流露出詩人對「開元全盛日」的無限眷戀，好像是有意無意地拉長回味的時間。

如夢般的回憶，畢竟改變不了眼前的現實。「正是江南好風景，落花時節又逢君。」風景秀麗的江南，在承平時代，原是詩人們所嚮往的快意遊歷之處。如今自己真正置身其間，面對的竟是滿眼凋零的「落花時節」和皤然白首的流落藝人。「好風景」三字，像是順手拈來，隨口道出，卻使人自然聯想起「風景不殊，正自有山河之異」的過江東晉士大夫的時代滄桑之慨；「落花時節」，像是即景書事，又像是別有寓託，寄興在有意無意之間。熟悉時代和杜甫身世的讀者，自然會從這四個字聯想到世運衰頹、社會動亂和詩人衰病漂泊，卻又絲毫不覺得詩人是在刻意設喻，顯得格外渾成無跡。加上兩句當中「正是」和「又」這兩個虛詞一轉一跌，更在字裡行間寓藏著無限感慨。江南好風景，恰恰成為亂離時世和沉淪身世的強烈反襯。一位從開元全盛時日走過來的老歌唱家與一位老詩人在漂流顛沛中「又」重逢，落花流水的風光，點綴著兩位形容憔悴的老人，成為時代滄桑的典型畫圖。它無情地證實「開元全盛日」已經成為歷史陳跡，一場翻天覆地的大動亂，使杜甫和李龜年這些經歷過盛世的人，淪落到不幸的地步。感慨相當深沉，但詩人寫到「落花時節又逢君」，卻黯然而收，彷彿一篇大文章才剛開頭就隨即煞筆，多少治亂興衰的滄桑變化，多少戰亂流離的慘痛經歷，多少深沉的歷史、人生感慨，多少痛定思痛的悲哀，通通蘊含在這無言的沉默之中。這樣急踩煞車似的結尾，留下的恰恰是大段的歷史空白和感情空白，可以說將絕句的空靈蘊藉發揮到極致，也將絕句的情韻風神之美展現得淋漓盡致。四句詩，從岐王宅裡、崔九堂前的「聞」歌，到落花江南的重「逢」，「聞」、「逢」之間，連結著四十年的時代滄桑、人生鉅變。儘管詩中沒有一筆正面涉及時世身世，但透過詩人的追憶感喟，讀者不難感受到使唐代社會物質財富和文化繁榮陷入浩劫的那場大動亂的陰影，以及它帶給人們的巨大災難和心靈創傷。確實可以說「世運之治亂，年華之盛衰，彼此之淒涼流落，俱在其中」。而造成這種治亂盛衰滄桑鉅變的原因，更引發讀者的思考。正像傳統戲曲舞臺上不用布景，觀眾透過演員的歌唱表演，可以想像出極廣闊的空間背景和事件過程；又像小說裡往往透過一個人的命運，反映一個時代一樣。這首詩的成功似乎可以告訴人們：在具有高度藝術概括力和豐富生活體會的大詩人筆下，絕句這樣短小的體裁也可以具有極深邃的內涵，而在表現如此豐富的內容時，又能達到舉重若輕、渾然無跡的藝術境界。

電子書購買　爽讀 APP

國家圖書館出版品預行編目資料

劉學鍇講唐詩——杜甫：萬戶蕭條，哭聲滿道，詩聖獨行於亂世的荒煙悲雨 / 劉學鍇 著 . -- 第一版 . -- 臺北市：複刻文化事業有限公司，2025.06
面；　公分
POD 版
ISBN 978-626-428-153-9(平裝)
1.CST: (唐) 杜甫 2.CST: 唐詩 3.CST: 詩評
851.4415　　　　114007652

劉學鍇講唐詩——杜甫：萬戶蕭條，哭聲滿道，詩聖獨行於亂世的荒煙悲雨

臉書

作　　者：劉學鍇
發 行 人：黃振庭
出 版 者：複刻文化事業有限公司
發 行 者：崧燁文化事業有限公司
E-mail：sonbookservice@gmail.com
粉 絲 頁：https://www.facebook.com/sonbookss/
網　　址：https://sonbook.net/
地　　址：台北市中正區重慶南路一段 61 號 8 樓
8F., No.61, Sec. 1, Chongqing S. Rd., Zhongzheng Dist., Taipei City 100, Taiwan
電　　話：(02) 2370-3310　**傳　　真**：(02) 2388-1990
印　　刷：京峯數位服務有限公司
律師顧問：廣華律師事務所 張珮琦律師

定　　價：450 元
發行日期：2025 年 06 月第一版
◎本書以 POD 印製